A mulher de trinta anos

COLEÇÃO A OBRA-PRIMA DE CADA AUTOR

HONORÉ DE
BALZAC

A mulher de trinta anos

Tradução, prefácio e notas:
HERCULANO VILLAS-BOAS

MARTIN CLARET

Título original: *La femme de trente ans*
Honoré de Balzac (20/5/1799 Tours –18/8/1850 Paris),
La femme de trente ans (Paris, 1828 –1842).
(*La comédie humaine, 1: Études de moeurs,*
1: Scènes de la vie privée, 21: La femme de trente ans)

DIREÇÃO Martin Claret
PRODUÇÃO EDITORIAL Carolina Marani Lima
Flávia P. Silva
DIAGRAMAÇÃO Giovana Gatti Leonardo
PROJETO GRÁFICO E DIREÇÃO DE ARTE José Duarte T. de Castro
ILUSTRAÇÃO DE CAPA Sônia Magalhães
TRADUÇÃO, PREFÁCIO E NOTAS Herculano Villas-Boas
PREPARAÇÃO Oleg Almeida
REVISÃO Waldir Moraes
IMPRESSÃO E ACABAMENTO Renovagraf

Este livro segue o novo Acordo Ortográfico da Língua Portuguesa.

Dados Internacionais de Catalogação na Publicação (CIP)
(Câmara Brasileira do Livro, SP, Brasil)

Balzac, Honoré de, 1799-1850.
A mulher de trinta anos / Honoré de Balzac; tradução, prefácio e notas Herculano Villas-Boas. — São Paulo: Martin Claret, 2013. — (Coleção a obra-prima de cada autor; 8)

Título original: *La femme de trente ans.*
"Texto integral"
ISBN 978-85-7232-954-5

1. Romance brasileiro I. Título. II. Série.

13-04831 CDD-843

Índices para catálogo sistemático:

1. Romances: Literatura francesa 843

EDITORA MARTIN CLARET LTDA.
Rua Alegrete, 62 – Bairro Sumaré
01254-010 – São Paulo, SP
Tel.: (11) 3672-8144
www.martinclaret.com.br
4ª reimpressão - 2017

Sumário

Prefácio

Fascinante, nesta obra de Balzac, além das eternas viagens interiores e exteriores d'*A mulher de trinta anos*, é a grande viagem do autor entre o romantismo — então, "a última moda", a nova vaga, "o novo romance", em pleno vigor — e os realismos, que ele recria e reinventa ao abrir campos imensos e novas veredas, caminhando das formas de ser românticas a um princípio de realidade herdeiro da Revolução Francesa — muito além daquele princípio de prazer que dominava o romantismo, desde Rousseau (o primeiro romântico genial) até Victor Hugo (o último dos românticos geniais).[1]

Se, para os revolucionários franceses, seguidores da *Enciclopédia* de Diderot, Voltaire, Rousseau e outros, a palavra de ordem era "*Liberdade, Igualdade, Fraternidade*", Balzac compreende que o terror aterra este sonho e o transforma em pesadelo, em "*Infantaria, Artilharia, Cavalaria*".[2] Assim, ao

---

[1] Sobre os diversos "realismos", sucedidos por múltiplos "romantismos", de Homero a nossos dias, ver Carpeaux, *História da literatura ocidental*, e Auerbach, *Mimesis — a representação da realidade na literatura ocidental.*

[2] "A história é um pesadelo onde estou tentando despertar." James Joyce, *Ulisses* (1922), I. (Há bela tradução de Antônio Houaiss, em edição Civilização Brasileira.) — *A Enciclopédia, ou Dicionário filosófico das ciências, artes e profissões* (17 volumes editados em 1751–1772), foi organizada por Diderot e d'Alembert. No princípio, era a tradução da *Ciclopédia* (*Cyclopaedia; or, an Universal dictionary of arts and sciences*, 1728) de Ephraim Chambers (c. 1680 Kendal–5/5/1740 Londres), mas veio a ser uma "revolução cultural", verdadeiro Renascimento, a antecipar a tomada da Bastilha (14/7/1789), inspirando-se também nos 614 verbetes do *Dicionário filosófico portátil* (1764) de Voltaire (21/11/1694 Paris–30/5/1778 Paris). Na Bastilha, o prisioneiro Diderot recebia as visitas de Jean--Jacques Rousseau (28/6/1712 Genebra–2/7/1778 Ermenonville), como nos conta este "pai" dos revolucionários franceses, em uma

final dos anos 1820, Balzac, iniciando a imensa construção d'*A comédia humana*, desta Arca de Noé cheia de personagens sobreviventes ao dilúvio das rolantes lágrimas românticas, de certa forma antecipou — ao lado do Stendhal de *O vermelho e o negro* (1830) — as cosmovisões realistas que surgiriam *trinta anos depois*, em 1857 (ano de edição das obras-primas *Madame Bovary*, de Flaubert, e *As flores do mal*, do bom Baudelaire).

A mulher de trinta anos é, ao mesmo tempo, um romance, meia dúzia de novelas e uma dúzia de contos. Podemos vê-la como uma sucessão de breves histórias singulares,[3] como uma sucessão de seis novelas particulares, ou como um só romance, um só sonho, sono, som, uma só unidade universal. — "O segredo do imenso sucesso [balzaquiano] encontrava-se inteiramente nessa primeira obra-prima" (adivinha Sainte-Beuve, já em 1851), que não é muito cheia de prosa: *às vezes*, vem a ser também poesia, "proesia", poema em prosa, prosa poética, proêmio, "proema".[4] *Outras vezes*, é

---

de suas obras-primas: na deliciosa autobiografia *As confissões* (editada em 1781–1788). — *A mulher de trinta anos*, "a nova Julie" balzaquiana, inspira-se também nas cartas de um romance muito popular, *Julie, ou a Nova Héloïse* (1761), de Rousseau. — Sobre as "palavras de ordem" em desordem, ver Marx, *O 18 brumário de Luís Bonaparte* e o *Manifesto*.

[3] De forma semelhante à das "memórias" de Hemingway contidas n'*As aventuras de Nick Adams*, alter ego presente em dezenas de contos dispersos, mas enfim reunidos, cronologicamente.

[4] Por exemplo, nas cenas marítimas, "Um belo dia, um vento suave, a visão da terra natal, um mar tranquilo, um som de saudade, um belo barco solitário, deslizando através do Oceano como uma mulher a voar a um encontro"..., podem lembrar-nos o "uniVerso" de Ferreira Gullar (n. 10/9/1930 São Luís MA):

mar azul   marco azul   barco azul   arco azul   ar azul

... Ou o início de um anagrama de América: Iracema: — "Verdes mares"... — Francis Ponge (27/3/1899 Montpellier–6/8/1988 Bar-sur-Loup), *Proêmes* (1948): — "O homem é por vir. O homem é o porvir do homem." ("Primeiras Notas sobre 'o homem'", escritas sob a ocupação alemã, em 1943–1944.) — Sainte-Beuve (23/12/1804 Boulogne–13/10/1869 Paris), *Causeries du lundi*, 1851, v. II: p. 418s.

um livro livre que vem a ser ensaio poético, *Estudo filosófico* ou Manifesto Feminista, diálogo dialético entre a ética e a estética. Ou, melhor ainda: são dois romances. Ao realismo dos três primeiros capítulos, árvores onde podemos colher frutos maduros — antecipação de obras-primas que todo mundo adora, como *O pai Goriot* —, esclarecimento e ilustração da *Fisiologia do casamento* (carnavalesca visão do casamento: fim e início, "finício", alicerce e teto de uma nova visão de universo, pedra fundamental a coroar *A comédia humana*), sucedem-se os outros três capítulos, ou "novelas", românticos como as demais obras do primeiro Balzac, do mais jovem Balzac, nos anos anteriores a seu pleno realismo, ou à sua plena síntese de realismo e romantismo. Mas, se "a primeira parte realista" foi escrita em 1829–1834, "a segunda parte romântica" foi criada em 1830–1834: "as duas partes" são contemporâneas. E a ação do romance termina em 1844, trinta anos depois da cena inicial, em 1813, quando os personagens principais são a nossa heroína Julie, seu pai, seu namorado, a multidão elegante, o Carrousel, seu imperador Napoleão Bonaparte — e dois anos depois da edição definitiva, em 1842. Neste Romance de trinta anos, que se inicia em 1813 e "finicia" em 1844, vemos quase toda a vida ávida, nua, seminua, de nossa heroína Julie — na adolescência, na flor da idade, à flor da pele, na maturidade, até a perigosa curva dos cinquenta — deslizar como um filme diante de nossos olhos, em seis álbuns de fotos repletos de uma dúzia de cenas de um casamento francês, de dezenas de quadros, desenhos e pinturas: como em um "Bal des sept arts" (Baile das sete artes), n'*A comédia humana* dançam a música e as palavras, as pinturas e as esculturas, as literaturas e as arquiteturas.

Em Balzac, a prosa é poesia. E a poesia é pintura que canta. Se o organizador da edição Folio/Gallimard, Pierre Barbéris, sonha em transformar *A mulher de trinta anos* em um filme de Godard (*Duas ou três coisas que sei Dela*), talvez também possamos sonhar em transformá-la em um filme de Bergman (*Cenas de um casamento*).

O tempo do realista Balzac não é bem exatamente o espaço-tempo da física: é um tempo humano, "quinta dimensão", que inclui o tempo surreal, o sonho "atemporal" — como, na nota acima, o "por-vir" de Francis Ponge.[5] Na passagem do romantismo ao realismo, no cosmos surreal-imaginário d'*A comédia humana*, com oitenta e oito títulos completos (além de cinquenta obras incompletas), escritos em apenas vinte anos (média superior a um título por trimestre), o tempo é sonho, sono, som. (Proust inspirou-se nessa imensa produtividade balzaquiana, à base de café, para criar o vasto ciclo *Em busca do tempo perdido*, e, como Balzac, morreu de "cansaço", de estresse, aos cinquenta anos.)

Este livro representa um momento mágico: o momento da passagem de um universo a outro, do romantismo ao realismo. Mas não foi bem assim que alguns críticos o compreenderam. Os românticos condenaram o seu realismo, os realistas condenaram o seu romantismo, ambas as correntes condenaram essa que é a mais famosa obra balzaquiana. Os livros populares são condenados *a priori*. — Sem dúvida, os *best-sellers* conservam o antigo mau hábito de serem bastante lamentáveis. Os livros "da hora" não duram mais que um dia muito breve. O gosto da crítica não se discute. Mas, nos últimos 2.800 anos, quem são os autores mais populares? — Justamente os grandes clássicos: Homero, Dante, Shakespeare, Goethe, Dostoiévski, Balzac.

Na mais vasta obra relevante e iluminante de todos os tempos — *A comédia humana* (vasta também pela qualidade, que a situa ao lado de *A Odisseia*, *A divina comédia*, *Macbeth*, *Os Irmãos Karamazov*, *Fausto*) —, há títulos que se elevam além das *Montanhas mágicas*: — *O pai Goriot*, *O lírio no vale*, *Eugénie Grandet*, *Ilusões perdidas*, *A prima Bette*, *Ascensão e queda de César Birotteau*, *Esplendores e misérias das cortesãs*.

---

[5] Segundo a física, não existem mais do que quatro dimensões: altura, largura, profundidade, espaço-tempo. A polêmica entre filósofos e cientistas sobre o *tempo* exprime-se bem em Maurice Merleau-Ponty (14/3/1908 Rochefort–4/5/1961 Paris), "Einstein e a Crise da Razão": *Éloge de la philosophie et autres essais* (Paris: Gallimard, © 1953; 1967: p. 309–320; cf. p. 288ss).

Mas talvez a melhor forma de ingressar no Universo de Balzac seja justamente com a leitura de *A mulher de trinta anos*, que não é muito amada por alguns "*grandes* homens críticos", mas que grandes pensadores, bem como as "*pequenas*" leitoras, as mulheres, adoram.

Este livro singular, bem como *A comédia humana* universal, vêm a ser um capítulo fundamental na história dos feminismos — algo semelhante ao que viria a ser *O segundo sexo*, de Simone de Beauvoir, bem no meio do século vinte. Em Balzac e em sua divina *Comédia humana*, além do realismo social, existe um realismo "sexual", a demonstrar as terríveis condições femininas em 1813–1844 (tempo em que se passa *A mulher de trinta anos*), ou em 1308–1846 (nos cinco séculos percorridos pela *Comédia humana*), a situar o autor e a sua obra como precursores dos movimentos que exigem *"igualdade, fraternidade, liberdade"*, também para as mulheres, que antes eram "o negro do mundo" (segundo a canção de um músico popular, John Lennon), as escravas dos homens, dedicadas ao "princípio da realidade", a casar, procriar, criar filhos, enquanto os nobres Senhores semifeudais, em meio ao tédio do ócio, dedicavam-se ao "princípio do prazer", em busca de orgasmos, fama e poderes infinitos. Além de revelar *a história secreta da vida privada*, o "monarquista" Balzac mostra-nos as mais altas rodas, na alta sociedade desses Senhores, como uma "máfia" legalizada, expondo tanto as mazelas da opressão contra os pobres, quanto a guerra dos sexos a cavalgar, montada sobre a opressão contra as mulheres.

"Ah, bem, o casamento, da forma como agora é praticado, parece-me ser uma prostituição legal" — afirma a heroína Julie, inspirando diversos filósofos e psicólogos, como Freud, Marx (*Manifesto*) e Sartre (o teórico das relações humanas, desde *O ser e o nada*, e o prático que tinha uma multidão de amigas, mas não se casou).[6] — E, a partir dessa intuição

[6] Entretanto, se a sua obra desnuda todas as instituições — do matrimônio à nobreza —, a última "obra" de Balzac foi casar-se com a condessa Hanska.

"feminina", talvez um dia Julie possa vir a rebelar-se contra as leis, contra as altas rodas gigantes sociais, transformadas em "Casa de bonecas" (peça de Ibsen), contra *O mal-estar na civilização* (a obra-prima de Freud), e abandonar-se ao mais puro princípio do prazer, em busca dos sentidos na vida, em todos os sentidos, a imaginar: os sentidos da vida são os sentidos — a busca da mais simples e pura alegria e felicidade.

"A felicidade é uma ideia nova na Europa", disse Saint-Just, líder da Revolução Francesa, em seus *Discursos*, e esta ideia dialoga com dois "novos filósofos" cristãos e revolucionários, Hegel e Kant, que, desde a juventude, desenvolvem a noção de felicidade em suas éticas. Onde buscá-la? Segundo Freud,

— "Um casal de amantes basta-se a si mesmo"...[7]

Mas não vamos revelar "o fim da história". Ler um romance talvez seja também correr rumo ao futuro, ao porvir dos personagens — na leitura, o presente imagina o porvir, e "contar o final" seria transformar este porvir em passado, suspender o suspense, transformar o romance e seu cosmos em caos.

Chegamos ao final deste nosso breve tempo-espaço, mas nem chegamos à flor da pele das passagens entre as formas de ser realistas e românticas, passagens a animar tanto este romance, quanto toda a "nossa" *Comédia humana*. Para aprofundar-nos n'*A mulher de trinta anos*, seria preciso buscar as íntimas relações entre as singulares histórias balzaquianas — que também nos ofertam a maravilha do eterno retorno dos personagens, criando o romance-rio: imenso mar-oceano, espelho das constelações de estrelas correntes em láctea viagem — e as histórias das revoluções francesas, que expõem as fraturas da sociedade, as lutas entre as classes pobres e ricas, entre os povos pobres e os nobres senhores burgueses — em 1789, em 1830, em 1848... — Mas é tempo de deixar o leitor em paz, a cultivar o mais puro prazer de ler Balzac e a "nossa" fascinante "comédia" muito "humana".

---

[7] Sigmund Freud, *O mal-estar na civilização* (1930): *Obras psicológicas completas*. Rio: Imago, 1970–1977; v. 21: p. 129.

A mulher de trinta anos[1]

[1] Seguimos a edição definitiva de 1842, onde *A mulher de trinta anos*, também chamada de "A Balzaquiana", divide-se em seis capítulos, sem prefácio. — O romance originou-se de contos, ou cenas, dispersos. Nas edições anteriores, o primeiro capítulo era a primeira parte, "O Encontro", dividida em cinco capítulos, cujos títulos apareciam entre colchetes. Da mesma forma, o quarto capítulo era a quarta parte, composta de dois capítulos, e o quinto capítulo era a quinta parte, contendo três capítulos. — Finalmente, em 1842, Balzac chega à presente unidade da obra, que certamente vem a ser o mais famoso título d'*A comédia humana*. Também conhecida como "A Balzaquiana". — Honoré de Balzac (20/5/1799 Tours–18/8/1850 Paris), *La femme de trente ans* (Paris, 1828–1842). (*La comédie humaine*, 1: *Études de moeurs*; 1: *Scènes de la vie privée*, 21: *La femme de trente ans*.)

Dedicado ao pintor Louis Boulanger[2]

[2] Louis-Candide Boulanger (1806–1867) é o autor do retrato de Balzac vestido em roupão branco, como um monge, exposto no Salão de 1837.

I

As primeiras faltas

1. A Jovem[3]

No início do mês de abril de 1813, raiou a clara aurora de uma manhã de domingo, prometendo um daqueles belos dias em que os parisienses veem, pela primeira vez no ano, as calçadas sem lama e o céu sem nuvens. Antes do meio-dia, uma bela carruagem puxada por dois cavalos fogosos entrou na rua de Rivoli, saindo da rua Castiglione, e parou atrás de vários carros estacionados perto das grades recém-abertas, no meio do terraço dos *Feuillants*.[4] Esse carro veloz era conduzido por um homem aparentemente preocupado e doente; cabelos grisalhos mal lhe cobriam o crânio amarelo e o transformavam em um velho, antes do tempo; ele lançou as rédeas ao valete a cavalo, que seguia a sua carruagem, e desceu, tomando nos braços uma jovem, cuja frágil beleza chamava a atenção dos ociosos a passear através das passagens.[5] Muito à vontade, a pequena pessoa deixou ser tomada pela cintura, quando estava de pé, no estribo da carruagem, e passou os braços ao redor do pescoço de seu guia, que a pousou, suavemente, na calçada, sem amassar a armação de seu vestido verde. Um amante não teria tanto cuidado. O desconhecido devia ser

[3] Título do primeiro capítulo da primeira parte, "*O encontro*", abolido na edição definitiva, em 1842.

[4] Originalmente, *Feuillants* eram frades seguidores de São Bernardo, que haviam construído um convento nesse espaço.

[5] Ver Walter Benjamin (15/7/1892* Berlim–26/9/1940* Port-Bou), *Passagens [de Paris]*. (Há edição UFMG/IOESP.) — * A principal fonte dos dados numéricos das notas é *The New Encyclopaedia Britannica*.

o pai dessa jovem que, sem agradecer-lhe, tomou-o familiarmente pelo braço e logo o arrastou aos jardins. O velho pai percebeu os olhares maravilhados de alguns jovens, e a tristeza marcada em sua face desapareceu, dissipou-se, por breves instantes. Embora tivesse chegado, há muito tempo, à idade em que os homens precisam contentar-se com certos prazeres enganosos, proporcionados pela vaidade, ele sorriu.

— Eles acham que você é a minha mulher... — disse, ao ouvido da jovem, endireitando-se e caminhando com uma lentidão que a deixou desesperada.

Ele parecia sentir-se vaidoso por sua filha: talvez sentisse mais prazer do que ela nos olhares que os curiosos lançavam aos pequenos pés da jovem, calçados em pequeninos borzeguins cor de ameixa, ao seu corpo delicioso, desenhado por um vestido com véu, e ao seu pescoço fresco, que a gola bordada não escondia totalmente. Os movimentos dos passos levantavam, às vezes, o vestido da jovem, permitindo ver, acima dos borzeguins, as curvas das pernas finamente modeladas pelas rendas de suas meias de seda. Assim, vários homens, a passear, passaram bem perto desse casal, para admirar, ou ver melhor, a jovem face — ao redor da qual flutuavam algumas mechas de cabelos castanhos — branca e carmesim, realçada tanto pelos reflexos de cetim rosa, que guarnecia a sua capa elegante, quanto pelo desejo e impaciência a faiscar em todos os traços dessa pessoa tão linda. Suave malícia animava os seus belos olhos negros, fendidos em duas amêndoas, encimados pelos supercílios muito bem desenhados e ornados de longos cílios — olhos a nadar na mais pura fluidez. A vida e a juventude expunham todos os seus tesouros ocultos nessa face faceira, bem como nesse busto ainda muito gracioso, apesar do cinturão colocado sob os seios. Insensível às homenagens dos olhares, a jovem olhava, um tanto ansiosa, o castelo das Tulherias,[6] sem dúvida

---

[6] *Tuileries*, em português, "Telhas": o palácio e o jardim das Tulherias tomaram o lugar de uma antiga fábrica de telhas. — No tempo desse romance, o terraço das Tulherias era a "vitrine" da sociedade, onde as pessoas se viam e eram vistas.

a meta de seu atrevido passeio. Eram quinze para o meio-dia. Por mais matinal que fosse essa hora, muitas mulheres, todas desejando exibir-se em trajes de gala, voltavam do castelo, não sem lançar para trás um olhar de lástima, como se elas se arrependessem de terem vindo tarde demais para gozar desse espetáculo tão desejado. Algumas palavras, que as belas desapontadas pronunciaram, de passagem, para exprimir seu mau humor, foram agarradas, em pleno voo, pela linda desconhecida, deixando-a muito inquieta. O velho espiava, com olhos mais curiosos do que irônicos, os sinais de impaciência e temor a surgirem na encantadora face de sua companheira: talvez a observasse com excessivo cuidado, buscando afastar qualquer pensamento oculto que pudesse atormentar um pai.

Esse domingo era o décimo terceiro, no ano de 1813. Dois dias depois, Napoleão partiria para aquela fatal campanha militar, em que iria perder, sucessivamente, Bessières e Duroc;[7] ganhar as batalhas memoráveis de Lützen e Bautzen; ver-se traído pela Áustria, Saxônia e Baviera, bem como por Bernadotte, e disputar a terrível batalha de Leipzig. Essa magnífica revista das tropas, essa parada comandada pelo imperador, viria a ser o último dos desfiles que excitaram, por tanto tempo, a admiração de parisienses e estrangeiros. A velha guarda iria executar, pela última vez, as sábias manobras, de uma pompa e precisão a surpreender, algumas vezes, até mesmo esse gigante, Napoleão Bonaparte em pessoa, que então se preparava para o seu duelo contra a Europa. Triste sentimento trazia até aqui, às Tulherias, uma multidão brilhante e curiosa. Todos pareciam adivinhar o porvir, pressentindo, talvez, que, muitas vezes, a imaginação artística viria a representar essa cena, quando os tempos heroicos da França atingissem, como em nossos dias, tintas e tons quase fabulosos.

---

[7] Napoleão Bonaparte (15/8/1769 Córsega–5/5/1821 Ilha de Santa Helena) fez essa última revista às tropas em 11 de abril de 1813. No dia 15, partiu para a "campanha da Alemanha". Bessières e Duroc eram generais de Napoleão. O marechal francês Jean-Baptiste Bernadotte tornou-se Carlos XIV, rei da Suécia.

— Então, vamos depressa, papai — disse a jovem, parecendo quase chorar, puxando o velho. — Eu já estou ouvindo os tambores.

— São as tropas chegando aos jardins das Tulherias — respondeu ele.

— Ou terminando o desfile: todo mundo já está indo embora! — disse ela, com amargura infantil, levando o velho a sorrir.

— A parada só vai começar ao meio-dia e meia — disse o pai, quase não alcançando sua filha cheia de ímpeto.

Pelo movimento que a jovem imprimia ao braço direito do velho, parecia que buscava apoiar-se nele para correr. Ela torcia, impacientemente, um lenço, com as mãozinhas muito bem enluvadas, assemelhando-se ao remo de um barco a singrar as ondas. O velho sorria, às vezes; outras vezes, expressões ansiosas entristeciam, de passagem, o seu rosto seco. O seu amor por esta bela criatura levava-o tanto a admirar o presente, quanto a temer o futuro. Ele parecia dizer a si mesmo: — "Agora ela é feliz, mas será sempre feliz?". — Pois os velhos são bastante inclinados a dotar de suas desgraças o futuro dos jovens. Quando o pai e a filha chegaram à colunata do pavilhão, encimada pela bandeira tricolor a tremular, por onde os transeuntes passavam do jardim das Tulherias ao Carrousel,[8] os guardas gritaram, em voz grave: — "Aqui não entra mais ninguém!".

A menina ergueu-se, na ponta dos pés, e conseguiu vislumbrar uma multidão de mulheres adornadas, a lotar os dois lados da velha arcada de mármore, por onde o imperador passaria.

— Está vendo, papai, viemos tarde demais.

A sua boquinha triste revelava a importância que ela dava em encontrar-se presente nessa revista.

---

[8] Originalmente, *Carrousel* era o local das corridas de cavalos. — "A bandeira tricolor" é a atual bandeira da França, rejeitada pelos monarquistas favoráveis aos reinados dos Luíses, mas símbolo de Napoleão Bonaparte, e das cinco Repúblicas francesas, interrompidas pelas restaurações das monarquias.

— Ah, bem, Julie, vamos embora, você não gosta de ser esmagada pela multidão.

— Vamos ficar, papai. Daqui, ainda posso ver o imperador; se ele morrer nessa campanha, eu nunca mais o verei.

O pai estremeceu, ao ouvir essas palavras egoístas; a voz de sua filha quase chorava; olhando-a, imaginou ver, em seus olhos abaixados, algumas lágrimas provocadas menos pela decepção do que por uma dessas primeiras mágoas, cujo segredo um velho pai adivinha facilmente. De repente, Julie enrubesceu e deu um grito, de sentido incompreensível para os guardas e para o velho. Ao ouvir o grito, um oficial, que se apressava a passar do pátio à escada do palácio, voltou-se rapidamente, foi até à arcada do jardim, reconheceu a jovem, por um momento oculta pelos grandes gorros de pele dos granadeiros, e logo suspendeu, para ela e seu pai, a ordem que ele mesmo havia dado; depois, sem se importar com os murmúrios da multidão elegante a cercar a arcada, atraiu suavemente a si a jovem encantada.

— Não me surpreendo mais com toda essa ira, nem com a pressa dela, já que você está de serviço — disse o velho ao oficial, em tom tão sério quanto irônico.

— Senhor duque — respondeu o jovem —, se quiserem um bom lugar, não vamos perder tempo conversando. O imperador não gosta de esperar, e o grande marechal me encarregou de ir chamá-lo.

Enquanto falava, o jovem tomara, de forma um tanto íntima, o braço de Julie, e rapidamente a levara ao Carrousel. Julie viu, com surpresa, uma multidão imensa, comprimida no pequeno espaço entre as muralhas cinzentas do palácio e os limites traçados por cadeias a desenhar grandes quadrados de areia, bem no meio do pátio das Tulherias. O cordão de guardas, feito para deixar uma passagem livre ao imperador e a seu estado-maior, tinha muita dificuldade em não ser rompido pela multidão ansiosa, a zumbir como enxame.

— Isso vai ser belíssimo — disse Julie, sorrindo.

— Tome cuidado! — exclamou o oficial, pegando Julie pela cintura e erguendo-a, com vigor e velocidade, para colocá-la perto de uma coluna.

Não fosse esse brusco movimento, a sua curiosa parenta seria atingida pela garupa do cavalo branco, com uma sela de veludo verde e ouro, que um servo de Napoleão segurava pelas rédeas, quase debaixo da arcada, dez passos atrás de todos os cavalos que esperavam os grandes oficiais, os companheiros do imperador. O jovem colocou pai e filha perto do primeiro cordão à direita, na frente da multidão, e recomendou-os, com um sinal de cabeça, aos dois velhos granadeiros mais próximos. Quando o oficial voltava ao palácio, um ar de alegria e felicidade substituiu, em seu rosto, o susto repentino que o recuo do cavalo nele imprimira; Julie apertara misteriosamente sua mão, talvez para agradecer o pequeno serviço que o jovem acabara de prestar a ela, ou então para dizer: — "Enfim, vou vê-lo!". — A jovem até mesmo inclinou, suavemente, a cabeça, em resposta à respeitosa saudação que o oficial fez a ela e a seu pai, antes de desaparecer, rapidamente. O velho, que parecia ter deixado os dois jovens a sós de propósito, continuava com ar sério, pouco atrás da filha; mas olhava-a furtivamente e buscava inspirar-lhe uma falsa segurança, tentando parecer absorto na contemplação do magnífico espetáculo oferecido pelo Carrousel. Quando Julie lançou ao pai o olhar de uma aluna ansiosa pela opinião do professor, o velho chegou a responder-lhe com um sorriso de alegria benevolente; mas o seu olhar aguçado seguira o oficial até a arcada: nenhum aspecto dessa breve cena escapara a seus olhos.

— Que belo espetáculo! — disse Julie, em voz baixa, apertando a mão do pai.

O aspecto pitoresco e grandioso do Carrousel, nesse momento, levava à mesma exclamação milhares de espectadores, todos com faces maravilhadas de admiração. Outra fileira de pessoas, tão comprimida quanto a fila onde o velho e a filha se encontravam, ocupava, em uma linha paralela ao castelo, o espaço estreito e calçado a margear a grade do Carrousel. Essa multidão acabara de desenhar nitidamente, pela variedade das roupas e dos adornos femininos, o imenso quadrado formado pelas construções do palácio e pela grade novamente colocada. Os regimentos da velha guarda, que seriam passados em revista, preenchiam esse vasto espaço, formando, ante o palácio, imponentes linhas azuis, com dez fileiras de profundidade. Além desse espaço cercado, e no próprio Carrousel, encontravam-se, em outras linhas paralelas, diversos regimentos de infantaria e cavalaria, prontos a desfilar sob o arco do triunfo que adornava o centro das grades, e acima do arco, naqueles dias, viam-se os magníficos cavalos de Veneza.[9] A orquestra dos regimentos, situada embaixo das galerias do Louvre, era mascarada pelos lanceiros poloneses. Grande parte do quadrado de areia permanecia vazia, como uma arena preparada pelos movimentos desses corpos silenciosos, cujas massas — organizadas com a simetria da arte militar — refletiam os raios de sol nas pontas triangulares de dez mil baionetas. O ar, agitando as plumagens dos soldados, levava-as a ondular, como as árvores de uma floresta dobradas por ventos fortes. Essas velhas fileiras de tropas, mudas e brilhantes, ofereciam mil contrastes de cores, devidas à diversidade de uniformes, ornamentos, armas e agulhetas. Essa pintura imensa, miniatura de um campo de batalha antes do combate, estava poeticamente emoldurada, com todos os seus acessórios e acidentes estranhos, pelas altas construções majestosas do castelo, cuja imobilidade parecia ser imitada pelos chefes e soldados. Involuntariamente, o espectador comparava os muros de homens aos muros de pedras. O sol da primavera, lançando muita luz nos muros brancos recém-construídos e nos muros de outros séculos, iluminava plenamente essas inúmeras faces bronzeadas, todas a contar os perigos passados e a esperar gravemente os perigos por vir. Os coronéis de cada regimento iam e vinham, sozinhos, ante as frontes formadas por esses homens heroicos. Então, atrás dessas massas de tropas coloridas de prata, azul, púrpura e ouro, os curiosos podiam entrever as bandeirinhas tricolores, atadas às lanças de seis incansáveis cavaleiros poloneses, que, como cães a conduzir os rebanhos

[9] Esse arco do triunfo foi construído por Napoleão em 1806–1808, à entrada do Palácio das Tulherias. Em seu cimo, havia quatro cavalos de bronze, devolvidos a Veneza em 1815.

através dos campos, ziguezagueavam, incessantemente, entre as tropas e os curiosos, para impedi-los de ultrapassar o pequeno espaço de terra que lhes era concedido junto à grade imperial. Não fossem esses movimentos, seria possível imaginar que estivéssemos no palácio da Bela Adormecida. A brisa da primavera, atravessando os peludos gorros dos granadeiros, demonstrava a imobilidade dos soldados, bem como o surdo murmúrio da multidão mostrava o seu imenso silêncio. Às vezes, só o som de um instrumento militar, ou alguma batida involuntária em um tambor, repetida pelos ecos do palácio imperial, assemelhava-se aos distantes trovões a prenunciar as tempestades. Indescritível entusiasmo explodia em meio à expectativa da multidão. A França iria dar adeus a Napoleão, às vésperas de uma campanha cujos perigos eram pressentidos por todos os cidadãos. Agora, tratava-se, para o Império Francês, de ser ou não ser. Esse pensamento parecia animar a população civil e a população armada, ambas a comprimirem-se, em silêncio, naquele espaço onde plainavam a águia e o gênio de Napoleão. Esses soldados, a esperança da França — esses soldados, a sua última gota de sangue —, também mergulhavam na ansiosa curiosidade do público. Entre a maioria da plateia e dos militares, dizia-se adeus, talvez adeus para sempre, mas todos os corações, mesmo os mais hostis ao imperador, enviavam aos céus votos ardentes pela glória da pátria. Todos os homens, cansados da luta iniciada entre a Europa e a França, tinham deposto as suas iras, ao passarem debaixo do arco do triunfo, compreendendo que, no dia do perigo, Napoleão representava toda a França. O relógio do castelo soou meia hora. Nesse momento, os murmúrios da multidão cessaram, e o silêncio tornou-se tão profundo que seria possível ouvir até mesmo a voz de uma criança. O velho e a sua filha, que só davam sinais de vida através de seus olhares, ouviram então os sons de esporas e o tinir de espadas, a ecoar sob as sonoras colunas do castelo.

Um homem baixo e gordo, vestindo um uniforme verde, calças brancas, calçando botas de montaria, apareceu de repente, com a cabeça coberta por um chapéu de três bicos, por um chapéu tão famoso quanto ele mesmo; a larga fita vermelha da Legião de Honra flutuava em seu peito, uma pequena espada se encontrava a seu lado. O homem foi visto por todos os olhos ao mesmo tempo, de todos os ângulos da praça. Logo os tambores bateram continência, as duas orquestras começaram a tocar uma frase de expressão guerreira, repetida por todos os instrumentos, desde a flauta mais suave até o grande tambor. Ante esse apelo belicoso, as almas estremeceram, as bandeiras saudaram, os soldados ergueram as suas armas, em um movimento unânime e regular a agitar os fuzis, desde a primeira fileira até a última, no Carrousel. Palavras de ordem percorreram as fileiras, como ecos. Gritos de "Viva o Imperador!" foram lançados pela multidão entusiasmada. Enfim, tudo estremeceu, tudo se moveu, tudo se abalou. Napoleão estava montado em seu cavalo branco. Esse movimento dera vida a essas massas silenciosas, dera voz aos instrumentos, impulso aos estandartes e bandeiras, emoção a todas as faces. Os muros das altas galerias do velho palácio também pareciam gritar: — "Viva o Imperador!". — Não foi algo humano: foi algo mágico, imitação do poder divino, ou melhor, fugaz imagem desse reinado tão efêmero. O homem cercado por tanto amor, entusiasmo, devoção e votos de vitória, por quem o sol expulsara as nuvens do céu, permaneceu montado em seu cavalo, três passos à frente do pequeno esquadrão dourado a segui-lo, o grande marechal à esquerda, o marechal de serviço à direita. Em meio a tantas emoções excitadas por ele, nenhum traço da face de Napoleão parecia mover-se.

— Oh! Meu Deus, sim. Em Wagram entre as chamas, no rio Moscou entre os mortos, ele está sempre tranquilo como Baptiste, *ele*![10]

Essa resposta a muitas perguntas foi dada pelo granadeiro que se encontrava ao lado da jovem. Por um momento,

---

[10] As tropas napoleônicas venceram os austríacos em 1809, na batalha de Wagram, e os russos em 1812 (ver Tolstoi, *Guerra e paz*; Tchaikóvski, *Abertura* 1812). — "Baptiste" era o impassível personagem do mímico Jean-Gaspard Deburau (31/7/1796 Kolín, Boêmia— 17/6/1846 Paris).

Julie absorveu-se na contemplação dessa figura, cuja calma demonstrava imensa segurança de poder. O imperador viu a senhorita de Chastillonest[11] e inclinou-se a Duroc, para dizer-lhe uma frase breve, que levou o grande marechal a sorrir. Começaram as manobras. Se, até então, a jovem partilhara as atenções entre a impassível figura de Napoleão e as linhas azuis, verdes e vermelhas das tropas, nesse momento ocupou-se quase exclusivamente, em meio aos movimentos rápidos e regulares, executados pelos velhos soldados, de um jovem oficial que corria a cavalo, entre as linhas móveis, e voltava, com incansável energia, a seu grupo, encabeçado, brilhantemente, por Napoleão Bonaparte. O jovem oficial montava um belo cavalo negro, e distinguia-se, no meio dessa multidão adornada, pelo seu soberbo uniforme azul-celeste, vestido pelos ajudantes de ordens do imperador. Os seus bordados brilhavam ao sol de forma tão viva, e a crista de seu capacete estreito e longo resplandecia luzes tão fortes, que os espectadores poderiam compará-lo a um fogo-fátuo; ou a uma alma invisível, encarregada, pelo imperador, de animar, de conduzir esses batalhões, cujas armas, a ondular, lançavam chamas, quando, a um só sinal de seus olhos, eles se dissolviam, se reuniam, turbilhonando como as ondas em um abismo, ou passavam diante dele como as vagas ondas imensas, retas, altas, que o furioso oceano lança às suas margens.

Quando cessaram as manobras, esse oficial ajudante voltou a pleno galope, detendo-se diante do imperador, para aguardar novas ordens. Nesse momento, ele se encontrava a vinte passos de Julie, ante o grupo imperial, em uma pose bem semelhante à que Gérard dera ao general Rapp, em seu quadro sobre a Batalha de Austerlitz.[12] Então, foi permitido à jovem admirar o seu amado, em todo o seu esplendor militar. O coronel Victor d'Aiglemont, de apenas trinta anos, era alto, benfeito, esbelto; e as suas felizes proporções nunca se revelavam

---

[11] Julie, em seu sobrenome de solteira. Algumas edições grafam "Chatillonest".

[12] Barão François-Pascal-Simon Gérard (4/5/1770 Roma – 11/1/1837 Paris; pintor oficial de Napoleão), *A batalha de Austerlitz*.

melhor do que quando ele usava as suas forças para domar um cavalo, cujo dorso elegante e flexível parecia dobrar-se sob o seu peso. O seu rosto másculo e moreno possuía aquele encanto inexplicável que uma perfeita normalidade de traços confere às faces jovens. A sua testa era larga e alta. Os seus olhos de fogo, sombreados por densas sobrancelhas, ornados de longos cílios, desenhavam-se como duas elipses brancas entre duas linhas negras. Seu nariz apresentava a graciosa curva de um bico de águia. A púrpura de seus lábios realçava-se pela sinuosidade do inevitável bigode negro. As bochechas largas e vermelhas ofereciam tons morenos e amarelos que demonstravam uma força extraordinária. O seu semblante, uma dessas faces marcadas pelo selo da bravura, ofertava o tipo hoje buscado pelos artistas, quando eles imaginam pintar algum herói da França imperial. O cavalo, molhado em suor, com a cabeça agitada a exprimir imensa impaciência, as duas patas dianteiras abertas e paradas na mesma linha, sem que uma ultrapassasse a outra, levava a flutuar as longas crinas de seu denso rabo; e a devoção do cavalo oferecia uma imagem material da devoção de seu dono pelo imperador. Ao ver o seu amado tão ocupado em compreender cada olhar de Napoleão, Julie sentiu ciúmes, ao pensar que ele ainda nem a olhara. — De repente, uma palavra é pronunciada pelo soberano, Victor esporeia o seu cavalo e parte, a galope; mas a sombra de um marco, projetada na areia, espanta o animal, que se aterra, recua, empina, de forma tão brusca que o cavaleiro parece correr perigo. Julie lança um grito, empalidece; todos a olham, curiosos; ela não vê ninguém; os seus olhos estão cravados nesse cavalo fogoso demais, que o oficial castiga, enquanto corre a comunicar as ordens de Napoleão. Essas pinturas deslumbrantes absorviam Julie de tal forma que, sem querer, ela se agarrara ao braço do pai, a quem involuntariamente revelava os seus pensamentos, através da pressão maior ou menor de seus dedos. Quando Victor estava a ponto de cair do cavalo, ela se atou de forma ainda mais forte ao pai, como se ela mesma estivesse correndo o risco de cair. O velho contemplou, com sombria e dolorosa inquietude, a face tão expressiva da filha, e sentimentos de piedade, ciúme, até mesmo dor, deslizaram através de todas as suas rugas contraídas. Mas quando o extraordinário brilho dos olhos de Julie, o grito que ela acabara de dar e os movimentos convulsivos de seus dedos terminaram por desvendar ao pai um amor secreto, certamente ele deve ter sentido algumas tristes revelações sobre o futuro, pois a sua face passara a irradiar uma expressão sinistra. Nesse momento, a alma de Julie parecia ter sido absorvida pela alma do amado oficial. Um pensamento mais cruel do que todos os que já haviam aterrado o velho contraiu os traços de seu rosto a sofrer, quando ele viu d'Aiglemont trocar, de passagem, diante dele, um olhar de cumplicidade com Julie, cujos olhos estavam úmidos, cuja tez ganhara cores muito vivas. De repente, ele levou a filha ao jardim das Tulherias.

— Mas papai — disse ela —, na praça do Carrousel ainda há regimentos a desfilar.

— Não, minha filha, todas as tropas já desfilaram.

— Acho que o senhor está enganado, papai. O senhor d'Aiglemont vai mandá-las desfilar...

— Mas, minha filha, eu estou passando mal, não quero ficar.

Julie não teve dificuldades em acreditar no pai, quando lançou o olhar a seu rosto: as preocupações paternas o abatiam.

— O senhor está muito mal? — perguntou com indiferença, pois estava preocupada demais.

— Cada dia já não é mais um dia de graça para mim? — respondeu o velho.

— Então, agora o senhor vai me afligir, falando de sua morte próxima... Eu estava tão feliz! Por favor, livre-se dessas terríveis ideias sombrias.

— Ah! — exclamou o pai, dando um suspiro — , criança mimada! Às vezes, os melhores corações são cruéis demais. Consagrar-lhe toda a vida, só pensar em você, cuidar de seu bem-estar, sacrificar os próprios desejos às suas fantasias, adorá-la, dar-lhe até mesmo o meu próprio sangue, isso não é nada?! Ai! Sim, você aceita tudo com perfeita indiferença. Para sempre provocar os seus sorrisos e o seu desdenhoso amor, seria preciso ter a onipotência de Deus. Depois, finalmente, chega um outro! Um amado, um marido, e seu coração fica maravilhado...

Surpresa, Julie olhou o pai a caminhar lentamente, lançando a ela olhares sem brilho algum.

— Você se esconde até mesmo de mim — continuou ele —, talvez até de você mesma...

— O que o senhor está dizendo, papai?

— Julie: acho que você esconde algum segredo de mim... Você está apaixonada — logo continuou o velho, ao perceber que a filha havia enrubescido. — Ah! Eu esperava que você fosse fiel ao seu velho pai, até a morte dele, eu esperava conservá-la a meu lado, feliz e brilhante![13] Admirá-la, como você era, até agora. Ignorando o seu destino, eu poderia imaginar um futuro tranquilo para você, mas agora é impossível embalar uma esperança de felicidade para toda a sua vida, pois você ama ainda mais o coronel do que ama o primo. Não posso mais duvidar.

— Por que eu seria proibida de amar? — exclamou ela, com viva expressão de curiosidade.

— Ah! Minha Julie, você não me entenderia... — respondeu o pai, suspirando.

— Mas diga-me, assim mesmo — disse ela, deixando escapar um movimento rebelde.

— Ah, bem, minha criança: ouça. Muitas vezes, as jovens criam imagens nobres, maravilhosas; imaginam figuras totalmente ideais e fabricam ideias quiméricas sobre os homens, sobre os sentimentos e sobre o mundo; depois, inocentemente, elas atribuem, a algum homem, as perfeições que elas mesmas sonharam, confiam nele e amam, no homem escolhido, essa criatura imaginária;[14] entretanto, mais tarde, quando já não há

---

[13] Tema retomado na obra-prima balzaquiana *O pai Goriot*, n'*A comédia humana*.

[14] Como agora, muitas vezes *A comédia humana* de Balzac dialoga com o livro *Do amor* (1822), de Stendhal (23/1/1783 Grenoble – 23/3/1842 Paris).

mais tempo de se livrar da desgraça, a aparência enganadora, que elas tanto embelezaram, o seu primeiro ídolo, finalmente se transforma em um esqueleto terrível. Julie: prefiro vê-la apaixonada por um velho do que por esse coronel. Ah! Se você pudesse viajar no tempo, dez anos adiante deste momento, em seu porvir, você acreditaria em minha vasta experiência. Eu conheço Victor: a sua alegria é uma alegria sem espírito, é uma alegria de quartel; ele não tem talento, mas gasta muito dinheiro. É um daqueles homens criados pelos céus para comer, e digerir, quatro refeições por dia, dormir, amar a primeira que aparecer, e duelar. Ele não compreende a vida. O seu bom coração, pois ele tem um bom coração, talvez o leve a dar todo o seu dinheiro a algum infeliz, a algum camarada; mas ele é despreocupado, mas ele não é dotado dessa delicadeza de coração que nos transforma em escravos da felicidade de uma mulher; mas ele é ignorante, egoísta... Há muitos *mas*.

— Porém, papai, bem que é preciso que ele tenha espírito e qualidades, para ter sido promovido a coronel...

— Minha querida: Victor vai continuar sendo coronel, por toda a vida. Nunca vi ninguém que me parecesse digno de você — prosseguiu o velho pai, um tanto entusiasmado. Calou-se por um momento, olhou a filha, acrescentou: — Mas, minha pobre Julie, você ainda é muito jovem, muito frágil, muito delicada, para suportar as desgraças e as tristezas do casamento. D'Aiglemont foi mimado por seus pais, assim como você foi mimada por sua mãe e por mim. Como esperar que vocês dois pudessem entender-se, ambos com vontades tão divergentes, cheios de tiranias tão irreconciliáveis? Ou você vai ser vítima, ou tirana. Ambas as alternativas trazem a mesma quantidade de desgraças à vida de uma mulher. Mas você é doce, modesta, vai ser a primeira a ceder. Enfim, você tem — disse ele, em voz embargada — sentimentos tão graciosos que logo será desprezada, e então... — Ele não concluiu, as lágrimas o venceram. — Victor — continuou, depois de uma pausa — vai ferir as qualidades ingênuas de sua alma tão jovem. Eu conheço os militares, minha Julie; vivi nos quartéis. Raramente o coração dessas pessoas consegue vencer os hábitos provocados ou pelas desgraças, entre as quais eles vivem, ou pelos acasos de sua vida aventureira.

— Então, papai, o senhor deseja — respondeu Julie, em tom entre o sério e a brincadeira — contrariar os meus sentimentos, casar-me segundo a sua vontade, e não conforme a minha?

— Casá-la por mim! — exclamou o pai, com um gesto de surpresa. Por mim, minha filha, de quem logo você já não ouvirá mais a voz, tão amigavelmente zangada. Eu sempre vi as crianças atribuírem a um sentimento pessoal os sacrifícios que seus pais fazem por elas! Case-se com Victor, minha Julie. Um dia, você vai lamentar amargamente a nulidade dele, a sua falta de ordem, o seu egoísmo, a sua indelicadeza, a sua falta de tato no amor e mil outras desgraças que esse homem vai trazer-lhe. Então, lembre-se de que, bem debaixo destas árvores, aqui, a voz profética de seu velho pai soou, em vão, em seus ouvidos!

O velho calou-se: surpreendera a filha agitando a cabeça de forma maliciosa. Ambos deram alguns passos rumo à grade onde seu carro estava estacionado. Durante essa marcha silenciosa, a jovem olhou furtivamente o rosto do pai e, aos poucos, abandonou a sua expressão aborrecida. A profunda dor gravada na fronte paterna inclinada ao chão causou-lhe imensa impressão.

— Prometo, papai — disse ela, em voz mansa e embargada —, não lhe falar mais de Victor, antes que o senhor se livre de seus preconceitos contra ele.

O velho olhou a filha com surpresa. Duas lágrimas, a nascer em seus olhos, deslizaram através de suas bochechas enrugadas. Ele não podia beijar Julie, diante da multidão a cercá-los, mas apertou-lhe a mão, com ternura. Quando ele subiu ao carro, todos os pensamentos perturbadores, que se haviam exprimido em seu rosto, desapareceram completamente. Nesse momento, a atitude um tanto triste da filha preocupava-o muito menos do que a alegria inocente cujo segredo Julie deixara escapar durante o desfile.

2. A MULHER[15]

Nos primeiros dias do mês de março de 1814, pouco menos de um ano depois dessa revista militar do imperador, uma carruagem rodava pela estrada de Amboise a Tours. Deixando a cúpula verde das nogueiras, que escondia a estação de muda de cavalos de Frillière, a carruagem era levada com tanta velocidade que, em um instante, chegou à ponte construída sobre o rio Cise, à foz onde deságua no rio Loire, e ali parou. Uma correia acabara de se partir, devido ao movimento impetuoso a que, sob as ordens de seu chefe, um jovem condutor obrigara quatro dos mais vigorosos cavalos da estação. Assim, por mero efeito do acaso, as duas pessoas que se encontravam no interior da carruagem tiveram tempo livre para contemplar, ao despertar, um dos mais belos lugares que as sedutoras margens do rio Loire apresentam. À sua direita, o viajante abrange, num só olhar, todas as curvas do rio Cise, a rolar, como uma serpente de prata, através da erva dos prados, coloridos de esmeralda pelas primeiras florações da primavera. À esquerda, o rio Loire aparece em todo o seu esplendor. As inúmeras faces de algumas *vagas*, provocadas por uma brisa de manhã um tanto fria, refletiam os cintilantes raios de sol, sobre os imensos espelhos de água desdobrados por esse rio cheio de majestade. Aqui e ali, as ilhas verdes sucedem-se, através das águas, como as pedras de um colar. Do outro lado do rio, os mais belos campos da Touraine desenvolvem os seus tesouros, a perder de vista. Ao longe, o olhar não encontra limites aquém das colinas do rio Cher, cujas alturas desenhavam, nesse instante, as suas linhas luminosas no transparente azul do céu. Através das tenras folhagens das ilhas, ao fundo da pintura, Tours parece, como Veneza, emergir do seio das águas. Os sinos de sua velha catedral elevam-se às alturas, confundindo-se com as fantásticas

---

[15] Nas edições anteriores a 1842, aqui terminava o primeiro capítulo, "A jovem", e iniciava-se o segundo, "A mulher", ou "Touraine em 1814" (em manuscrito), ou "Uma visão da Touraine" (na revista *La Silhouette*).

criações de algumas nuvens quase brancas. Além daquela ponte onde a carruagem se detivera, o viajante vê, diante de si, ao longo do rio Loire, até mesmo a cidade de Tours, uma corrente de rochedos que, por fantasia da natureza, parece ter sido colocada para emoldurar o rio, cujos fluxos minam, sem cessar, a pedra, espetáculo que sempre surpreende os viajantes. A vila de Vouvray encontra-se aninhada entre as gargantas e os deslizamentos dessas rochas, que começam a desenhar um cotovelo, ante a ponte do rio Cise. A seguir, de Vouvray a Tours, as aterradoras fendas dessa colina dilacerada são habitadas por uma população produtora de vinhos. Em vários lugares, existem casas de três andares, cavadas na pedra e reunidas por perigosas escadas, também talhadas na pedra. Acima de um telhado, uma jovem de saia vermelha corre a seu jardim. A fumaça de uma chaminé eleva-se entre as parras e os ramos nascentes de uma vinha. Camponeses carpem campos geométricos. Uma velha mulher, tranquila, sobre um bloco de pedra rolante, roda a roca sob as flores de uma amendoeira, e olha os viajantes passarem, a seus pés, sorrindo de seu terror. Ela não se incomoda mais com as rachaduras no solo nem com a queda iminente de um velho muro, cujos alicerces só se agarram nas tortuosas raízes de um manto de hera. Os martelos dos toneleiros levam a ressoar a abóbada das adegas aéreas. Enfim, a terra é cultivada em toda parte, em toda parte fecunda, até onde a natureza recusa a terra ao trabalho humano. Assim, nada é comparável, no curso do rio Loire, ao rico panorama que a Touraine então apresenta aos olhos dos viajantes. A tripla pintura dessa cena, cujos aspectos aqui são apenas indicados, proporciona à alma um daqueles espetáculos que ela grava, para sempre, na lembrança; e, se um poeta vier a desfrutar de tais espetáculos, os seus sonhos sempre vão reconstruir, fabulosamente, esses efeitos românticos. Quando a carruagem chegara à ponte do rio Cise, diversas velas brancas emergiram, entre as ilhas do rio Loire, dando novas harmonias a esse espaço harmônico. O aroma dos salgueiros a bordar o rio adicionava intensos perfumes ao sabor da brisa úmida. As aves cantavam motos perpétuos; o canto monótono de um guardador de rebanhos acrescentava certa espécie de tristeza, enquanto os gritos dos marinheiros anunciavam alguma agitação distante. Vapores suaves, caprichosamente aprisionados ao redor das árvores dispersas nessa vasta paisagem, nela marcavam uma última graça. Era a Touraine em toda a sua glória: era a primavera em todo o seu esplendor. Esta parte da França, a única que não viria a ser perturbada pelas armas estrangeiras, era, nesse momento, a única a permanecer tranquila, parecendo desafiar a Invasão.[16]

Uma cabeça coberta por um boné militar apareceu, fora da carruagem, assim que ela parou de rodar; logo um militar impaciente abriu pessoalmente a porta do carro e saltou à estrada, parecendo pronto a brigar com o condutor dos cavalos. A sabedoria com a qual esse habitante da Touraine consertava a correia quebrada tranquilizou o coronel conde d'Aiglemont, que voltou à porta do carro, espreguiçando-se, despertando os seus músculos adormecidos; ele bocejou, olhou a paisagem e colocou a mão no braço de uma jovem cuidadosamente envolta em um manto forrado de peles.

— Olhe, Julie — disse em voz rouca —, acorde para ver essa paisagem! É uma maravilha!

Julie avançou a cabeça para fora da carruagem. Um gorro de marta cobria-lhe os cabelos, e o desenho do manto forrado, onde se envolvia, disfarçava tão bem as suas formas, que só se via a sua face. Julie d'Aiglemont já não se assemelhava mais à jovem que antes corria, cheia de alegria e felicidade, para ver a revista de Napoleão nas Tulherias. A sua face, ainda delicada, privara-se das cores rosa que antes lhe davam brilho imenso. As mechas negras de seus cabelos, despenteados pelo orvalho, ressaltavam a fosca brancura de sua face, cuja vivacidade parecia entorpecida. Entretanto, os seus olhos brilhavam em chamas sobrenaturais; abaixo de suas pálpebras, alguns tons violeta desenhavam-se nas fatigadas maçãs de sua face. Ela contemplou, com olhar

---

[16] "As armas estrangeiras" contra Napoleão ocuparam Paris no dia 31 de março de 1814.

indiferente,[17] os campos do rio Cher, o rio Loire e as suas ilhas, Tours e as pedras imensas de Vouvray; depois, sem querer contemplar o deslumbrante vale do rio Cise, Julie logo retornou ao fundo da carruagem, e disse, com uma voz que, ao ar livre, parecia frágil demais: — "Sim, é uma maravilha". — Como se vê, para a sua própria desgraça, ela havia vencido a vontade do pai.

— Julie, você não gostaria de morar aqui?

— Oh! Aqui ou ali... — disse ela, indiferente.

— Você está passando mal? — perguntou-lhe o coronel d'Aiglemont.

— Não — disse a jovem, com momentânea energia. Olhou sorrindo o marido e acrescentou: — Estou com sono.

O galope de um cavalo ecoou de repente. Victor d'Aiglemont soltou a mão de sua mulher e virou a cabeça para o cotovelo desenhado pela estrada, nesse lugar. Quando Julie não era mais vista pelo coronel, a expressão de alegria com que ela revestira a sua pálida face desapareceu, como se uma luz tivesse deixado de iluminá-la. Sem vontade de rever a paisagem, sem curiosidade de saber quem era o cavaleiro, montado em um cavalo a galopar com tanta fúria, Julie instalou-se novamente no canto da carruagem, e seus olhos montaram a garupa dos cavalos, sem demonstrar sentimento algum. Ela tinha um ar tão estúpido quanto o de um camponês bretão a ouvir o sermão de seu sacerdote. Um jovem, montado em um cavalo de valor, saiu, de repente, do meio de uma floresta de álamos e espinheiros em flor.

— É um inglês — disse o coronel.

— Oh! Meu Deus, pois é, meu general — respondeu o condutor. — Ele é da raça dos rapazes que querem, como se diz, devorar a França.

O estranho era um daqueles viajantes que se encontravam no continente europeu quando Napoleão deteve todos os ingleses, em represália ao atentado cometido contra o direito das pessoas pelo gabinete de Saint James, quando foi

[17] Adiante, neste mesmo capítulo, o romance lançará novas luzes a essa cena.

rompido o tratado de Amiens. Submetidos ao capricho do poder imperial, nem todos esses prisioneiros permaneceram nas residências onde tinham sido recolhidos, nem naquelas que, a princípio, tiveram a liberdade de escolher. A maioria dos que neste momento viviam na Touraine havia sido transferida de vários pontos do império, onde a sua estadia parecera comprometer os interesses da política continental. O jovem prisioneiro que, no momento, passeava o seu tédio cotidiano, era uma vítima dos poderes burocráticos. Dois anos antes, uma ordem emitida pelo Ministério das Relações Exteriores arrancara-o do clima de Montpellier, onde o fim da paz o surpreendera, em outros tempos, tentando curar-se de uma doença pulmonar. Quando esse jovem reconheceu um militar na pessoa do conde d'Aiglemont, tentou evitar os seus olhares, bruscamente virando a cabeça para as campinas do rio Cise.

— Todos esses ingleses são insolentes, como se o globo lhes pertencesse — disse o coronel, sussurrando. — Felizmente Soult vai dar-lhes o couro.

Passando perto da carruagem, o prisioneiro olhou o interior do carro. Apesar da brevidade do olhar, conseguiu admirar a expressão de melancolia que dava à figura pensativa da condessa não sei que atração indefinível. Há muitos homens cujo coração é energicamente comovido pela simples aparência de sofrimento em uma mulher: para eles, a dor parece ser uma promessa de constância ou de amor.[18] Totalmente absorta a contemplar uma almofada da carruagem, Julie não deu atenção nem ao cavalo, nem ao cavaleiro. A correia tinha sido rapidamente consertada. O conde subiu ao carro. O condutor esforçou-se para recuperar o tempo perdido, e velozmente levou os dois viajantes às alturas bordadas pelos rochedos suspensos, no seio dos quais amadurecem os vinhos de Vouvray, onde pairam tantas casas belas, onde surgem, ao longe, as ruínas dessa tão célebre abadia de Marmoutiers, retiro de São Martinho.

---

[18] Ver Stendhal, *Do amor* (1822).

— O que deseja de nós esse milorde transparente? — exclamou o coronel, virando a cabeça para assegurar-se de que o cavaleiro a seguir a carruagem, desde a ponte do rio Cise, era o jovem inglês.

Como o estrangeiro não violava nenhuma regra de polidez, ao passear à beira desses altos caminhos, o coronel voltou a seu canto da carruagem, depois de lançar um olhar de ameaça ao inglês. Mas não conseguiu, apesar de sua involuntária inimizade, impedir-se de perceber a beleza do cavalo e a graça do cavaleiro. O jovem era uma daquelas figuras britânicas de tez tão fina, de pele tão branca e macia, que às vezes levam a supor pertencer ao delicado corpo de uma moça. Ele era loiro, alto e magro. Em suas roupas, manifestavam-se o requinte e a limpeza que distinguem os elegantes dândis da puritana Inglaterra. Ele parecia enrubescer mais por pudor do que por prazer, ante a visão da condessa. Só uma vez Julie ergueu os olhos ao estrangeiro; mas, de certa forma, ela havia sido obrigada a olhar por seu marido, que desejava levá-la a admirar as belíssimas pernas de um cavalo puro-sangue. Então, os olhos de Julie encontraram os do tímido inglês. A partir desse momento, o cavalheiro, em vez de levar seu cavalo a galopar ao lado da carruagem, passou a segui-la, a alguns passos de distância. A condessa mal olhou o desconhecido. Não percebeu nenhuma das perfeições humanas e equinas que lhe foram anunciadas, jogou-se ao fundo da carruagem, depois de deixar escapar um leve movimento de sobrancelhas, em sinal de aprovação ao marido. O coronel adormeceu, e os dois cônjuges chegaram a Tours sem ter trocado uma única palavra, sem que a maravilha das paisagens da cena mutante, no seio da qual eles viajavam, atraísse a atenção de Julie uma só vez. Quando o marido adormeceu, a senhora d'Aiglemont contemplou-o, muitas vezes. Ao último olhar que lhe lançou, um saltar da carruagem jogou aos joelhos da jovem um medalhão suspenso em seu pescoço por uma corrente de luto, com o retrato de seu pai. Ante essa visão, as lágrimas, até então reprimidas, rolaram de seus olhos. O inglês talvez tivesse visto os traços úmidos e brilhantes que essas lágrimas deixaram, por um instante, nas maçãs pálidas da condessa, mas a brisa logo enxugou. Encarregado pelo imperador Napoleão de levar ordens ao marechal Soult, que tinha de defender a França contra a invasão inglesa no Béarn, o coronel d'Aiglemont aproveitava a sua missão para livrar a sua mulher dos perigos que então ameaçavam Paris, levando-a para a casa de uma velha parenta, em Tours. Logo a carruagem rolou pelas calçadas de Tours, através da ponte, pela Grande-Rua, e estacionou diante de um velho palácio, onde morava a ex-condessa de Listomère-Landon.[19]

A condessa de Listomère-Landon era uma daquelas belas idosas de tez pálida, cabelos brancos e sorriso sutil, que parecem carregar cestos, usando uma touca de moda já perdida nos tempos. Retratos muito antigos do século de Luís XV, essas mulheres são quase sempre carinhosas, como se ainda amassem; menos santas do que devotas, são menos devotas do que parecem; sempre a espalhar pó de arroz na cabeleira, boas contadoras de histórias, excelentes conversadoras, riem mais de uma lembrança do que de alguma brincadeira. O presente as desagrada. Quando uma velha camareira foi anunciar à condessa (pois ela logo retomaria o título de condessa) a visita de um sobrinho que ela não via desde o início da guerra da Espanha,[20] ela logo tirou os óculos, fechou a *Galeria da antiga Corte*,[21] seu livro preferido; então, encontrou alguma espécie de agilidade para chegar à sua escada no mesmo momento em que o casal subia os degraus.

Tia e sobrinha trocaram um rápido olhar.

— Bom-dia, minha querida tia — exclamou o coronel, agarrando a velha e beijando-a com pressa. — Trago-lhe uma

---

[19] Às vezes, Balzac também a chama de "marquesa". A Revolução Francesa abolira os títulos de nobreza, restaurados com a queda de Napoleão. *Listomère* reaparece em *O sacerdote de Tours*, n'*A comédia humana* balzaquiana.

[20] Que levara a corte portuguesa de Dom João VI a fugir para o Brasil, em 1808.

[21] *A Galeria da antiga Corte, ou Memórias anedotas para servir à História dos reinados de Luís XIV e Luís XV*, obra anônima em três volumes, publicada em 1786. (Segundo as valiosas notas da coleção francesa "Pléiade".)

jovem a guardar. Vim confiar-lhe o meu tesouro. A minha Julie não é coquete, nem ciumenta; ela tem a suavidade de um anjo... Mas não vai estragar-se aqui — disse ele, interrompendo a si mesmo.

— Mas que sujeito mau! — respondeu a condessa, lançando ao parente um olhar irônico.

Ela logo se ofereceu, antecipadamente, com certa graça encantadora, e abraçou Julie, que permanecia pensativa, e parecia mais embaraçada do que curiosa.

— Então, agora nós vamos nos conhecer, meu coração querido? — continuou a condessa. — Não se espante muito comigo, sempre busco jamais ser velha quando estou entre jovens.

Antes de chegar ao salão, a marquesa já tinha encomendado o almoço para os dois hóspedes, conforme o hábito nas províncias; porém o conde freou a eloquência da tia, dizendo-lhe, em tom sério, que não poderia conceder-lhe mais tempo do que levassem para mudar os cavalos. Logo os três parentes entraram no salão, e o coronel só teve tempo de contar à tia-avó os acontecimentos políticos e militares que o obrigavam a pedir-lhe asilo para a sua jovem mulher. Durante o relato, a tia olhava alternadamente o sobrinho, que falava sem ser interrompido, e a sobrinha, cuja palidez e tristeza lhe pareceram provocadas pela separação forçada. Ela parecia dizer a si mesma: — "Eh! eh! estes jovens se amam".

Nesse momento, estalos de chicote ecoaram pelo velho pátio silencioso de pavimentos desenhados por feixes de grama, Victor beijou novamente a condessa e correu para fora da casa.

— Adeus, minha querida — disse ele, beijando a sua mulher, que o seguira até a carruagem.

— Oh! Victor... Deixe-me acompanhá-lo até mais adiante — disse ela, em voz carinhosa —, eu não desejaria deixá-lo...

— Você ainda pensa nisso?

— Ah! Bem — respondeu Julie —, adeus, já que você assim o deseja.

O carro desapareceu.

— Então, você ama muito o meu querido Victor? — perguntou a condessa à sobrinha, interrogando-a com um daqueles olhares sábios em que as idosas envolvem as jovens.

— Ai! Senhora — respondeu Julie —, não é preciso amar muito um homem para esposá-lo?

Essa última frase foi sublinhada por um tom de ingenuidade que traía, ao mesmo tempo, um coração puro e mistérios profundos. Ora, era muito difícil a uma mulher amiga de Duclos e do marechal de Richelieu não buscar adivinhar o segredo desse jovem casal.[22] Tia e sobrinha encontravam-se, nesse instante, no limiar do portão dos cavalos, ocupadas em ver a viatura desaparecer. Os olhos da jovem condessa não exprimiam o amor da forma como a tia marquesa o compreendia. A boa senhora era provençal, as suas paixões tinham sido muito ardentes.

— Então, você se deixou apanhar pelo meu esperto sobrinho? — ela perguntou à nova parenta.

A jovem condessa estremeceu involuntariamente, pois o tom de voz e o olhar dessa velha coquete pareciam mostrar um conhecimento do caráter de Victor talvez até mais profundo do que o dela mesma. Inquieta, a senhora d'Aiglemont envolveu-se em uma dissimulação desajeitada, primeiro refúgio dos corações ingênuos e sofredores. A senhora de Listomère contentou-se com as respostas de Julie, mas pensou, alegremente, que essa solidão seria muito bem recompensada por algum segredo amoroso, pois a sobrinha parecia estar envolvida em alguma intriga divertida. Quando a senhora d'Aiglemont viu-se em um grande salão, onde o chão e as paredes eram forrados de tapeçarias emolduradas por hastes douradas, sentada diante de uma imensa lareira, abrigada das correntes de vento das janelas por um biombo chinês, a

---

22 Charles Pinot Duclos (1704 Dinan – 1772 Paris), autor de obras "libertinas" como *Confissões do conde de **** (1741), bastante citado em Stendhal, *Do amor* (1822). — Entre os diversos duques de Richelieu, o agora mencionado (1696–1788) também era considerado libertino e chegou a viver na Amazônia, enquanto governador da Guiana francesa.

sua tristeza não se apaziguou. Dificilmente a alegria poderia nascer entre paredes tão velhas, entre móveis de outros séculos. Todavia, a jovem parisiense sentiu uma espécie de prazer, ao entrar nessa solidão profunda, no solene silêncio da província. Depois de trocar algumas palavras com a tia, a quem escrevera, pouco antes, uma carta de recém-casada, permaneceu em silêncio, como se estivesse ouvindo música de ópera. Só depois de duas horas de uma calma digna de mosteiro em voto de silêncio, ela percebeu a sua indelicadeza em relação à tia, lembrando-se de que só lhe dera respostas frias. A velha senhora respeitara os caprichos da sobrinha, graças a um instinto cheio de encanto, característico das pessoas dos tempos antigos.[23] No momento, a viúva tricotava. Na verdade, ela se ausentara várias vezes para preparar certo quarto verde onde a condessa deveria dormir e onde os empregados domésticos colocavam as suas bagagens; mas já retomara o seu lugar em uma grande poltrona, e olhava a jovem, furtivamente. Envergonhada por ter-se abandonado à sua irresistível meditação, Julie buscou ser perdoada, rindo e brincando.

— Minha pequena querida, nós conhecemos as dores das viúvas — respondeu a tia.

Seria necessário ter quarenta anos de idade para adivinhar a ironia expressa pelos lábios da velha senhora. No dia seguinte, a jovem condessa já se sentia muito melhor, já conversava. A senhora de Listomère não se desesperava mais nas tentativas de domar a recém-casada, que a princípio julgara como um ser estúpido e selvagem; falou das alegrias da região, dos bailes, das casas que elas poderiam vir a visitar. Nesse segundo dia, todas as perguntas da idosa marquesa estavam cheias de armadilhas, segundo os velhos hábitos dos grupos monárquicos, buscando desnudar os sentimentos da sobrinha e o seu caráter. Por alguns dias, Julie resistiu a todos os impulsos que lhe foram dados para ir buscar divertir-se, fora daquela casa. Assim, apesar do desejo que a velha senhora sentia — passear orgulhosamente ao lado de sua

[23] Ver o ensaio *O narrador*, de Walter Benjamin.

bela sobrinha[24] —, acabou renunciando à vontade de levá-la à sociedade. A jovem condessa encontrara um pretexto para a solidão e para a tristeza na desgraça que lhe provocara a morte do pai, por quem ela ainda usava o luto. Uma semana depois, a dona da casa já admirava a suavidade angelical, as graças modestas, o espírito indulgente de Julie, e desde então se interessou maravilhosamente pela misteriosa melancolia a roer esse jovem coração. A jovem condessa era uma daquelas mulheres nascidas para ser amáveis, que parecem carregar consigo a felicidade. A sua companhia tornou-se tão suave e preciosa à senhora de Listomère que ela ficou louca pela sobrinha, desejando nunca separar-se dela.Bastou um mês para criar-se entre elas eterna amizade. A velha dama notou, não sem surpresa, as metamorfoses na face da senhora d'Aiglemont. As vivas cores que lhe abrasavam a pele extinguiram-se imperceptivelmente: a face ganhara tons foscos, pálidos. Perdendo o seu brilho primitivo, Julie tornou-se menos triste. Às vezes, a matrona despertava na jovem parenta impulsos de alegria ou risos divertidos, logo reprimidos por algum pensamento importuno. Adivinhou que nem a lembrança paterna nem a ausência de Victor era o motivo da profunda melancolia a lançar um véu sobre a vida da sobrinha; depois, teve tantas suspeitas malignas que lhe foi difícil vislumbrar a verdadeira causa do mal, pois talvez nós só encontremos a verdade por acaso. Um dia, enfim, Julie deixou brilhar, aos olhos da tia surpresa, o mais completo esquecimento do casamento, uma loucura de jovem insensata, uma espontaneidade espiritual, uma naturalidade digna da primeira infância, todo o espírito delicado, às vezes tão profundo, que distingue a juventude francesa. Então, a senhora de Listomère decidiu sondar os mistérios dessa alma, cuja extrema naturalidade equivalia a uma dissimulação impenetrável. A noite se aproximava; as duas damas estavam sentadas ante uma janela que dava para a rua, Julie parecia pensar, um homem a cavalo apareceu a passear.

---

[24] Ver Stendhal, *Do amor* (1822), capítulo 1, "4º O amor de vaidade".

— Eis uma de suas vítimas — disse a velha senhora.

A senhora d'Aiglemont olhou a tia, manifestando surpresa mesclada a inquietude.

— É um jovem inglês, um cavalheiro, o honrado Arthur Ormond, o filho mais velho do lorde Grenville. A sua história é interessante. Ele chegou a Montpellier em 1802, esperando que o ar dessa região, para onde os médicos o enviaram, o curasse de uma enfermidade do peito, que iria matá-lo. Como todos os seus compatriotas, ele foi detido por Bonaparte, durante a guerra, pois este monstro não consegue viver sem as guerras. Para distrair-se, o jovem inglês começou a estudar a sua própria enfermidade, que imaginavam ser mortal. Aos poucos, ele tomou gosto pela anatomia, pela medicina; apaixonou-se por essas espécies de artes, o que é extraordinário em um homem de qualidade; mas o Regente[25] bem que se ocupou de química! Enfim, o senhor Arthur fez progressos impressionantes, mesmo segundo a opinião dos professores de Montpellier; o estudo consolou-o de seu cativeiro e, ao mesmo tempo, ele curou-se, totalmente. Dizem que passou dois anos sem falar, respirando com dificuldade, sempre deitado em uma manjedoura, bebendo leite de vaca trazida da Suíça, alimentando-se de agrião. Desde que ele se encontra aqui, em Tours, não viu ninguém, é muito orgulhoso, como um pavão; mas, por certo, você o conquistou, pois, provavelmente, não é por minha causa que ele passa debaixo de nossas janelas, duas vezes por dia, desde que você está aqui... Com certeza, ele a ama.

Essas últimas palavras despertaram a condessa Julie, como por encanto. Ela deixou escapar um gesto e um sorriso que surpreenderam a marquesa. Muito longe de demonstrar a instintiva satisfação sentida até mesmo pela mais séria das mulheres, ao saber que alguém sofre por ela, o olhar de Julie era frio e aborrecido. A sua face mostrava um sentimento de repulsa próximo ao horror. Essa interdição não era o que uma

---

[25] Filipe II (1674–1723), duque de Orléans, regente em 1715–1723, enquanto Luís XV (1710–1774) era criança.

mulher apaixonada lança ao mundo inteiro em favor de um único ser;[26] então, uma mulher amorosa sabe rir e brincar; mas não, nesse momento, Julie era igual a uma pessoa a quem a lembrança de um grande perigo presente leva a sentir até mesmo dor. A tia, convencida de que a sobrinha não amava o seu sobrinho, espantou-se ao descobrir que ela não amava ninguém. Tremeu ao reconhecer em Julie um coração desencantado, uma jovem a quem a experiência de um dia, de uma noite, talvez, bastara para avaliar toda a incapacidade amorosa de Victor.

— Se ela conhece Victor, tudo está dito — pensou a tia —, e o meu sobrinho logo vai sofrer as inconveniências do casamento.

Então, ela buscou converter Julie às doutrinas monárquicas do século de Luís XV; mas, horas depois, soube, ou melhor, adivinhou a situação bastante comum na sociedade à qual a jovem condessa devia a sua melancolia. Julie, tornando-se de repente pensativa, retirou-se a seu quarto mais cedo que de hábito. Quando a sua camareira a despiu, deixando-a pronta para deitar-se, ela permaneceu diante do fogo, mergulhada em um sofá de veludo amarelo, móvel antigo, confortável tanto aos aflitos, quanto às pessoas felizes; chorou, suspirou, pensou; depois, sentou-se a uma mesinha, buscou papel, começou a escrever. As horas passaram voando, as confidências que Julie fazia nessa carta pareciam custar-lhe muito, cada frase lhe trazia vastos devaneios; de repente a jovem derreteu-se em lágrimas e deteve-se. Nesse momento, os relógios soaram duas horas. A sua cabeça, tão pesada quanto a de uma moribunda, inclinou-se sobre o seu seio; depois, ao levantar a face, Julie viu a sua tia surgir de repente, como um personagem a sair das tapeçarias estendidas nas paredes.

---

[26] Ver a obra-prima de Sigmund Freud (6/5/1856 Freiberg — 23/9/1939 Londres) *O mal-estar na civilização* (1930): ... "um casal de amantes basta-se a si mesmo"... — Uma das grandes surpresas dos leitores de Balzac é perceber, ao lado de sua maestria no suspense, a sua profundidade psicológica. Os grandes artistas podem vir a abrir caminhos para os grandes pensadores.

— O que você tem, minha pequena? — disse-lhe a tia. — Por que ficar acordada até tão tarde, mas, acima de tudo, por que chorar sozinha, na flor da idade?

Ela sentou-se sem cerimônia perto da sobrinha e devorou com os olhos a carta iniciada.

— Você estava escrevendo a seu marido?

— Sei eu onde ele está? — disse a jovem condessa.

A tia tomou o papel e leu-o. Trouxera os seus óculos: havia premeditado tudo. A inocente criatura deixou-a tomar a carta, sem falar nada. Não foi por falta de dignidade nem por qualquer sentimento de culpa secreta a subtrair-lhe todas as energias; não, a tia encontrou ali um daqueles momentos em que a alma fica sem saída, em que tudo é indiferente, tanto o bem quanto o mal, tanto o silêncio quanto a confiança.[27] Como uma jovem virtuosa, esmagando o seu amado com desdém, mas, à noite, encontrando-se tão triste, tão abandonada, chega a desejá-lo, querendo um coração para transmitir os próprios sofrimentos, Julie deixou violar, sem falar palavra, o selo que a delicadeza imprime em uma carta aberta, e permaneceu pensativa enquanto a marquesa lia.

"Minha querida Louisa,[28] por que exigir tantas vezes o cumprimento da mais imprudente promessa que duas jovens ignorantes possam ter feito uma à outra? Como me disse em sua carta, você sempre se indaga por que há seis meses não respondo às suas perguntas. Se você não compreendeu o meu silêncio, talvez hoje venha a adivinhar o motivo ao saber dos mistérios que trairei. Eu os enterraria para sempre, bem no fundo do coração, se você não me tivesse contado que logo vai casar-se. Você vai casar-se, Louisa. Este pensamento me leva a estremecer. Case-se, pobre pequena; depois, dentro de alguns meses, um de seus mais dilacerantes remorsos virá

---

[27] Ver Ingmar Bergman (14/7/1918 Uppsala – 30/7/2007 Fårö), *A hora do lobo* (1968), epígrafe. (Além do filme, há edição Nórdica.)

[28] Louisa de Wimphen, amiga íntima de Julie. Ver Balzac, *Memórias de duas jovens casadas* (romance epistolar inspirado na *Julie, ou A nova Héloïse*, de Rousseau), n'*A comédia humana*.

da lembrança do que éramos antes, quando, ao cair da tarde, em Écouen,[29] chegamos aos imensos carvalhos da montanha, contemplamos o belo vale a nossos pés, admiramos os raios do sol poente e os seus reflexos a nos envolver. Sentamo-nos nas pedras e caímos em um encantamento, sucedido pela mais suave melancolia. Você foi a primeira a imaginar que o Sol distante contava-nos todo o nosso futuro. Então nós éramos muito curiosas, muito loucas! Você se lembra de todas as nossas extravagâncias? Nós nos abraçamos como dois amantes, trocando promessas, conversando. Juramos que a primeira de nós duas a casar-se contaria fielmente à outra os segredos nupciais, as alegrias que as nossas almas infantis nos pintavam tão deliciosas. Mas esta noite vai ser seu desespero, Louisa. Naqueles tempos, você era jovem, bela, descuidada, se não feliz; um marido vai transformá-la, em poucos dias, no que eu já sou: feia, triste e velha. Contar-lhe como eu estava orgulhosa, vaidosa e feliz, por casar-me com o coronel Victor d'Aiglemont, seria uma loucura! E como eu poderia contar-lhe? Já não me lembro mais de mim mesma. Em poucos instantes, a minha infância transformou-se em um sonho. A minha forma de ser, durante aquele dia solene, a consagrar um anelo de extensão oculta para mim, não era irrepreensível. Mais de uma vez, meu pai tentou reprimir a minha alegria, pois eu mostrava alegrias que achavam inconvenientes, e as minhas palavras revelavam malícia, justamente por serem sem malícia. Eu fazia mil infantilidades com aquele véu nupcial, aquele vestido, aquelas flores. Enfim, só, à noite, no quarto aonde eu havia sido conduzida com pompa imensa, imaginava alguma brincadeira para intrigar Victor; e, esperando que ele chegasse, eu sentia palpitações no coração semelhantes às que antes me dominavam nesses dias solenes, em 31 de dezembro, quando, sem que ninguém me visse, eu deslizava até o salão onde os presentes de ano novo se acumulavam. Quando o meu marido entrou, a me

---

[29] No castelo onde Julie e Louisa eram pensionistas. Balzac fala sobre os pensionatos femininos em *Fisiologia do casamento* (a partir da "Meditação VI"), n'*A comédia humana*.

procurar, o riso abafado que eu o deixava ouvir, bem debaixo dos lençóis a me envolver, foi o último brilho dessa alegria suave que animava os mais belos jogos da nossa infância..."

Quando a viúva acabou de ler essa carta, que, começando assim, deveria tecer comentários muito tristes, ela lentamente colocou os óculos na mesa, pousou também a carta e deteve em sua sobrinha dois olhos verdes cheios de claras chamas, que não haviam sido extintas pelos anos.

— Minha pequena — disse ela —, uma mulher casada não poderia escrever desta forma a uma jovem sem faltar às conveniências...

— Foi o que eu pensei — respondeu Julie, interrompendo a tia —, e senti vergonha de mim mesma enquanto a senhora lia a carta...

— Se, à mesa, um prato não nos parece bom, não é preciso tirar o apetite dos outros, minha criança — continuou a velha, de bom humor —, principalmente quando, desde Eva até nós, o casamento sempre pareceu algo tão maravilhoso... Você já não tem mãe? — concluiu a velha senhora.

A condessa estremeceu; depois, levantou suavemente a face e disse: — "Há um ano, lamento a perda de minha mãe; mas cometi o erro de não dar atenção à repulsa de meu pai, que não queria Victor como genro".

Ela olhou a tia, e um arrepio de alegria secou as suas lágrimas, quando percebeu o ar de bondade a animar a velha viúva. Estendeu a sua jovem mão à marquesa, que parecia solicitar o seu tato; e, quando os seus dedos se apertaram, as duas mulheres compreenderam-se perfeitamente.

— Pobre órfã! — acrescentou a marquesa.

Essa palavra foi o último clarão, para Julie. Ela imaginou ouvir novamente a voz profética de seu pai.

— As suas mãos estão em chamas! Elas sempre estão ardendo? — perguntou a velha senhora.

— A febre só me deixou há sete ou oito dias — respondeu a jovem.

— Você estava com febre, e escondeu isso de mim!

— Tenho febre há um ano — disse Julie, com uma espécie de ansiedade cheia de pudor.

— Então, meu anjo — continuou a tia —, para você, até agora, o casamento foi só uma dor infinita?

A jovem não ousou responder, mas fez um gesto afirmativo, a trair todos os seus sentimentos.

— Então você é infeliz?

— Ah, não, minha tia. Victor me ama até a idolatria, e eu o adoro, ele é tão bom!

— Sim, você o ama; mas foge dele, não foge?

— Sim... Às vezes... Ele sempre me procura...

— Quando você está sozinha, não fica sempre preocupada, temendo que ele venha surpreendê-la?

— Ai! Sim, minha tia. Mas eu o amo muito, com certeza.

— Você não se acusa a si mesma, em segredo, de não saber, ou de não poder, partilhar os prazeres dele? Às vezes, você não acha que o amor conjugal é mais duro de suportar do que seria um amor ilegal?

— Ah! É isso — disse a jovem chorando. — Então a senhora adivinhou tudo, bem ali onde tudo é enigma para mim. Meus sentidos não percebem nada, não sei o que pensar, enfim, mal vivo. A minha alma é oprimida por uma angústia indefinível, que congela os meus sentimentos, lança-me a uma insensibilidade infinita. Estou sem voz para me queixar, sem palavras para exprimir a minha tristeza. Estou sofrendo, mas tenho vergonha de sofrer, ao ver Victor feliz em fazer o que me mata.

— Infantilidades! Tudo isso são ninharias! — exclamou a tia, com a face ressecada a se animar de repente em um sorriso alegre, em um reflexo das alegrias de sua juventude.

— E a senhora ainda ri! — disse a jovem, desesperada.

— Eu também era assim... — logo respondeu a marquesa. — Agora que Victor a deixou só, você não voltou a ser uma menina solteira, tranquila, sem prazeres, mas também sem sofrimentos?

Julie abriu grandes olhos atordoados.

— Enfim, meu anjo, você adora Victor, não é verdade? Mas gostaria de não ser a sua esposa, preferiria ser a irmã dele, já que o matrimônio não a realiza, enfim...

— Ah! Bem, é isso, minha tia. Mas por que rir?

— Oh! Você tem razão, minha pobre filha. Em tudo isso não há nada muito alegre. O seu futuro seria cheio de infelicidades, se eu não a tomasse sob a minha proteção, e se a minha velha experiência não pudesse adivinhar a causa tão inocente de seus sofrimentos. O meu sobrinho não merece a sua felicidade, o tolo! Sob o reino de nosso bem-amado Luís XV, uma jovem que se encontrasse na situação em que você se encontra logo puniria o marido por se comportar como um verdadeiro soldado medieval. O egoísta! Os militares desse atual tirano imperial são todos vis ignorantes. Acham a brutalidade muito galante, não conhecem mais as mulheres nem sabem amá-las; imaginam que a marcha para a morte, no dia seguinte, já os dispensa de terem, na véspera, respeito e consideração conosco. Antigamente, sabia-se muito bem amar e morrer. Minha sobrinha, eu vou ensinar o meu Victor. Vou pôr um fim ao triste desacordo, muito natural, que os levaria a odiar um ao outro, a desejar o divórcio, se você não viesse a morrer antes de chegar ao desespero.

Julie ouvia a tia tão surpresa quanto paralisada, assombrada por escutar palavras de sabedoria mais pressentida do que compreendida por ela, aterrada ao reencontrar, na boca de uma parenta cheia de experiência, a sentença decretada por seu pai sobre Victor, mas em forma mais branda. Então teve, talvez, uma repentina intuição de seu futuro, e sem dúvida sentiu todo o peso dos sofrimentos que poderiam esmagá-la; pois ela se desmanchou em lágrimas, lançando-se aos braços da velha dama, dizendo-lhe: — “Seja a minha mãe!”. — A tia não chorou, pois a Revolução de 1789 deixara poucas lágrimas nos olhos das mulheres da antiga monarquia luisiana. Antigamente o Amor, e a seguir o Terror, as haviam habituado aos mais cruéis acontecimentos,[30] de forma que elas conservam,

---

[30] Aqui, é possível entrever uma das passagens do Romantismo ao Realismo. Outra dessas passagens consiste precisamente em toda *A comédia humana*, que se despede do modo de ser exclusivamente romântico e inaugura novas formas realistas.

em meio aos perigos da vida, uma dignidade fria, afetos sinceros, mas não expansivos, a permitir-lhes serem sempre fiéis às etiquetas e a uma nobreza de posturas que os novos costumes erroneamente repudiaram. A viúva tomou a jovem nos braços, beijou-a na testa com ternura e graça que, quase sempre, se encontram mais nas maneiras e costumes dessas senhoras do que no fundo coração; ela seduziu a sobrinha com as suas ternas palavras, prometeu-lhe um porvir feliz, embalou-a em promessas de amor, ajudando-a a deitar-se, como se ela fosse a sua filha, uma filha querida cheia de esperanças e desesperos que se tornavam os seus próprios sentimentos; ela se via novamente jovem, reencontrava-se inexperiente[31] e bela, como se fosse a própria sobrinha. A condessa adormeceu, feliz por ter encontrado uma amiga, uma mãe, a quem doravante poderia tudo contar. Na manhã seguinte, quando a tia e a sobrinha se abraçavam com profunda cordialidade, parecendo compreenderem-se mutuamente, demonstrando progressos em seus sentimentos, bem como a mais perfeita união entre ambas as almas, elas ouviram os passos de um cavalo, viraram a cabeça ao mesmo tempo, viram o jovem inglês passar lentamente, como todos os dias. Ele parecia ter feito algumas pesquisas sobre a vida levada por essas duas mulheres solitárias, e nunca deixava de aparecer, enquanto elas almoçavam ou jantavam. O seu cavalo já retardava o passo espontaneamente, sem ser solicitado; depois, durante o tempo que levava para atravessar o espaço entre as duas janelas da sala de refeições, Arthur lançava um olhar melancólico, quase sempre desdenhado pela nobre jovem, que não lhe dava atenção alguma. Entretanto, habituada às mais ínfimas curiosidades que se enraízam nas menores coisas, para animar a vida na província, apoderando-se até mesmo dos mais elevados espíritos, a marquesa divertia-se com o amor tímido e sério, demonstrado pelo inglês de forma tão implícita. Os olhares periódicos tinham-se tornado um hábito

---

31 "Inexpériente": neologismo criado por Balzac. (Segundo as edições da Gallimard "Pléiade", v. II: p. 1.067, 1.606; e "Folio", p. 92, 355.)

para ela, e a cada dia ela brindava a passagem de Arthur com novas brincadeiras. Sentando-se à mesa, as duas mulheres olharam ao mesmo tempo o homem da ilha britânica. Desta vez, os olhos de Julie e de Arthur se encontraram, com tal precisão de sentimentos, que a jovem enrubesceu. Logo o inglês pressionou seu cavalo e partiu a galope.

— Mas, senhora — disse Julie à tia —, o que é preciso fazer? As pessoas que veem esse inglês passar vão pensar que eu sou...

— Sim — respondeu a tia, interrompendo-a.

— Ah, bem, eu não poderia falar-lhe para deixar de passear por aqui?

— Isso não o levaria a pensar que ele é perigoso? Aliás, você pode impedir um homem de ir e vir, aonde bem entender? Amanhã, não comeremos mais nesta sala; quando deixar de nos ver, o jovem cavalheiro vai parar de amá-la através da janela. Eis, minha criança querida, como se comporta uma mulher que bem conhece a sociedade.

Mas a desgraça de Julie tinha de ser completa. Assim que as duas mulheres se levantaram da mesa, o valete de Victor chegou, de repente. Ele vinha de Bourges, a galope, por íngremes caminhos, trazendo à condessa uma carta do marido. Victor, que deixara o imperador, anunciava à sua mulher a queda do regime imperial napoleônico, a tomada de Paris, o entusiasmo a explodir em favor dos Bourbons, em todos os lugares da França; mas, sem saber como chegar a Tours, pedia-lhe para vir, a toda pressa, a Orléans, onde esperava encontrar-se com passaportes para a esposa. Este servo, velho militar, deveria acompanhar Julie, de Tours a Orléans, caminho que Victor imaginava ainda estar livre.

— Senhora: não há um segundo a perder — disse o valete; — os prussianos, austríacos e ingleses vão unir-se em Blois, ou em Orléans...

Em poucas horas, a jovem ficou pronta e partiu em uma velha carruagem de viagem emprestada pela tia.

— Por que a senhora não vem conosco a Paris? — disse Julie, beijando a tia. — Agora que os Bourbons se reinstauram, lá a senhora encontraria os...

— Mesmo sem esse inesperado retorno, eu iria, pobre pequena, pois os meus conselhos lhes são muito necessários, tanto a você, quanto a Victor. Assim, vou fazer todo o possível para alcançá-los.

Julie partiu, acompanhada por sua camareira e pelo velho militar, que galopava em seu cavalo, próximo à janela da carruagem, velando pela segurança da patroa. À noite, chegando a uma estação de muda de cavalos, logo depois de Blois, Julie, inquieta ao ouvir uma carruagem a rodar atrás da sua, seguindo-a desde Amboise, aproximou-se da janela, para ver quem seriam os seus companheiros de viagem. O luar permitiu-lhe identificar Arthur, de pé, a três passos de distância, com os olhos fixos no assento dela. Seus olhares se encontraram. A condessa atirou-se rapidamente ao fundo da sua carruagem, mas com um sentimento de medo que a levou a palpitar. Como a maioria das jovens realmente inocentes e sem experiência, ela via uma falta sua em um amor involuntariamente inspirado a um homem. Sentia um terror instintivo, provocado talvez pela consciência da própria fraqueza, ante um assalto tão audacioso. Uma das mais potentes armas do homem é esse terrível poder de ocupar de si mesmo uma mulher cuja imaginação naturalmente móvel se assusta ou se ofende, ante um assédio. A condessa lembrou-se do conselho da tia, e decidiu permanecer, durante a viagem, bem no fundo da carruagem, sem se mostrar. Mas, a cada estação de muda de cavalos, ela ouvia o inglês passear entre as duas carruagens; a seguir, na estrada, o incômodo ruído do carro de Arthur ecoava, sem cessar, nos ouvidos de Julie. A jovem logo pensou que, uma vez ao lado do marido, Victor saberia defendê-la dessa singular perseguição.

— Mas e se esse jovem, todavia, não me amasse?

Essa foi a última reflexão que ela veio a fazer. Ao chegar a Orléans, a sua carruagem foi detida pelos prussianos, levada ao pátio de uma hospedaria e vigiada por soldados. A resistência era impossível. Os estrangeiros explicaram aos três viajantes, por meio de sinais autoritários, que haviam recebido ordens de não deixar ninguém sair do carro. A condessa chorou, por cerca de duas horas, prisioneira entre soldados que fumavam, riam, às vezes a olhavam com insolente curiosidade; mas finalmente ela os viu afastarem-se da carruagem com certa espécie de respeito ao ouvir os sons de diversos cavalos. Logo um grupo de altos oficiais estrangeiros, comandado por um general austríaco, cercou a carruagem.

— Senhora — disse-lhe o general —, queira aceitar as nossas desculpas; foi cometido um erro; a senhora pode continuar a sua viagem sem temor, eis um passaporte que doravante evitará toda espécie de incômodo...

Trêmula, a condessa tomou o papel e sussurrou vagas palavras. Perto do general, em trajes de oficial inglês, ela viu Arthur, a quem sem dúvida devia a sua rápida libertação. Alegre e triste, ao mesmo tempo, o jovem inglês virara a cabeça, e só ousava olhar Julie furtivamente. Graças ao passaporte, a senhora d'Aiglemont chegou a Paris sem mais aventuras incômodas. Ali encontrou o marido, que, desligado de seu juramento de fidelidade ao imperador, havia sido lisonjeiramente acolhido pelo conde d'Artois, nomeado marechal do reino por seu irmão, Luís XVIII. Victor teria, na guarda real luisiana, um lugar importante, que lhe valeria a patente de general. Entretanto, em meio às festas que marcaram o retorno dos Bourbons ao poder, profunda infelicidade, que repercutiria em toda a sua vida, assaltou a pobre Julie: ela perdeu a nova tia, a condessa de Listomère-Landon. A velha senhora morreu de alegria e de gota a subir ao coração, ao rever, em Tours, o duque d'Angoulême. Assim, a pessoa a quem a idade dava o direito de esclarecer Victor, a única que, com bons conselhos, poderia melhorar a relação do casal, não existia mais. Julie sentiu essa perda em toda a sua amplitude. Agora, entre ela e o marido, só havia ela mesma. Mas, jovem e tímida, preferia sofrer a se queixar. A própria perfeição de seu caráter proibia-a de ousar subtrair-se a seus deveres conjugais, ou de tentar buscar o motivo de seus tormentos, pois parar de sofrer seria algo muito delicado: Julie temia ofender o seu próprio jovem pudor.

3. A MÃE[32]

Uma palavra sobre os destinos do senhor d'Aiglemont sob a Restauração.

Não é possível encontrar muitos homens cuja absoluta nulidade é um segredo para a maioria das pessoas que os conhecem? Uma alta posição, um berço de ouro, funções importantes, certa falsa polidez, grande reserva na forma de se comportar ou os prestígios da fortuna são, para eles, como guardas a impedir os críticos de penetrar na intimidade de sua existência. Essas pessoas assemelham-se a reis cujas verdadeiras dimensões, personalidade e hábitos nunca podem ser bem conhecidos ou justamente apreciados, pois eles são vistos de bem longe ou então de bem perto. Esses personagens de méritos fictícios interrogam, em vez de conversar; conhecem a arte de colocar os outros em cena para evitar se mostrarem na sua frente; ademais, com feliz destreza, puxam cada um deles pelos fios de suas paixões, ou interesses, e assim tiram proveito dos homens que lhes são realmente superiores, transformando-os em marionetes e acreditando-os pequenos demais por os terem rebaixado até o seu nível. Então, eles chegam à vitória natural de seu pensamento mesquinho, mas fixo, sobre a mobilidade dos grandes pensamentos.[33] Assim, para julgar essas cabeças ocas e pesar os seus valores negativos, o observador precisa ter uma mente mais sutil do que superior, ter mais paciência do que visão profunda, mais fineza e tato do que elevação e grandeza de ideias. Todavia, por mais habilidade que esses usurpadores ostentem para ocultar os seus mais frágeis aspectos, para eles é muito difícil enganar sua mulher, mãe, filhos ou amigos da família; porém essas pessoas quase sempre guardam segredo sobre

---

[32] Aqui se iniciava o capítulo 3, "A mãe", divisão abolida por Balzac em 1842.

[33] Também aqui se manifesta a famosa "vitória do realismo" de Balzac: embora ele desejasse ser "nobre", a sua obra desnuda e demole as falsas pretensões e os esnobismos da nobreza e da burguesia. (Ver a antologia de Marx *Sobre a literatura e a arte.*)

algo que toca, de alguma forma, a sua honra comum e, muitas vezes, até os ajudam a impor-se ao mundo. Se, graças a essas conspirações domésticas, muitos homens medíocres passam por serem superiores, eles compensam o número de homens superiores que passam por medíocres, e assim o Estado social conserva sempre a mesma massa de capacidades aparentes. Agora, imagine o papel que deve representar uma mulher cheia de espírito e sentimento diante de um marido dessa espécie: não se veem existências cheias de sofrimentos e devoção de que nada, aqui na terra, poderia consolar certos corações cheios de amor e delicadeza? Se uma mulher forte se encontrar nessa horrível situação, ela a ultrapassa por meio de um crime, como o fez Catarina II, todavia chamada a Grande.[34] Mas como nem todas as mulheres se encontram sentadas no trono, geralmente elas se devotam às infelicidades domésticas, que são menos visíveis, mas não menos terríveis. As que buscam, aqui na terra, consolos imediatos para os seus males frequentemente apenas trocam umas desgraças por outras, enquanto desejam permanecer fiéis a seus deveres, ou cometem faltas, se violam as leis em favor de seus prazeres. Todas essas reflexões se relacionam com a história secreta de Julie. Enquanto Napoleão esteve de pé, o conde d'Aiglemont, coronel igual a tantos outros, bom oficial de ordens, excelente no cumprimento de uma missão perigosa, mas incapaz de exercer comandos de alguma importância, não excitou inveja alguma, passou por ser um dos valentes ajudantes do imperador, foi o que os militares vulgarmente chamam de um bom menino. A Restauração, que lhe deu o título de marquês, não o levaria à ingratidão: ele seguiu os Bourbons até Gand.[35] Esse ato lógico e

---

[34] A czarina russa teria mandado matar o marido, o czar Pedro III. — "Quem mata alguém é um grande assassino, quem mata milhões é um grande herói", afirma o personagem de Charles Chaplin ao final de seu filme *Monsieur Verdoux*. — Ver *Os dois sonhos*, n'*A comédia humana* balzaquiana.

[35] Onde a corte de Luís XVIII passou "o exílio dos cem dias", desde que Napoleão retomou o poder até a batalha de Waterloo.

fiel desmentiu o horóscopo decretado por seu sogro ao dizer que o genro seria um eterno coronel. Depois da batalha de Waterloo e da segunda Restauração, nomeado tenente-general e voltando a ser marquês, o senhor d'Aiglemont teve a ambição de se tornar par do reino: logo adotou as máximas e a política da revista *O Conservador*, envolveu-se em dissimulações que nada escondiam, tornou-se sério, interrogador, pouco falante, e assim passou a ser considerado um homem profundo. Sempre se agarrando às normas de etiqueta, cheio de fórmulas, decorando e repetindo as frases feitas, inevitáveis em Paris, trocando em miúdos para os tolos o sentido das grandes ideias e acontecimentos, as pessoas da sociedade logo o consideraram como um homem de muito bom gosto e vasta sabedoria. Teimoso em suas opiniões aristocráticas, logo passou a ser citado como um bom caráter. Se, por acaso, ficava despreocupado ou alegre, como o era outrora, a insignificância e a mediocridade de suas palavras tinham para os outros muitos duplos sentidos diplomáticos. — "Oh! Ele só diz aquilo que quer dizer" —, pensavam as pessoas mais honestas. Ele era tão bem servido por suas qualidades quanto por seus defeitos. A sua coragem dera-lhe uma alta reputação militar que nada desmentia, pois ele nunca havia sido o comandante principal. A sua figura máscula e nobre exprimia vastos pensamentos, e a sua fisionomia só era uma fraude para a sua mulher. Ouvindo todos fazerem justiça a seus falsos talentos, o marquês d'Aiglemont acabou convencendo a si mesmo de que era um dos homens mais notáveis da corte, onde, graças às suas aparências, sabia ser agradável, e onde os seus diversos valores foram aceitos sem protestos. Todavia, o senhor d'Aiglemont era modesto em casa, onde os seus instintos percebiam a superioridade da esposa, por mais jovem que ela fosse; e desse respeito involuntário nasceu um poder oculto que a marquesa foi obrigada a aceitar, apesar de todos os seus esforços para livrar-se desse fardo. Conselheira do marido, ela dirigia as suas ações e a sua fortuna. Essa influência antinatural era, para ela, uma espécie de humilhação e fonte de muitas dores, que ela enterrava bem no fundo do coração. Seu instinto tão delicadamente feminino logo lhe disse que é muito melhor obedecer a um homem talentoso do que dirigir um tolo, e que uma jovem esposa — obrigada a pensar e a agir como um homem — não pertence mais a nenhum sexo, perde todas as graças de sua feminilidade sem perder as suas desgraças, nem conquistar nenhum dos privilégios concedidos, pelas nossas leis, aos mais fortes. A sua existência ocultava amarga ironia. Não era ela obrigada a honrar um ídolo oco, a proteger o seu protetor, pobre ser que, como pagamento por sua devoção contínua, lançava-lhe o amor egoísta dos maridos, vendo nela apenas a mulher, sem se dignar, ou saber, ocupar-se dos prazeres dela, e assim a injuriando profundamente, indiferente à fonte da tristeza e do enfraquecimento de sua esposa? Como a maioria dos maridos a sentirem-se subjugados por um espírito superior, o marquês salvava o seu amor-próprio atribuindo a fraqueza física de Julie à sua fraqueza moral, e adorava queixar-se, pedindo contas à sorte por lhe ter dado como esposa uma jovem doentia. Enfim, ele se fazia de vítima, enquanto era o carrasco. A marquesa, encarregada de todas as penas dessa triste existência, ainda tinha de sorrir ao seu idiota senhor, enfeitar com flores uma casa de luto, estampar felicidade no rosto empalidecido pelos tormentos secretos. Essa responsabilidade de honra, essa magnífica renúncia, deram, insensivelmente, à jovem marquesa uma dignidade feminina, uma consciência de virtude que lhe serviram de proteção contra os perigos da sociedade. Então, para sondar a fundo esse coração, a desgraça íntima e oculta a coroar o seu primeiro amor, o seu ingênuo amor de menina, levou-a, talvez, a ter horror das paixões; talvez ela nem imaginasse as atrações, as alegrias ilícitas, mas delirantes, que levam algumas mulheres a esquecer as leis do esclarecimento,[36] os princípios da virtude, nos quais repousa a sociedade. Renunciando, como

---

[36] Ver Homero (c. 800 a. C.), *Odisseia*, canto 12: "As sereias". (Há edição Martin Claret.) Para resistir ao chamado do canto das sereias e não atirar-se às águas profundas do oceano, Ulisses manda amarrarem-no ao mastro da nave. — Ver Theodor Adorno e Max Horkheimer, *Dialética do esclarecimento* (1947): "Ulisses ou Mito e esclarecimento". (Há edição Jorge Zahar.)

a um sonho, às doçuras, à terna harmonia prometida pela velha experiência da tia, a senhora de Listomère-Landon, ela aguardava resignadamente o fim de suas penas, esperando morrer jovem. Desde que voltara da Touraine, a sua saúde se enfraquecia a cada dia, e a vida lhe parecia ser medida pelo sofrimento; sofrimento elegante, aliás, enfermidade quase voluptuosa na aparência, que aos olhos das pessoas superficiais poderia passar por mera fantasia de jovem dama. Os médicos haviam condenado a marquesa a ficar deitada em um divã, onde ela definhava entre as flores que a rodeavam, murchando como ela. A sua fragilidade a impedia de andar e de sair ao ar livre; ela só saía em carruagem fechada. Sempre cercada de todas as maravilhas de nosso luxo e de nossa indústria moderna, ela assemelhava-se menos a uma doente do que a uma preguiçosa rainha. Alguns amigos, talvez apaixonados por suas desgraças e por sua fragilidade, certos de sempre encontrá-la em casa, sem dúvida também especulando acerca de seu estado futuro, vinham trazer-lhe as novidades e informá-la sobre esses milhares de pequenos acontecimentos que tornam a existência em Paris tão variada. A sua melancolia, embora grave e profunda, era, portanto, a melancolia da opulência. A marquesa d'Aiglemont assemelhava-se a uma bela flor de raízes roídas por um inseto negro. Às vezes, ela frequentava a sociedade, não por gosto, mas para obedecer às exigências dos mais altos cargos aspirados pelo marido. A sua voz e o seu cantar perfeito poderiam permitir-lhe colher os aplausos que quase sempre lisonjeiam uma jovem mulher; mas de que lhe valiam esses sucessos, se ela não os transmitia nem a seus sentimentos nem às suas esperanças? O seu marido não gostava de música. Enfim, ela quase sempre se sentia incomodada nos salões onde a sua beleza lhe atraía homenagens interessadas. Ali, a sua situação excitava uma espécie de compaixão cruel, uma triste curiosidade. Ela sofria de uma inflamação geralmente bem mortal, que as mulheres sussurram aos ouvidos, para a qual a nossa neologia ainda não soube encontrar um nome.[37]

[37] Possível inflamação do útero. ("Metrite" crônica, segundo as notas das coleções da editora Gallimard "Pléiade" e "Folio Classique".)

Apesar do silêncio no seio do qual a sua vida transcorria, a causa de seus sofrimentos não era segredo para ninguém. Sempre assexuada, apesar do matrimônio, os menores olhares deixavam-na envergonhada. Assim, para não enrubescer, sempre mostrava muito riso, muita alegria; fingia uma falsa felicidade, sempre dizia estar gozando de plena saúde, ou prevenia as perguntas sobre a saúde com pudicas mentiras. Entretanto, em 1817, um fato contribuiu bastante para transformar o estado deplorável em que Julie permanecia, até então, mergulhada. Ela teve uma filha, e quis amamentá-la. Durante dois anos, as vivas distrações e os prazeres inquietos proporcionados pelos cuidados maternos tornaram-lhe a vida menos infeliz. Necessariamente, separou-se dos deveres conjugais. Os médicos lhe previram melhoras na saúde, mas a marquesa não acreditou nesses presságios hipotéticos. Como todas as pessoas a quem a vida já não dá mais alegrias, talvez ela visse na morte um final feliz.

No começo de 1819, a sua vida veio a ser mais cruel do que nunca. Bem no momento em que se regozijava com a felicidade às avessas que soubera conquistar, ela entreviu terríveis abismos: o seu marido ficara, aos poucos, desabituado dela. Esse congelamento de um afeto já tão morno e muito egoísta poderia levar a mais desgraças do que o seu fino tato e prudência levavam-na a esperar. Embora ela estivesse certa de conservar grande influência sobre Victor e de ter obtido a sua eterna estima, temia a influência das paixões sobre um homem tão nulo e tão vaidosamente imponderado. Muitas vezes, os amigos surpreendiam Julie entregue a longas meditações; os menos clarividentes lhe perguntavam, brincando, qual era o seu segredo, como se uma jovem só pudesse imaginar leviandades, como se não houvesse, quase sempre, um sentido profundo nos pensamentos de uma mãe de família. Aliás, a infelicidade, bem como a verdadeira felicidade, leva-nos ao devaneio.[38] Às vezes, brincando com a sua Hélène, Julie olhava-a com olhar sombrio, deixando de responder àquelas

---

[38] Ver a obra-prima de Gaston Bachelard (1884 Bar-sur-Aube–1962 Paris) *A poética do devaneio* (1960; há edição Martins Fontes).

perguntas infantis que dão tanto prazer às mães, para pedir contas ao destino sobre o presente e o porvir. Então os seus olhos banhavam-se de lágrimas, quando de repente alguma lembrança a fazia voltar àquela cena da revista às tropas nas Tulherias. As visionárias palavras do pai voltavam a soar em seus ouvidos, a consciência reprovava-a por ter desprezado a sabedoria paterna. Dessa louca desobediência vinham todas as suas desgraças; e muitas vezes ela não sabia qual dessas desgraças era a mais difícil de suportar. Não apenas os doces tesouros de sua alma permaneciam ignorados, como ela jamais conseguia ser compreendida pelo marido, nem mesmo nas coisas mais simples da vida. Bem no momento em que a sua capacidade de amar se tornava mais forte e ativa, o amor permitido, o amor conjugal, eclipsava-se em meio a grandes sofrimentos físicos e morais. E ela sentia pelo marido uma pena próxima do desprezo que, com o tempo, destrói todos os sentimentos. Enfim, se as conversas com alguns amigos, se os exemplos, ou algumas aventuras na alta sociedade não lhe ensinassem que o amor traz alegrias imensas, as suas feridas a levariam a adivinhar os puros e profundos prazeres que devem unir as almas gêmeas. No quadro que a sua memória pintava do passado, a imagem inocente de Arthur desenhava-se cada dia mais pura e mais bela, porém lhe fugia: ela não ousava reter essa lembrança. O amor silencioso e tímido do jovem inglês era o único acontecimento que, desde o casamento, deixara alguns suaves vestígios nesse coração solitário e sombrio. Talvez todas as esperanças frustradas, todos os desejos insaciados que gradualmente entristeciam o espírito de Julie viessem relacionados, por um jogo natural da imaginação, a esse homem, de maneiras, sentimentos e caráter que pareciam oferecer tantas similaridades com os dela. Mas esse pensamento sempre tinha a aparência de um capricho, de um sonho. Depois de sonhar esses sonhos impossíveis, sempre encerrados em suspiros, Julie despertava mais infeliz e sentia ainda mais as suas dores latentes, que tinha embalado nas asas das felicidades imaginárias. Às vezes, as suas queixas assumiam um caráter de audácia e loucura, ela desejava sentir os prazeres a todo custo, mas, frequentemente, permanecia dominada por não sei que estúpido torpor, ouvia sem compreender, ou tinha pensamentos tão vagos, tão indecisos, que não encontraria palavras para exprimi-los. Frustrada em suas mais íntimas vontades, nas formas de viver que, ainda moça, sonhara outrora, ela era obrigada a engolir as próprias lágrimas. A quem ela poderia queixar-se? Por quem poderia ser ouvida? Ademais, ela possuía aquela extrema delicadeza feminina, aquele maravilhoso pudor de sentimento que consiste em calar uma queixa inútil, em não tirar vantagens quando o triunfo há de humilhar o vencedor e o vencido. Julie buscava dar a sua capacidade, dar as suas próprias virtudes ao senhor d'Aiglemont, e vangloriava-se de saborear a felicidade que lhe faltava. Toda a sua delicadeza feminina era gasta em vão nas bondades ignoradas pelo mesmo ser cujo despotismo era perpetuado pelas suas bondades. Em dados momentos, ela ficava ébria de infelicidade, sem pensar, sem freios; mas, felizmente, autêntica devoção sempre a levava à esperança suprema: ela refugiava-se na vida futura, perspectiva admirável que lhe permitia aceitar novamente o seu fardo doloroso. As batalhas terríveis, as dilacerações íntimas eram inglórias, as suas imensas melancolias eram desconhecidas; ninguém percebia os seus olhares tristes nem as suas lágrimas amargas, vertidas, ao acaso, na solidão.

Os perigos da situação crítica a que a marquesa chegara, paulatinamente, por força das circunstâncias revelaram-se em toda a sua amplitude numa noite de janeiro de 1820. Quando ambos os cônjuges se conhecem perfeitamente e habituam-se um ao outro, quando uma mulher sabe interpretar os menores gestos e pode penetrar nos sentimentos ou nas coisas que o homem lhe oculta, então luzes instantâneas explodem, frequentemente coroando reflexões ou observações anteriores, devidas ao acaso, ou originalmente feitas com negligência. Muitas vezes uma mulher desperta de repente à beira ou ao fundo de um abismo. Assim a marquesa, feliz por estar sozinha há alguns dias, adivinhou o segredo de sua solidão. Volúvel ou cansado, generoso ou cheio de piedade por ela, seu marido já não lhe pertencia. Nesse instante, ela não pensou mais em si nem em seus sofrimentos ou sacrifícios; não era mais que mãe, e vislumbrou a sorte, o porvir, a alegria de sua filha — sua filha, o único ser que lhe dera alguma felicidade; sua Hélène, o único ser que a ancorava à vida. Agora, Julie desejava viver para proteger a sua criança da terrível opressão de uma futura madrasta a sufocar a vida desse pequenino ser tão querido. Ante essa nova previsão de um futuro aterrador, ela caiu em uma daquelas ardentes meditações que consomem anos inteiros. Agora, entre ela e o marido, deveria existir todo um mundo de pensamentos, e ela teria de carregar, sozinha, todo o peso desse mundo. Até então, na certeza de ser amada por Victor, tanto quanto ele poderia amar, Julie se devotara a uma felicidade que ela mesma não compartilhava; mas agora, já não sentindo mais satisfação por saber que as suas lágrimas deleitavam o marido, sozinha no mundo, restava-lhe apenas escolher entre os males e as desgraças. Em meio ao desânimo que, na calma e silêncio noturnos, distendia todas as suas forças, quando, deixando o seu divã e a lareira quase extinta, ela ia, à luz de uma candeia, contemplar a filha com os olhos secos, o senhor d'Aiglemont chegou à sua casa, cheio de alegria. Julie levou-o a admirar o sono de Hélène, mas ele acolheu o entusiasmo da esposa com palavras banais.

— Nessa idade — disse ele —, todas as crianças são encantadoras.

Então, depois de beijar com descuido a testa da filha, fechou as cortinas do berço, olhou Julie, tomou-lhe a mão e levou-a consigo ao divã onde tantos pensamentos fatais tinham acabado de surgir.

— Você está muito linda esta noite, senhora d'Aiglemont! — exclamou ele com aquela insuportável alegria cujo vazio era bem conhecido pela marquesa.

— Onde você passou a noite? — perguntou ela, fingindo grande indiferença.

— Na casa da senhora de Sérizy.[39]

---

[39] Essa personagem, a condessa de Sérizy (nascida em 1785; "agora", em janeiro de 1820, uma "balzaquiana" na casa dos trinta anos), aparece em múltiplos títulos d'*A comédia humana*.

Pegando, em cima da lareira, um leque, ele examinava atentamente a sua transparência, sem perceber o rastro das lágrimas derramadas pela esposa. Julie estremeceu. A linguagem não bastaria para exprimir a torrente de pensamentos a jorrar do seu coração e a íntima tempestade que ela precisava conter.

— A senhora de Sérizy vai dar um concerto na próxima segunda-feira, e morre de vontade de vê-la. Basta você não ter aparecido na sociedade há tanto tempo para que ela deseje vê-la na casa dela. É uma mulher boa, que a ama muito. Você me daria muito prazer em ir lá. Eu quase disse sim por você...

— Eu irei — respondeu Julie.

O som da voz, o timbre e o olhar da marquesa continham algo tão penetrante, tão peculiar que, apesar de seu descuido, Victor olhou a esposa com surpresa. Tudo estava dito. Julie adivinhara que a senhora de Sérizy era a mulher que roubara o coração de seu marido. Ela se entorpeceu em um devaneio desesperado, parecendo muito ocupada a contemplar o fogo. Victor girava o leque nos dedos, com o aspecto entediado de um homem que, depois de ter sido feliz alhures, carrega até sua casa o cansaço da felicidade. Depois de bocejar várias vezes, ele tomou um candelabro com uma mão, com a outra buscou preguiçosamente o pescoço de sua esposa, desejando beijá-la; mas Julie abaixou-se, estendeu-lhe a testa, recebeu o beijo dos boas-noites, um beijo mecânico, sem amor, espécie de esgar que lhe pareceu odioso. Quando Victor fechou a porta, a marquesa caiu em uma poltrona; as suas pernas tremiam, ela explodiu em lágrimas. É preciso ter sofrido a tortura de alguma cena semelhante para compreender todas as dores que ela encerra, para adivinhar os longos e terríveis dramas que ela provoca. Essas simples palavras banais, esses silêncios entre os dois cônjuges, os gestos, os olhares, a forma de o marquês sentar-se ante a lareira, a atitude que ele demonstrou tentando beijar o pescoço da mulher, tudo contribuíra para transformar esse instante em um trágico desfecho da vida solitária e dolorosa levada por Julie. Em sua loucura, ela ajoelhou-se ante o divã, nele mergulhou a face para nada ver, rezou aos céus, dando às palavras habituais de suas orações um tom íntimo, novos significados que rasgariam o coração de seu marido, se ele a ouvisse. Ela passou uma semana preocupada com o seu futuro, presa pela infelicidade que estudava, buscando os meios de não mentir a seu próprio coração, de reconquistar o seu império sobre o marquês e de viver o suficiente para cuidar da felicidade de sua filha. Então, decidiu lutar contra a rival, voltar à sociedade, brilhar nas altas-rodas; fingir pelo marido um amor que já não podia sentir; seduzi-lo; depois, quando por meio de seus artifícios submetesse Victor a seus poderes, flertar com ele como flertam aquelas caprichosas amantes que sentem prazer em atormentar os seus amantes. Essa odiosa estratégia era o único remédio possível para os seus males. Assim, ela se tornaria mestra de seus sofrimentos, ela os ordenaria segundo a sua vontade, tornando-os mais raros ao subjugar o marido, sujeitando-o a um terrível despotismo. Já não sentiria remorso algum ao impor-lhe uma vida dura. Em um só salto, lançou-se ao cálculo frio do egoísmo indiferente. Para salvar a filha, ela de repente compreendeu as perfídias, as mentiras das criaturas que não amam, os enganos dos flertes coquetes, as armadilhas atrozes que provocam ódios tão profundos contra a mulher em quem os homens passam a supor corrupções inatas. Sem que Julie percebesse, a sua vaidade feminina, o seu interesse e vago desejo de vingança aliaram-se a seu amor materno para levá-la a caminhos onde novos sofrimentos a esperavam. Mas a sua alma era muito bela, o seu espírito muito delicado e, sobretudo, a sua franqueza era grande demais para permanecer por muito tempo como cúmplice dessas fraudes. Acostumada a ler em si mesma, ao primeiro passo no vício, pois isso era vício, os gritos de sua consciência abafariam os das paixões e do egoísmo. De fato, em uma jovem de coração ainda puro, onde o amor permanece virgem, até mesmo o sentimento da maternidade submete-se às vozes do pudor. O pudor não vem a ser toda a mulher? Mas Julie não desejava perceber nenhum perigo, falta alguma, em sua nova vida. Ela foi à festa da senhora de Sérizy. A sua rival esperava ver uma mulher pálida, desfalecente; a jovem marquesa d'Aiglemont vestiu-se de vermelho e apresentou-se em todo o seu brilho com adornos que realçavam ainda mais a sua beleza.

A senhora condessa de Sérizy era uma daquelas mulheres que pretendem exercer em Paris uma espécie de império sobre a moda e a sociedade; ela ditava sentenças que, bem recebidas no círculo onde reinava, pareciam-lhe ser universalmente adotadas; tinha a pretensão de criar frases de espírito; era soberanamente juíza. Literatura, política, homens e mulheres, tudo era submetido à sua censura; e a senhora de Sérizy parecia desafiar as opiniões dos outros. A sua casa era, em todos os sentidos, um modelo de bom gosto. No meio desses salões cheios de mulheres belas e elegantes, Julie venceu a condessa. Espirituosa, cheia de vida e alegria, reuniu ao redor de si os mais distintos cavalheiros da festa. Para desespero das mulheres, o seu vestido era perfeito e todas lhe invejaram o corte da roupa, uma espécie de corpete de efeito coletivamente atribuído a algum gênio desconhecido da alta-costura, pois as mulheres preferem acreditar na ciência dos tecidos a crer na graça e perfeição daquelas que são feitas de forma a bem usá-los. Quando Julie se levantou para ir ao piano e cantar a romança de Desdêmona,[40] os homens acorreram de todos os salões para ouvir essa voz célebre, há tanto tempo muda, e reinou um profundo silêncio. A marquesa sentiu muita emoção ao ver as cabeças comprimidas contra as portas e todos os olhares fixos nela. Procurou o marido, lançou-lhe breve olhar sedutor e percebeu com prazer que nesse instante o seu amor-próprio se encontrava extraordinariamente lisonjeado. Feliz com o seu triunfo, encantou os convidados com a primeira parte de *Assisa al piè d'un salice*.[41] Nunca as cantoras Malibran e Pasta haviam dado a ouvir cantos tão perfeitos em sentimentos e tons; mas, ao reprisar a canção, Julie olhou os grupos de pessoas e avistou Arthur, cujo olhar fixo não a abandonava por um instante sequer. Logo estremeceu, sua voz alterou-se. A senhora de Sérizy correu de seu lugar à marquesa.

---

[40] Do terceiro ato da ópera *Otelo* (1816), de Rossini (29/2/1792 Pesaro–13/11/1868 Passy), baseada na peça *Othello* (1604–1605), de Shakespeare (c. 26/4/1564 Stratford-upon-Avon–23/4/1616 *idem*).

[41] "Sentada ao pé de um salgueiro", em italiano. (No original balzaquiano, "al piu salice".)

— O que você tem, minha querida? Oh! Pobre menina, ela é tão enferma! Eu tremia ao vê-la fazer algo muito além de suas forças...

A romança foi interrompida. Julie, irritada, não teve mais coragem de continuar e submeteu-se à pérfida compaixão da rival. Todas as mulheres cochicharam; então, discutindo o incidente, adivinharam a luta iniciada entre a jovem marquesa e a senhora de Sérizy, a quem não pouparam maledicências. Os estranhos pressentimentos que tantas vezes agitavam Julie encontravam-se de repente realizados. Pensando em Arthur, ela sentira prazer ao imaginar que um homem aparentemente tão terno, tão delicado, devia ter permanecido fiel ao seu primeiro amor. Às vezes ela sentira orgulho de ser o objeto dessa bela paixão, a pura e verdadeira paixão de um jovem a dedicar todos os pensamentos à bem-amada, consagrando-lhe todos os seus momentos, sem rodeios, enrubescendo ante o que faz enrubescer a mulher, pensando igual a ela, sem lhe dar rivais, entregando-se a ela sem evocar ambição, sucesso ou riqueza. Ela sonhara tudo isso em Arthur, por loucura ou distração, e agora de repente imaginava ver o seu sonho realizado. Ela lia na face quase feminina do jovem inglês profundos pensamentos, encantadoras melancolias, dolorosas resignações, e era, ela mesma, a vítima desses sentimentos. Reconheceu a si mesma nele. A infelicidade e a tristeza são os intérpretes mais eloquentes do amor, comunicando-se entre dois seres a sofrer com incrível velocidade. A visão íntima e a coesão das ideias e das coisas neles são completas e justas. Assim, a violência do choque recebido pela marquesa revelou-lhe todos os perigos do porvir. Felicíssima por encontrar um pretexto para a sua perturbação em seu habitual estado de sofrimento, deixou-se, muito à vontade, ser submetida à engenhosa piedade da senhora de Sérizy. A interrupção da romança tornou-se, de várias maneiras, o tema de muitas pessoas. Algumas lamentavam o embaraço de Julie e deploravam o fato de uma mulher tão notável ser perdida pela sociedade; outras desejavam saber o motivo dos sofrimentos e da solidão em que ela vivia.

— Eh! Bem, meu caro Ronquerolles[42] — disse o marquês d'Aiglemont ao irmão da senhora de Sérizy —, você invejava a minha felicidade ao ver a senhora d'Aiglemont, censurava-me por lhe ser infiel? Ah, você acharia a minha sorte muito pouco desejável, se ficasse como eu na presença de uma linda mulher por um ano ou dois, sem se atrever a beijar-lhe a mão por medo de quebrá-la. Não se incomode nunca com essas joias delicadas, que só servem para colocar nos vidros, de uma fragilidade e de um preço tão altos que nos obrigam a respeitá-las eternamente. Acaso você monta com frequência o seu belo cavalo sobre o qual teme, disseram-me, as tempestades e a neve? Essa é a minha história. É verdade que tenho certeza da fidelidade de minha mulher; porém, meu casamento é algo de alto luxo, e, se você acha que eu sou "casado", está redondamente enganado. Assim as minhas infidelidades são de certa forma legítimas. Gostaria imensamente de saber: o que vocês fariam em meu lugar, senhores risonhos? Muitos homens seriam menos delicados do que eu com a minha mulher. Tenho certeza — continuou Victor em voz baixa —, a senhora d'Aiglemont não desconfia de nada. Assim, claro, eu estaria muito errado se ficasse reclamando; sou muito feliz... Mas nada é mais maçante para um homem sensível do que assistir aos sofrimentos de uma pobre criatura à qual ele é ligado...

— Então você é um homem sensível?... — perguntou o senhor de Ronquerolles. — Pois você aparece tão raramente lá na sua casa...

Esse amistoso epigrama levou os homens ao riso; mas Arthur permaneceu frio e imperturbável, como um cavalheiro que transformara a seriedade no alicerce de seu caráter. As estranhas palavras do marido de Julie sem dúvida levaram o jovem inglês a dar asas a algumas esperanças, e ele aguardou pacientemente o momento em que pudesse ficar enfim a sós com o senhor d'Aiglemont, logo lhe surgindo a oportunidade.

---

[42] O marquês de Ronquerolles é um personagem presente n'*A história dos treze* e em diversos outros títulos d'*A comédia humana.*

— Senhor — disse Arthur a Victor —, eu vejo com pena infinita o estado da senhora marquesa, e se você soubesse que, sem um regime especial, ela morreria de forma lamentável, imagino que não brincaria com os sofrimentos dela. Se assim lhe falo, encontro-me de certa forma autorizado pela minha certeza de poder salvar a senhora d'Aiglemont, devolvendo-lhe a vida e a felicidade. Não é muito natural um homem de minha alta posição vir a ser médico; entretanto, quis o acaso que eu estudasse medicina. Ora, estou morrendo de tédio[43] — disse Arthur, fingindo frio egoísmo que serviria a seus cálculos —, para mim tanto faz gastar o meu tempo e as minhas viagens curando um ser a sofrer ou satisfazendo as mais tolas fantasias. As curas dessas espécies de enfermidades são raras por exigirem muito cuidado, tempo e paciência; principalmente, é preciso ter dinheiro, viajar, seguir cuidadosamente as prescrições médicas que variam a cada dia, mas não são nada desagradáveis. Ambos somos cavalheiros — disse Arthur, dando à última palavra, "cavalheiros", o significado da palavra inglesa *gentlemen* —, logo, podemos entender-nos. Aviso-o que, se aceitar a minha proposta, você será sempre o juiz de meus procedimentos. Nada farei sem seguir os seus conselhos, como meu supervisor, e responder-lhe-ei pelos meus sucessos, se você concordar em obedecer-me. Sim, se você desejar ser, durante algum tempo, um marido sem relações íntimas com a senhora d'Aiglemont — disse Arthur ao ouvido de Victor.

— Claro, milorde — disse o marquês, rindo —, só um inglês poderia fazer-me uma proposta tão estranha. Permita-me que não a rejeite nem a aceite; eu vou pensar. E, antes de tudo, essa proposta deve ser submetida à minha mulher.

Bem nesse momento, Julie havia voltado ao piano. Ela cantou a ária de *Semiramide* "Son regina, son guerriera".[44]

---

[43] Ver Charles Baudelaire (9/4/1821 Paris–31/8/1867 *idem*), *O tédio de Paris* (*Le spleen de Paris*, também intitulado *Pequenos poemas em prosa*, obra póstuma publicada em 1869).

[44] "Sou rainha, sou guerreira", em italiano: ária da ópera de Rossini *Semiramide*, criada em 1823, mas no universo de passagem do

Os aplausos unânimes, mas, por assim dizer, surdos, as aclamações muito bem-educadas do luxuoso bairro de Saint-Germain testemunharam o entusiasmo excitado por Julie.

Quando o senhor d'Aiglemont levou a sua mulher para casa, Julie sentia, com uma espécie de prazer inquieto, o grande sucesso provocado por seus cantos. O marido, despertado pelo papel que ela representara, quis honrá-la com fantasias, carinhoso como seria com uma atriz. Julie achou divertidíssimo ser tratada assim, ela que era virtuosa e casada; tentou brincar com o seu poder, e nessa primeira luta a sua bondade levou-a a cair mais uma vez, mas essa foi a mais terrível de todas as lições que o destino lhe guardara. Às duas ou três horas da madrugada, Julie estava sentada, sombria e sonhadora, no leito conjugal; a luz incerta de uma candeia iluminava fragilmente o quarto, o mais profundo silêncio reinava nele; e, havia cerca de uma hora, a marquesa, entregue a remorsos dilacerantes, derramava lágrimas amargas, só compreensíveis para as mulheres que já se encontraram na mesma situação. Seria preciso ter a alma de Julie para sentir como ela o horror de uma carícia calculada, para achar-se tão abalada por um beijo frio: apostasia do coração agravada ainda mais por uma dolorosa prostituição. Ela desprezava a si mesma, amaldiçoava o casamento, queria morrer, e, não fosse um grito da filha, talvez se tivesse atirado da janela à calçada. Perto dela, o senhor d'Aiglemont dormia em paz, sem ser despertado pelas lágrimas ardentes que a sua mulher derramava sobre ele. No dia seguinte, Julie já soube ser alegre. Encontrou forças para parecer feliz e esconder, não mais a melancolia, mas uma invencível repulsa. A partir desse dia, ela deixou de se considerar uma mulher perfeita. Não passaria então a mentir a si mesma, não seria doravante capaz de fingir, não poderia vir mais tarde a revelar uma profundidade surpreendente em seus delitos conjugais? O seu casamento era a causa dessa

---

Romantismo ao Realismo, no mundo surreal-imaginário d'*A comédia humana*, com mais de oitenta títulos, além d'*A mulher de trinta anos*, escritos em apenas vinte anos (média superior a um título por trimestre), ária já existente em 1820.

perversidade *a priori* que de fato ainda era virgem. No entanto, ela já se perguntara por que resistir a um amante amado, enquanto se entregava, contra o próprio coração e contra a vontade da natureza, a um marido que já não amava mais. Todas as faltas, e talvez todos os crimes, têm por princípio um falso raciocínio ou certo excesso de egoísmo. A sociedade só pode existir por meio dos sacrifícios individuais exigidos pelas leis. Aceitar as suas vantagens não é comprometer-se a manter as condições que a levam a sobreviver? Ora, os infelizes sem pão, obrigados a respeitar a propriedade, não são menos lamentáveis do que as mulheres feridas em seus desejos e na delicadeza de sua natureza. Alguns dias depois dessa cena, cujos segredos foram enterrados no leito conjugal, Victor d'Aiglemont apresentou lorde Grenville à sua mulher. Julie recebeu Arthur com fria educação que honrou a sua dissimulação. Ela silenciou o coração, vendou o olhar, deu firmeza à voz, e assim conseguiu tornar-se dona de seu próprio destino. Então, depois de reconhecer por esses meios, por assim dizer inatos entre as mulheres, toda a extensão do amor que havia inspirado, a senhora d'Aiglemont sorriu às esperanças de em breve ficar curada, deixando de resistir à vontade do marido, que a coagia a aceitar os cuidados do jovem doutor. Todavia, ela só quis confiar-se a lorde Grenville depois de estudar as suas palavras e maneiras o suficiente para chegar à certeza de que ele teria a generosidade de sofrer em silêncio. Ela tinha sobre ele o mais pleno dos poderes, até já abusava deste: não era mesmo uma mulher?

4. A DECLARAÇÃO[45]

Moncontour é uma velha mansão situada sobre um daqueles rochedos amarelos ao pé dos quais corre o rio Loire, não muito longe do lugar em que a carruagem de Julie quebrara em 1814.[46] É um dos pequenos castelos da Touraine,

---

[45] Divisão de capítulo e título abolidos em 1842.

[46] Em 1846, Balzac desejava viver no castelo de Moncontour, em sua região natal, como escreveu à condessa polonesa Ewelina

brancos, bonitos, com torrezinhas esculpidas, bordadas como rendas belgas de Malines; é um desses castelos aprazíveis e garbosos a refletir-se nas águas do rio com os seus ramos de amoreiras, as suas vinhas, os seus caminhos abertos na rocha, as suas compridas balaustradas rendilhadas, as suas adegas de pedra, os seus lençóis de hera e escarpas. Os telhados de Moncontour brilham aos raios de sol, ali tudo está ardente. Mil vestígios da Espanha poetizam a maravilha do castelo: os arbustos dourados, as flores em forma de sinos perfumam a brisa; o ar acaricia, a terra sorri em toda parte, em toda parte suaves feitiços envolvem a alma, tornando-a ociosa, amorosa, meiga, embalada na magia do ar. Nessa bela e prazenteira terra, toda a dor adormece, as paixões despertam. Ninguém fica frio debaixo desse céu puro, ante essas águas cintilantes. Ali desaparecem as ambições, ali você se deita no seio de uma felicidade pacífica, como o Sol se deita, a cada crepúsculo, entre os lençóis púrpura e azul celeste.

Em um suave crepúsculo de agosto, em 1821, duas pessoas escalavam os caminhos de pedra que atravessam os rochedos encimados pelo castelo, subindo rumo às alturas para admirar, sem dúvida, os múltiplos pontos de vista ali descobertos. As duas pessoas eram Julie e lorde Grenville; mas essa Julie parecia ser uma nova mulher. A marquesa irradiava as vivas cores da saúde. Os seus olhos, vivificados por fecundos poderes, brilhavam através de vapores úmidos, semelhantes aos fluidos que dão aos olhos infantis encantos irresistíveis. Ela sorria plenamente, estava feliz por viver e concebia a vida. Pela maneira de mover os seus belos pés, era fácil adivinhar que sofrimento algum pesava como antes em seus menores movimentos, em seus olhares, gestos e palavras. Sob a sombrinha de seda branca a protegê-la dos ardentes raios de sol, ela parecia uma noiva sob o véu, uma virgem pronta a mergulhar nas delícias do amor. Arthur a conduzia com cuidados de amante, guiava-a como se guia uma criança, colocava-a nos melhores caminhos, levava-a

---

Hanska (6/1/1801 Rzewuska–10/4/1882 Paris), que se tornaria a sua esposa em 14 de março de 1850.

a evitar as pedras; mostrava-lhe as paisagens imensas ou as mínimas flores, sempre movido por um eterno sentimento de bondade, por uma intenção delicada, por íntimos conhecimentos do bem-estar dessa mulher, pelos sentimentos que nele pareciam inatos, tanto quanto os movimentos necessários à sua própria existência, talvez até mais. A paciente e o seu médico caminhavam com os mesmos passos, sem se surpreenderem com o acordo que parecia existir entre eles, desde o primeiro dia em que caminharam juntos; obedeciam à mesma vontade; de repente paravam, impressionados pelas mesmas sensações; os seus olhares, as suas palavras correspondiam a pensamentos mútuos. Ao chegar às alturas de uma vinha, desejaram repousar em uma dessas compridas pedras brancas continuamente extraídas das cavas construídas entre as pedras; mas, antes de sentar-se, Julie contemplou a paisagem.

— Que bela terra! — exclamou ela. — Vamos montar uma tenda e viver aqui. Victor — gritou ela —, venha cá, venha!

O senhor d'Aiglemont respondeu lá de baixo com um grito de caçador, mas sem apressar os passos; apenas olhava a sua mulher vez por outra, quando as curvas da trilha lhe permitiam. Julie aspirou o ar com prazer, levantando a face e lançando a Arthur um desses finos olhares por meio dos quais uma mulher inteligente exprime todos os seus pensamentos.

— Oh! — continuou ela. — Eu queria ficar aqui eternamente. Seria possível cansar-se de admirar este belo vale?[47] Você sabe o nome deste belo rio, milorde?

— É o rio Cise.

— O rio Cise — repetiu ela. — E ali, na nossa frente, o que é?

— As colinas do rio Cher — disse ele.

— E à direita? Ah! É Tours! Mas veja o belo efeito que produzem, a distância, os campanários da catedral.[48]

Ela calou-se, deixando cair na mão de Arthur a mesma mão que ela estendera à cidade. Em silêncio, ambos admiraram a paisagem e a beleza da natureza em harmonia. O murmúrio das

---

[47] Ver *O lírio do vale*, n'*A comédia humana*.

[48] Ver *O sacerdote de Tours*, n'*A comédia humana*.

águas, o ar e o céu puros, tudo concordava com as multidões de pensamentos a fluir em seus jovens corações amorosos.

— Oh! Meu Deus, como eu amo esta terra — repetiu Julie, com entusiasmo ingênuo e crescente. — Você viveu aqui muito tempo? — continuou, depois de uma pausa.

Ante essas palavras, lorde Grenville estremeceu.

— Ali — respondeu ele, melancólico, mostrando um bosque de nogueiras às margens da estrada —, foi bem ali que, quando prisioneiro, eu a vi pela primeira vez...

— Sim, mas então eu já estava muito triste; esta natureza me parecia selvagem, mas agora...[49]

Ela calou-se; lorde Grenville não ousou olhá-la.

— É a você — disse enfim Julie, depois de um longo silêncio — que eu devo esse prazer. Não é preciso estar viva para sentir as alegrias da vida? E até o presente eu não estava morta para tudo? Você me deu mais que a saúde, você me ensinou a sentir todo o valor de ser saudável.

As mulheres possuem um talento inimitável para exprimir os seus sentimentos sem empregar palavras muito ardentes; a sua eloquência encontra-se principalmente no tom, nos gestos, nas atitudes e nos olhares. Lorde Grenville ocultou a face com as mãos, pois lágrimas rolavam de seus olhos. Esse agradecimento era o primeiro que Julie lhe exprimia, desde que partiram de Paris. Durante todo um ano, ele cuidara da marquesa com a mais completa devoção. Assistido pelo marquês d'Aiglemont, levara-a às águas de Aix, depois à

---

[49] "A pessoa que passa necessidades não tem olhos para ver o mais belo dos espetáculos": Marx, Manuscritos econômico-filo- sóficos (1844). Voraz leitor d'*A comédia humana*, esse fundador dos primeiros partidos social-democratas e da Primeira Internacional atribui a Balzac "a vitória do realismo", considerando-o como o melhor dos romancistas. – O retorno dessa paisagem foi rememorado em texto atribuído ao próprio Balzac, que aqui "foi poeta no mais alto grau. Se a influência do pensamento e dos sentimentos foi demonstrada, não o foi na pintura desta maravilhosa paisagem da Touraine, vista por Julie d'Aiglemont em dois momentos tão diversos?"... ("Introdução por Félix Davin aos Estudos de costumes no século XIX": – La comédie humaine: "Pléiade", I: 1.165; II: 1.612.)

beira-mar, a La Rochelle. Atento o tempo todo às metamorfoses provocadas no frágil corpo de Julie pelas suas simples e sábias prescrições, ele a cultivara como uma flor rara pode ser cultivada por um jardineiro apaixonado. A marquesa parecera receber os sábios cuidados de Arthur com todo o egoísmo de uma parisiense acostumada às homenagens, ou com o descuido de uma cortesã[50] que desconhece o preço das coisas e o valor dos homens, avaliando-os conforme os seus graus de utilidade. As influências exercidas pelos espaços sobre a alma é algo digno de atenção. Se a melancolia sempre toma conta de nós quando nos encontramos à beira das águas, outra lei de nossa natureza impressível[51] faz que os nossos sentimentos se aguçem nas montanhas: nelas, a paixão conquista em profundidade o que parece perder em vivacidade. O aspecto da vasta bacia do rio Loire, a elevação da bela colina onde os dois apaixonados estavam sentados talvez causassem a deliciosa calma com que ambos desfrutavam o princípio da felicidade que se ama adivinhar na extensão de uma paixão oculta entre palavras aparentemente insignificantes. No momento em que Julie terminava a frase que tanto comovera lorde Grenville, uma brisa acariciante agitou o cimo das árvores, espalhando a umidade das águas através do ar; algumas nuvens cobriram o Sol, sombras suaves deixaram ver todas as belezas dessa maravilhosa natureza. Julie volveu a face para furtar ao jovem lorde a visão das lágrimas que ela conseguia reprimir e secar, pois o enternecimento de Arthur logo se transmitira a ela. Ela não ousou mostrar-lhe os olhos, temendo que ele viesse a perceber excessiva alegria em seu olhar. O seu instinto feminino levava-a a sentir que, nesta hora tão perigosa, ela devia esconder todo o seu amor bem no fundo do coração. No entanto, o silêncio podia ser igualmente aterrador. Ao perceber que lorde Grenville se encontrava incapaz de articular uma só palavra, Julie continuou, em voz suave: — “Você se tocou com o que eu lhe disse, milorde. Talvez esta viva expansão

---

[50] Ver *Esplendores e misérias das cortesãs*, n'*A comédia humana*.

[51] Palavra provavelmente criada por Balzac, mais “aguda” do que a expressão “impressionável”.

seja a forma assumida por uma alma boa e graciosa como a sua ao rever um falso julgamento. Você me teria imaginado ingrata, ao me ver fria e reservada, ou irônica e insensível, durante essa viagem que felizmente logo vai terminar. Eu não seria digna de seus cuidados, se não soubesse valorizá-los. Milorde, não me esqueci de nada. Ai, jamais me esquecerei, nem da dedicação que o levava a velar por mim, como uma mãe vela por seu filho, nem, sobretudo, da nobre confiança de nossas conversas tão fraternas nem da delicadeza de seu comportamento; de todas essas seduções contra as quais todos nós nos vemos desarmadas. Milorde, está muito além de meu poder recompensá-lo...

Ao dizer essas palavras, Julie afastou-se às pressas, e lorde Grenville não fez movimento algum para detê-la; a marquesa aproximou-se de uma pedra a pouca distância, e ali ficou, imóvel. As emoções de ambos eram um segredo para eles mesmos; sem dúvida, choravam em silêncio; os cantos dos pássaros, tão alegres, tão cheios de expressões tenras ao Sol poente, aumentavam a violenta comoção que lhes ordenava a separar-se: a natureza encarregava-se de exprimir todo o amor que eles não ousavam expressar em palavras.

— Ah! Bem, milorde — continuou Julie, posando diante dele em uma atitude cheia de dignidade, que lhe permitiu tomar a mão de Arthur —, eu lhe pedirei para tornar pura e santa a vida que você me devolveu. Agora nos separaremos. Eu sei — acrescentou ela, ao ver lorde Grenville empalidecer — que, como recompensa por toda a sua dedicação, vou pedir-lhe um sacrifício ainda maior do que todos aqueles cuja dimensão deveria ser muito melhor estimada por mim... Mas, é preciso... Você não vai ficar na França. Comandá-lo não é dar-lhe direitos que lhe serão sagrados? — prosseguiu ela, pousando a mão do jovem em seu coração palpitante.

— Sim — disse Arthur, erguendo-se.

Nesse momento, ele mostrou o marquês d'Aiglemont que surgira, segurando a filha nos braços, do outro lado do caminho traçado no parapeito do castelo. O marquês escalara as alturas, para colocar no solo a sua pequena Hélène.

— Julie, não vou falar-lhe do meu amor, as nossas almas se compreendem às mil maravilhas. Por mais profundos, por mais secretos que sejam os meus prazeres do coração, nós compartilhamos todos esses prazeres. Sei-o, sinto-o, vejo-o. Agora, conquistei a deliciosa certeza da constante simpatia de nossos corações, mas vou-me embora... Muitas vezes imaginei de forma engenhosa demais os meios de matar esse homem, para poder resistir à minha tentação, se eu permanecesse a seu lado.

— Imaginei o mesmo — disse ela, deixando transparecer na face perturbada as marcas de uma surpresa dolorosa.

Mas aqui, no tom de voz e nos gestos de Julie, havia tanta virtude, tanta certeza de si mesma, tantas vitórias secretamente conquistadas nas lutas contra o amor, que lorde Grenville se sentiu cheio de admiração. Até mesmo as sombras do crime imaginário eclipsavam-se na ingênua consciência da jovem. Os sentimentos religiosos, dominantes nessa bela face, expulsariam, talvez eternamente, os maus pensamentos involuntários, que a nossa natureza imperfeita sempre cria, mas que demonstram, ao mesmo tempo, tanto as grandezas, quanto os perigos de nosso destino.

— Neste caso — continuou ela —, eu provocaria o seu desprezo, e isso me salvaria — prosseguiu, baixando os olhos. — Perder a sua estima não seria morrer?

Esses dois amantes heroicos permaneceram mais alguns momentos em silêncio, a engolir as próprias penas: bons e maus, os seus pensamentos eram fielmente idênticos, e eles se entendiam tanto em seus prazeres mais íntimos, quanto em seus sofrimentos mais ocultos.

— Eu não deveria resmungar, a desgraça de minha vida foi criada por mim mesma — acrescentou ela, elevando aos céus os olhos cheios de lágrimas.

— Milorde! — gritou o general Victor d'Aiglemont de seu lugar, gesticulando. — Foi aqui que nós nos encontramos pela primeira vez. Talvez você não se lembre disso. Olhe, foi bem ali, bem perto daqueles álamos.

O inglês respondeu inclinando a cabeça bruscamente.

— Eu deveria morrer jovem e infeliz — replicou Julie. — Sim, não imagine que eu esteja viva. A minha desgraça vai ser tão mortal quanto poderia ser a terrível doença que você curou. Eu não me sinto culpada. Não, os sentimentos que criei por você são irresistíveis, eternos, mas totalmente involuntários, e eu desejo continuar a ser virtuosa. Mas, ao mesmo tempo, serei fiel à minha consciência de esposa, a meus deveres de mãe e aos desejos do meu coração. Ouça — disse ela, em voz alterada —, não vou mais pertencer a esse homem, nunca mais. — E, com um gesto espontâneo de horror e repulsa, Julie apontou o marido. — As leis da sociedade — continuou ela — exigem que eu o faça feliz, e obedecerei às leis; serei a sua serva; a minha devoção a ele será ilimitada, mas, a partir de hoje, vou ser viúva. Não quero ser uma prostituída, nem a meus olhos nem aos olhos da sociedade; se já não sou de Victor d'Aiglemont, nunca vou ser de outro. Você só terá de mim o que já me arrancou. Eis a sentença que decretei a mim mesma — disse ela, olhando Arthur com orgulho. — Ela é irrevogável, milorde. Agora saiba que, se você ceder a pensamentos criminosos, a viúva do senhor d'Aiglemont entrará para um convento, na Itália ou na Espanha. A desgraça quis que nós falássemos de nosso amor. Essas nossas confissões talvez fossem inevitáveis; mas que seja pela última vez que nossos corações vibrem com tanta força. Amanhã, você fingirá receber uma carta chamando-o à Inglaterra, e nos deixaremos para nunca mais nos vermos.

Entretanto Julie, esgotada pelo esforço dessas palavras, sentiu os joelhos se dobrarem, um frio mortal a arrebatou, e, movida por pensamentos bem femininos, sentou-se para não cair nos braços de Arthur.

— Julie! — gritou lorde Grenville.

Esse grito alucinado soou como um trovão. Esse clamor dilacerante exprimiu tudo o que o amante, até então calado, não pudera dizer.

— Eh! Bem, o que é que ela tem? — perguntou o general.

Ao ouvir o grito, o marquês apressara os passos e logo ficara diante dos dois amantes.

— Não é nada — disse Julie, com aquele admirável sangue-frio que a sutileza natural às mulheres geralmente lhes permite ter, nos mais críticos momentos da vida. — A fria umidade desta nogueira quase me fez desmaiar, e o meu médico deve ter levado um susto. Eu não sou para ele uma obra de arte ainda incompleta? Talvez ele estivesse morrendo de medo de ver a sua obra destruída...

Cheia de coragem, ela tomou o braço de lorde Grenville, sorriu ao marido, olhou a paisagem, antes de abandonar o cume das rochas, e conduziu o seu companheiro de viagem, segurando-lhe a mão.

— Eis, com certeza, o mais belo lugar que nós já vimos — disse ela. — Jamais me esquecerei deste lugar. Veja, Victor, quanta amplitude, quanta imensidão, quanta diversidade. Esta terra me leva a sentir amor.

Rindo de forma quase convulsiva, mas rindo de forma a enganar o marido, ela saltava, alegremente, por aqueles caminhos abertos na pedra, desaparecendo.

— Ah! E agora, o quê? — disse ela, ao ver-se longe do senhor d'Aiglemont. — Ah! O que, meu amigo, em um instante já não poderemos mais ser, nunca mais seremos nós mesmos; enfim, nunca mais viveremos...

— Vamos devagar — respondeu lorde Grenville —, as carruagens ainda estão bem longe. Vamos andar juntos, e, se nos for permitido exprimir palavras com nossos olhares, os nossos corações ainda viverão por mais alguns momentos.

Eles passearam pelas ladeiras, à beira das águas, através das últimas luzes do crepúsculo, quase em silêncio, dizendo vagas palavras, suaves como o murmúrio do rio Loire, mas palavras que abalavam as almas. O Sol, ao cair, envolvia-os em seus reflexos vermelhos, antes de sumir no ocaso: a imagem melancólica desse amor fatal. Muito preocupado em não encontrar a sua carruagem bem no lugar em que ela estacionara, o general seguia, ou ultrapassava, os dois apaixonados, sem se misturar à conversa. O nobre e delicado comportamento que lorde Grenville mantivera, durante toda a viagem, destruíra as suspeitas do marquês, e havia algum tempo ele deixava a sua mulher livre, confiando na má-fé púnica do senhor-doutor. Arthur e Julie continuavam a caminhar, carregando todo o peso do triste e doloroso acordo de seus corações magoados. Antes, ao subir pelas montanhas rochosas de Montcontour, ambos ainda tinham vagas esperanças, ansiosa alegria que nem se atreviam a questionar; mas, ao descer ao longo das ladeiras, ambos haviam demolido o frágil edifício construído na imaginação, sobre o qual não ousavam nem respirar, como crianças a prever a queda dos castelos de cartas que construíram. Eles não tinham mais esperanças. Na mesma noite, lorde Grenville partiu. O último olhar que ele lançou a Julie infelizmente provou que, desde o momento em que a simpatia lhe revelara toda a extensão dessa imensa paixão, ele estivera certo ao desconfiar de si mesmo.

Quando o senhor d'Aiglemont e a sua mulher se encontraram, no dia seguinte, sentados no fundo da carruagem, sem o seu companheiro de viagem, percorrendo velozmente a rota já feita em 1814 pela jovem marquesa, quando ela era ignorante sobre o amor e quase amaldiçoava a pertinácia deste, Julie rememorou mil imagens esquecidas. O coração tem a sua própria memória. Uma mulher incapaz de se recordar dos acontecimentos mais importantes vai lembrar, por toda a vida, as coisas que mais tocam os seus sentimentos. Assim, Julie lembrou-se perfeitamente dos detalhes mais banais. Relembrou com alegria cada acontecimento de sua primeira viagem, até mesmo o que ela pensara em certos lugares do caminho. Victor, novamente apaixonado por sua mulher, desde que ela resgatara toda a força da juventude e toda a sua beleza, apertou-se contra ela, como se apertam os amantes. Quando tentou tomá-la nos braços, ela livrou-se gentilmente, encontrando não sei que desculpas para evitar essas carícias inocentes. Então, logo ela sentiu horror ao contato de Victor, ao sentir e partilhar o calor de seu corpo, pela forma como estavam sentados. Ela quis sentar-se sozinha no outro banco da carruagem, mas o marido fez-lhe o imenso favor de deixá-la no fundo. Ela agradeceu-lhe a atenção com um suspiro que ele compreendeu mal, e o velho sedutor-de-quartel, interpretando em seu favor a tristeza da mulher, obrigou-a, no fim do dia, a falar-lhe, com firmeza imperativa.

— Meu amigo — disse-lhe ela —, você já quase me matou; você sabe disso. Se eu ainda fosse uma jovem inexperiente, poderia recomeçar o sacrifício de minha vida; porém eu sou mãe, tenho uma filha para criar e devo dedicar-me a ela, tanto quanto a você. Suportemos essa desgraça que nos atinge a ambos. Você seria o último a reclamar. Será que não soube encontrar consolos em outros amores que o meu dever, a nossa honra comum e, mais do que tudo isso, a natureza me proíbem? Veja — acrescentou Julie —, você, estupidamente, esqueceu, em uma gaveta, três cartas da senhora de Sérizy: ei-las. O meu silêncio lhe prova que você encontrou em mim uma mulher cheia de indulgência, que não exige de você os mesmos sacrifícios a que as leis a condenam; mas já refleti o suficiente para saber que os nossos papéis não são os mesmos: só a mulher é predestinada à desgraça.[52] A minha virtude repousa em princípios fixos e estabelecidos. Eu saberei viver de forma impecável; mas deixe-me viver!

O marquês, atordoado pela lógica que as mulheres sabem encontrar em meio às chamas do amor, sentiu-se subjugado pela espécie de dignidade natural às mulheres, nesses momentos críticos. A repulsa instintiva que Julie manifestava contra tudo o que feria o seu amor e os desejos de seu coração é um dos mais belos aspectos da mulher, e talvez tenha a sua origem em uma virtude natural que nem as leis nem a civilização poderiam calar. Mas então quem se atreveria a censurar as mulheres? Quando elas silenciam o sentimento exclusivo que lhes proíbe pertencer a dois homens, não se tornam semelhantes a sacerdotes sem crenças? Se alguns espíritos rígidos censuram a espécie de pacto feito por Julie entre os seus deveres e o seu amor, as almas apaixonadas irão ver nesse pacto um crime. Essa reprovação geral demonstra a desgraça que aguarda as desobediências às leis ou as imperfeições muito tristes nas instituições que sustentam a sociedade europeia.

---

52 Em Balzac e em sua divina *Comédia humana*, além do realismo social, existe um realismo "sexual" a demonstrar as terríveis condições femininas em 1813–1844 (tempo d'*A mulher de trinta anos*), ou em 1308–1846 (nos cinco séculos em que se passa a ação de toda *A Comédia humana*), a situar o autor e a sua obra como precursores dos feminismos. Além de revelar a história secreta da vida privada, Balzac expõe tanto a opressão contra os pobres, quanto a opressão contra as mulheres.

Dois anos se passaram, enquanto o senhor e a senhora d'Aiglemont levavam a vida das pessoas da sociedade, indo cada um para o seu lado, encontrando-se mais nos salões de festas do que em casa: elegante divórcio em que terminam muitos casamentos na alta sociedade. Uma noite, de forma extraordinária, os dois cônjuges encontravam-se reunidos em seu salão. A senhora d'Aiglemont recebera para jantar uma de suas amigas. O general, que sempre jantava fora, tinha ficado em casa.

5. O ENCONTRO[53]

– Você vai ficar muito feliz, senhora marquesa — disse o senhor d'Aiglemont, pousando na mesa a xícara onde tomara café. O marquês olhou a senhora de Wimphen meio malicioso, meio entristecido, e acrescentou: — Vou partir para uma longa caçada, com o real adestrador de cães. Ao menos por uma semana você ficará totalmente viúva, é bem o que você queria, imagino...

— Guillaume — disse ele ao valete que viera recolher as xícaras —, mande atrelar os cavalos.

A senhora de Wimphen era a Louisa a quem Julie d'Aiglemont escrevera outrora, aconselhando-a a não se casar. Ambas trocaram um olhar entendido, a demonstrar que Julie encontrara na amiga uma confidente de seus sofrimentos, confidente preciosa e caridosa, pois a senhora de Wimphen era muito feliz no casamento; e, na situação inversa em que ambas se encontravam, talvez a felicidade de uma fosse a garantia de sua devoção à infelicidade da outra. Nesses casos, a diferença dos destinos é, quase sempre, um poderoso elo de amizade.[54]

— É tempo de caça? — disse Julie, lançando ao marido um olhar indiferente.

---

[53] Aqui se iniciava o quinto capítulo, antes da edição definitiva de 1842.

[54] A amizade entre Julie e Louisa irá inspirar o próprio Balzac a escrever as *Memórias de duas jovens casadas*, n'*A comédia humana*.

Era fim de março.

— Senhora: o real adestrador caça quando quer e onde quer. Vamos à floresta real matar javalis.

— Cuidado para não lhe acontecer algum acidente...

— Uma desgraça é sempre imprevisível — respondeu ele, sorrindo.

— A carruagem do senhor está pronta — disse Guillaume.

O general levantou-se, beijou a mão da senhora de Wimphen, voltou-se para Julie.

— Senhora, e se eu morrer, vítima de um javali! — disse ele, com ar de súplica.

— O que isso significa? — perguntou a senhora de Wimphen.

— Ora, vamos — disse a senhora d'Aiglemont a Victor. E sorriu como se dissesse a Louisa: — Você vai ver só.

Julie estendeu o pescoço ao marido, que avançou para beijá-la; mas a marquesa abaixou-se de tal forma que o beijo conjugal estalou bem nos fofos de seu vestido.

— Você é testemunha, diante de Deus — disse o marquês à senhora de Wimphen —, preciso de um mandado judicial para conseguir este mínimo favor. É assim que a minha mulher concebe o amor. Ela me reduziu a isto, não sei por que estratégia. Divirtam-se!

E saiu.

— Mas o seu pobre marido realmente é muito bom — exclamou Louisa, quando as duas mulheres ficaram sozinhas. — Ele a ama.

— Oh! Não acrescente nem uma sílaba a essa última palavra. O sobrenome que uso me causa horror...

— Sim, mas Victor a obedece totalmente — disse Louisa.

— A sua obediência — respondeu Julie — baseia-se em parte na alta consideração que lhe inspirei. Sou uma mulher muito virtuosa, conforme as leis: torno-lhe a casa agradável, fecho os olhos a seus casos amorosos, nada tomo de sua fortuna, ele pode gastar as rendas à vontade, só busco conservar o capital. A paz me custa todo este preço. Ele não entende, ou não quer entender, que eu existo. Mas, se assim levo o meu marido, não é por não sentir medo dos efeitos de seu caráter.

Sou como um adestrador de urso a temer que um dia a focinheira se rompa. Se Victor vier a acreditar-se no direito de não mais ter consideração por mim, nem ouso prever o que poderia acontecer; pois ele é violento, cheio de amor-próprio e, sobretudo, de vaidade. O seu espírito não tem a sutileza de tomar uma decisão sábia numa situação delicada, quando as suas paixões perversas se encontram envolvidas; ele é fraco de caráter, e talvez me mate de repente, antes de morrer de arrependimento no dia seguinte. Mas não sinto medo dessa felicidade fatal...

Houve um momento de silêncio, enquanto os pensamentos das duas amigas se dirigiam à causa secreta dessa situação.

— Tenho sido muito cruelmente dominada — disse Julie, lançando um olhar cúmplice a Louisa. — Mas não *o* proibi de me escrever. Ah! *Ele* me esqueceu, e com razão. Seria funesto demais interromper o seu destino! Já não basta o meu destino? Você acredita, minha querida, eu leio os jornais ingleses, só na esperança de ver o seu nome impresso. Ah! Bem, ele ainda não entrou para a Câmara dos Lordes.

— Então você sabe inglês?

— Eu não lhe disse! Aprendi.

— Pobre menina — exclamou Louisa, tomando a mão de Julie —, mas como você ainda consegue viver?

— Isso é segredo — respondeu a marquesa, deixando escapar um gesto de ingenuidade quase infantil. — Ouça. Eu tomo ópio. A história da duquesa de..., em Londres, deu-me essa ideia. Sabe, Maturin contou essa história em um romance. As minhas gotas de láudano são muito poucas. Eu durmo. A minha vigília não dura mais de sete horas, e dedico-as à minha filha...

Louisa olhou as chamas na lareira, sem ousar contemplar a sua amiga e todas as misérias que se revelavam a seus olhos, pela primeira vez.

— Louisa, guarde-me o segredo — disse Julie, depois de um silêncio.

De repente, um valete entregou uma carta à marquesa.

— Ah! — exclamou ela, empalidecendo.

— Não vou perguntar de quem — disse-lhe a senhora de Wimphen.

A marquesa lia e não ouvia mais nada, a sua amiga via os sentimentos mais agitados, a exaltação mais perigosa surgirem na face da senhora d'Aiglemont a enrubescer e empalidecer sucessivamente. Enfim, Julie lançou a carta às chamas.

— Esta carta é incendiária! Oh! Meu coração me sufoca.

Ela levantou-se, caminhou; os seus olhos ardiam.

— Ele não deixou Paris[55] — exclamou ela.

As suas palavras agitadas, que a senhora de Wimphen não ousava interromper, eram intercaladas por pausas aterradoras. Depois de cada interrupção, as suas frases retornavam em um tom cada vez mais intenso. Nas últimas palavras, havia algo terrível.

— Ele não parou de me espiar, sem que eu soubesse. Meus olhares, surpreendidos todos os dias, ajudam-no a viver. Você não sabe, Louisa? Ele está morrendo e pede para me dizer adeus, ele sabe que meu marido saiu esta noite por vários dias, e vai vir em um instante. Oh! Eu vou morrer. Estou perdida. Está ouvindo? Fique comigo. Diante de duas mulheres, ele não ousaria! Oh! Fique, tenho medo de mim mesma.

— Mas meu marido sabe que eu jantei em sua casa — respondeu a senhora de Wimphen — e virá buscar-me.

— Ah! Bem, antes de você partir, eu o mando embora. Serei o carrasco de nós duas. Ai! Ele vai pensar que não o amo mais. E esta carta! Minha querida, nela havia palavras escritas em letras de fogo.

Uma carruagem rodou sob a porta.

— Ah! — exclamou a marquesa, com certa espécie de alegria. — Ele vem publicamente e sem mistérios.

— Lorde Grenville! — anunciou o valete.

A marquesa ficou em pé, imóvel. Ao ver Arthur pálido, magro e abatido, já não lhe era mais possível ser severa. Embora lorde Grenville estivesse muito contrariado por não encontrar Julie sozinha, parecia estar calmo e frio. Mas, para essas duas mulheres iniciadas nos mistérios de seu amor, a sua face, o som de sua voz, a expressão de seus olhares tinham

---

[55] Esse grito ecoa em A falsa amante, n'*A comédia humana*.

um pouco do poder atribuído ao peixe-elétrico.[56] A marquesa e a senhora de Wimphen permaneceram hipnotizadas pela intensa visão de uma dor horrível. O som da voz de lorde Grenville levava a senhora d'Aiglemont a tremer de forma tão cruel que ela não ousava responder-lhe, temendo revelar toda a extensão do poder que ele tinha sobre ela; lorde Grenville não ousava olhar Julie; assim, a senhora de Wimphen teve de arcar praticamente sozinha com os esforços de uma conversação sem interesse; lançando à amiga um olhar cheio de tocante gratidão, Julie agradeceu-lhe a ajuda que ela ofertava. Assim, os dois apaixonados silenciaram os seus sentimentos, mantendo-se dentro dos limites desenhados pelos deveres e conveniências. Mas logo anunciaram a chegada do senhor de Wimphen; vendo-o entrar, as duas amigas trocaram um olhar e compreenderam, sem falar, as novas dificuldades da situação. Era impossível contar ao cavalheiro de Wimphen o segredo desse drama, e Louisa não tinha razões plausíveis para dar ao marido, pedindo-lhe para ficar na casa da amiga. Quando a senhora de Wimphen já colocava o xale, Julie levantou-se, como se fosse para ajudar Louisa a amarrá-lo, e disse em voz baixa: — "Eu terei coragem. Se ele veio publicamente à minha casa, que posso temer? Mas sem você, no primeiro momento, ao vê-lo tão mudado, eu teria caído a seus pés".

— Ah! Bem, Arthur, você não me obedeceu — disse a senhora d'Aiglemont em voz trêmula, voltando a seu lugar, em um pequeno sofá, onde lorde Grenville não ousara sentar-se.

— Não pude mais resistir ao prazer de ouvir a sua voz, de estar a seu lado. Era uma loucura, era um delírio. Já não sou senhor de mim mesmo. Eu me analisei muito bem, estou muito fraco. Devo morrer. Mas morrer sem vê-la, sem ouvir os sons de seu vestido, sem colher as suas lágrimas — que morte!

---

[56] "La Torpille": apelido de Esther van Gobseck, em *Esplendores e misérias das cortesãs*, n'*A comédia humana*, onde ela é um peixe-elétrico, uma sereia "tão atraente que eletrizaria até o imperador Napoleão". (Cf. Balzac, *La Comédie humaine*, éd. Pléiade, 1976–1993, v. VI: p. 445; v. II: p. 957, 1.010, 1.615; v. XII: p. 1.334.)

Ele quis afastar-se de Julie, mas seu brusco movimento fez cair do bolso uma pistola. A marquesa olhou a arma com um olhar que já não exprimia nem paixões nem pensamentos. Lorde Grenville recolheu a pistola e pareceu muito contrariado pelo incidente, que poderia passar por uma especulação amorosa.

— Arthur! — disse Julie.

— Senhora — respondeu Arthur, baixando os olhos —, eu vim cheio de desespero, eu queria...

Ele calou-se.

— Você queria matar-se na minha casa! — exclamou ela.

— Não sozinho... — disse ele, em voz suave.

— Ah! O que é... o meu marido, talvez?

— Não, não! — exclamou ele, em voz embargada. — Mas fique tranquila, o meu projeto fatal desapareceu. Quando entrei, quando vi você, logo senti coragem para me calar, para morrer sozinho.[57]

Julie levantou-se, lançou-se aos braços de Arthur, que, apesar das lágrimas de sua amante, decifrou algumas palavras cheias de paixão.

— Conhecer a felicidade e, depois, morrer — disse ela. — Ah! Bem, sim!

Toda a história de Julie encontrava-se nesse grito imenso, grito natural do amor, em que mergulham as mulheres sem religião; Arthur agarrou-a e carregou-a ao sofá, com um movimento marcado por toda a violência provocada pelas felicidades inesperadas. Mas de repente a marquesa arrancou-se dos braços de seu amante, lançou-lhe o olhar fixo de uma mulher desesperada, tomou-o pela mão, pegou um candelabro, levou-o a seu quarto; então, aproximando-se da cama onde dormia a pequena Hélène, abriu suavemente as cortinas e descobriu a sua filha, colocando a mão ante as velas, para que as luzes não ferissem as pálpebras transparentes

---

[57] Esse fragmento prefigura as formas, meios e mensagens de *O pai Goriot*, n'*A comédia humana*, e de um tradutor de Balzac, Fiódor Dostoiévski (11/11/1821 Moscou–9/2/1881 Petersburgo), em sua obra-prima do suspense *Os irmãos Karamázov* (1879–1880).

e semicerradas da criança. Hélène estava de braços abertos, sorria dormindo. Julie mostrou, com um olhar, a sua pequena a lorde Grenville. Esse olhar dizia tudo.

— Um marido, nós podemos abandoná-lo, mesmo se ele nos ama. Um homem é um ser forte, tem consolos. Nós podemos desprezar as leis da sociedade. Mas uma criança sem mãe!

Todos esses pensamentos, e mil outros, mais ternos ainda, encontravam-se nesse olhar.

— Nós podemos levá-la conosco — disse o inglês, sussurrando —, vou amá-la muito...

— Mamãe! — disse Hélène, despertando.

Ante essa palavra, Julie derreteu-se em lágrimas. Lorde Grenville sentou-se e ficou de braços cruzados, mudo e sombrio.

— Mamãe! — Este belo, este ingênuo chamado despertou tantos sentimentos nobres, tantas simpatias irresistíveis, que o amor foi esmagado, por um momento, pela poderosa voz da maternidade. Julie não era mais mulher, era apenas mãe. Lorde Grenville não resistiu muito tempo, as lágrimas de Julie o comoveram. Nesse momento, uma porta aberta com violência fez muito barulho, e as palavras: — "Senhora d'Aiglemont, você está aqui?" — ecoaram como trovão no coração dos dois amantes. O marquês tinha voltado. Antes que Julie pudesse recuperar o sangue-frio, o general se dirigiu de seu quarto ao quarto de sua mulher. Esses dois cômodos eram vizinhos. Felizmente, Julie fez um sinal a lorde Grenville, que correu ao banheiro, cuja porta foi rapidamente fechada pela marquesa.

— Ah! Bem, minha mulher — disse-lhe Victor —, aqui estou. A caça não aconteceu. Vou dormir...

— Boa-noite — disse ela —, eu também vou dormir. Então, deixe-me despir-me.

— Você está muito grosseira, esta noite. Eu a obedeço, senhora marquesa.

O general voltou ao seu quarto, Julie acompanhou-o para fechar a porta entre os dois cômodos e correu para soltar lorde Grenville. Ela recuperou toda a sua presença de espírito e pensou que a visita de seu antigo médico era muito natural; poderia tê-lo deixado no salão, para pôr a filha na cama, ia dizer-lhe para ir ao salão, sem fazer barulho; mas, quando abriu a porta do banheiro, lançou um grito alucinante. Os dedos de lorde Grenville tinham sido esmagados pela porta.

— Eh! Bem, o que é que você tem? — perguntou o marido.

— Nada, nada — respondeu ela —, um alfinete feriu meu dedo.

A porta entre os quartos abriu-se de repente. A marquesa imaginou que o marido vinha interessado em seu corpo e amaldiçoou essa solicitude sem coração. Mal teve tempo de fechar o banheiro, não tendo lorde Grenville ainda podido retirar a mão. De fato, o general voltou; mas a marquesa se enganara: ele era movido por cuidados pessoais.

— Você pode emprestar-me um lenço? Esse tal de Charles me deixa sem um único lenço de cabeça. Nos primeiros dias de nosso casamento, você se metia em meus assuntos, cheia de cuidados tão minuciosos que me aborrecia. Ah! O mês de lua-de-mel não durou muito para mim, nem para as minhas gravatas. Agora estou entregue às mãos de toda aquela gente mundana que zomba de mim.

— Olhe, eis um lenço. Você não entrou no salão?

— Não.

— Lá, você teria encontrado, talvez, lorde Grenville.

— Ele está em Paris?

— Parece que sim.

— Oh! Vou ver esse bom doutor.

— Mas ele já deve ter ido embora — exclamou Julie.

Nesse momento, o marquês estava bem no meio do quarto de sua mulher, pondo o lenço na cabeça e olhando-se ao espelho com prazer.

— Eu não sei onde estão os nossos criados — disse ele. — Já toquei a sineta três vezes chamando Charles, ele não veio. E você está sem a sua camareira? Chame-a, esta noite eu quero mais um cobertor na minha cama.

— Pauline saiu — respondeu secamente a marquesa.

— À meia-noite! — disse o general.

— Eu a deixei ir ao Teatro de Ópera.

— Isso é estranho! — continuou o marido, despindo-se —, imaginei tê-la visto, ao subir a escada.

— Então, com certeza, ela já chegou — disse Julie, fingindo impaciência.

Então, para não despertar suspeitas no marido, a marquesa puxou o cordão da sineta, mas fragilmente.

Os acontecimentos dessa noite não são totalmente conhecidos; porém, devem ter sido tão simples, tão terríveis, quanto os incidentes vulgares e domésticos precedentes. No dia seguinte, a marquesa d'Aiglemont caiu de cama, por muitos dias.

— O que aconteceu de tão especial em sua casa, para que todo mundo esteja falando de sua mulher? — perguntou o senhor de Ronquerolles ao senhor d'Aiglemont, dias depois daquela noite de catástrofes.

— Pode acreditar: não se case — disse d'Aiglemont. — Pegou fogo nas cortinas da cama onde Hélène dormia; a minha mulher ficou tão desesperada que vai ficar um ano doente, disse o médico. Você se casa com uma mulher bonita, ela fica feia; casa-se com uma moça cheia de saúde, ela fica doente; você a imagina apaixonada, ela fica fria, ou melhor, fria na aparência, realmente ela está tão cheia de paixões que ou o mata, ou o desonra. Às vezes, a mais doce das criaturas é amarga, e as amargas nunca se tornam doces; às vezes, a criança que você imaginava ingênua, frágil, desenvolve contra você uma vontade de ferro, um espírito demoníaco. Estou farto do casamento.[58]

— Ou de sua mulher.

— Isso seria difícil. A propósito, você não quer ir comigo a São Tomás de Aquino, para assistir ao funeral de lorde Grenville?

— Estranho passatempo. Mas — continuou Ronquerolles — já se sabe ao certo a causa de sua morte?

— Seu valete disse que ele ficou uma noite inteira escondido do lado de fora de uma janela, para salvar a honra de sua amante; e nesses dias fez um frio dos diabos!

---

[58] Ver a *Fisiologia do casamento,* n'*A comédia humana.*

— Esse sacrifício seria muito valioso entre nós, os velhos veteranos; mas lorde Grenville era jovem... e inglês... Esses ingleses sempre querem ser diferentes.

— Bah! — respondeu d'Aiglemont —, essas manifestações de heroísmo dependem da mulher que as inspira, e certamente não foi por causa de minha mulher que esse pobre Arthur morreu!

II

Sofrimentos desconhecidos

Entre o pequeno rio do Loing e o rio Sena, estende-se uma vasta planície, cercada pela floresta de Fontainebleau e pelas cidades de Moret, Nemours e Montereau.[59] Essa terra árida só oferece ao olhar raros e pequenos montes; às vezes, entre os campos, há alguns quadrados de bosques que servem de esconderijo à caça; a seguir, em toda parte, veem-se essas linhas infinitas, cinza ou amareladas, típicas para os horizontes de Sologne, Beauce e Berri. No meio dessa planície, entre Moret e Montereau, o viajante vê um velho castelo chamado Saint-Lange, e em suas proximidades não faltam grandeza e majestade. Ali, há magníficas alamedas de olmos, fossos, compridas muralhas, imensos jardins, vastas construções senhoriais, que, para serem construídas, exigiam impostos abusivos, pagos pelos agricultores, confiscos autorizados, ou então grandes fortunas aristocráticas, hoje destruídas pelo martelo do Código Civil. Se o artista, ou algum sonhador, acaso viesse a perder-se nesses caminhos, entre seus carris profundos, ou nas terras fortes que defendem os arredores desse lugar, ele se perguntaria que capricho levou o castelo poético a lançar-se em plena savana de trigo, nesse deserto de giz, marga e areia, onde a alegria morre, onde a tristeza nasce inevitavelmente, onde a alma sempre se cansa de uma solidão sem voz, de um horizonte monótono, de belezas negativas, mas favoráveis aos sofrimentos que não desejam consolação.

Uma jovem mulher, famosa em Paris por ser formosa, por sua face, por seu espírito, de posição social e fortuna em harmonia com a sua fama imensa, veio viver ali, para grande

---

[59] Região-cenário de *Ursule Mirouët*, n'*A comédia humana*.

surpresa da pequena aldeia, situada a cerca de uma milha do castelo de Saint-Lange, no fim de 1820. Os camponeses e os agricultores não viam senhores naquele castelo desde tempos imemoriais.[60] Embora muito produtiva, a terra havia sido abandonada aos cuidados de um regente e guardada por velhos servidores. Assim, a viagem da senhora marquesa provocou uma espécie de comoção na região. Muitas pessoas se agruparam ao final da aldeia, no pátio de uma estalagem miserável, onde se uniam as estradas de Nemours e Moret, para ver passar uma carruagem que andava bastante devagar, pois a marquesa viera desde Paris sem mudar os seus próprios cavalos. Na parte dianteira do carro, a camareira segurava uma criança mais sonhadora do que alegre. A mãe jazia no fundo, como um moribundo enviado ao campo pelos médicos. A fisionomia abatida dessa jovem mulher delicada agradou bem pouco aos políticos da aldeia, que imaginavam a sua chegada em Saint-Lange como esperança de algumas mudanças na região. Com certeza, toda espécie de mudança seria claramente antipática a essa mulher adoentada.

O maior sábio da aldeia de Saint-Lange declarou à noite, no cabaré, na sala onde bebiam os notáveis da aldeia, que, pela tristeza marcada na face da senhora marquesa, ela deveria estar falida. Na ausência do senhor marquês, que, segundo os jornais, acompanharia o duque d'Angoulême à Espanha, ela iria economizar em Saint-Lange o dinheiro necessário para pagar as dívidas resultantes de falsas especulações feitas na Bolsa. O marquês d'Aiglemont tinha sido um dos maiores especuladores.[61] Talvez a terra viesse a ser vendida em pequenos lotes. Então, haveria bons negócios a fazer. Todos poderiam imaginar contar o seu dinheiro, tirá-lo do esconderijo, enumerar os seus recursos, para conquistar a sua

---

[60] Ver, n'*A comédia humana, Os camponeses*, onde se desenvolve a contradição entre a aldeia e o castelo.

[61] Em *A Casa Nucingen*, n'*A comédia humana*. — a história se repete: as "falsas especulações" provocaram também as grandes crises iniciadas em 1929 e 2008, a provocar muitas guerras (como forma de livrar-se dos "des-em-pre-gados"?).

parte no loteamento de Saint-Lange. Esse futuro parecia tão belo que cada notável, impaciente para saber se esse maravilhoso porvir tinha fundamentos, buscava descobrir a verdade com os criados do castelo; mas nenhum deles conseguiu esclarecer a catástrofe que trazia a patroa, bem no início do inverno, ao velho castelo de Saint-Lange, enquanto ela era proprietária de outras terras famosas pela alegria da natureza e pela beleza dos jardins. O senhor prefeito veio apresentar as suas homenagens à Senhora, mas não foi recebido. Depois do prefeito, o regente apresentou-se, também sem sucesso.

A senhora marquesa só saía de seu quarto para deixá-lo arrumar, quando ia a um pequeno salão vizinho onde jantava, se for possível chamar de jantar aquele sentar-se a uma mesa, olhar os pratos, com desgosto, e comer exatamente a dose necessária para não morrer de fome. Depois, logo retornava à velha poltrona onde, desde a manhã, estava sentada, perto da única janela a iluminar o quarto. Só via a filha nos poucos instantes de sua triste refeição, mas mesmo assim parecia suportá-la com dificuldade. Não seriam necessárias dores extraordinárias para calar, em uma jovem mulher, o sentimento materno? Nenhum de seus empregados tinha acesso a ela. A camareira era a única pessoa cujos serviços lhe agradavam. Ela exigiu silêncio absoluto no castelo, a filha tinha de ir brincar bem longe dela. Era-lhe tão difícil suportar o menor ruído que qualquer voz humana, mesmo a da filha, desagradava-a muito. As pessoas da região deram toda a atenção a essas singularidades; depois, quando todas as suposições possíveis já tinham sido feitas, nem as aldeias vizinhas nem os camponeses continuavam a pensar nessa mulher enferma.

A marquesa, abandonada a si mesma,[62] pôde então ficar perfeitamente silenciosa, em meio ao silêncio que criara ao seu redor; nunca saía do quarto forrado de tapeçarias onde morrera a sua avó, aonde ela mesma viera morrer em paz, sem testemunhas, sem inconveniências, sem ter de suportar as falsas demonstrações dos egoísmos fantasiados de afetos que,

---

[62] Ver *A mulher abandonada*, n'*A comédia humana*.

nas cidades, multiplicam as agonias dos moribundos. Essa mulher tinha vinte e seis anos. Nessa idade, uma alma ainda cheia de ilusões poéticas gosta de saborear a morte, quando ela lhe parece benéfica. Mas a morte é faceira, para os jovens; para eles, ela avança e se retira, mostra-se e se esconde; a sua lentidão desencanta-os dela, a incerteza provocada pelo amanhã volta a lançá-los ao mundo onde reencontrarão a dor, que, mais implacável do que a morte, irá alcançá-los, sem os fazer esperar. Ora, essa mulher, que se recusava a viver, iria experimentar a amargura desses adiamentos no fundo de sua solidão, e em solidão fazer, em uma agonia moral que a morte seria incapaz de exterminar, um terrível aprendizado do egoísmo, que iria deflorar o seu coração e adaptá-lo ao mundo e à sociedade.[63]

Essa educação cruel e triste é sempre fruto de nossos primeiros sofrimentos. A marquesa sofria realmente pela primeira e única vez na vida, talvez. De fato, não seria um erro imaginar que os sentimentos se repetem? Depois de se manifestarem, não continuam a existir eternamente, no fundo do coração? Ali, eles se acalmam e despertam, conforme os incidentes da vida; mas ali eles permanecem, e a sua permanência transforma, necessariamente, a alma. Assim, todo sentimento só teria um grande dia, o dia mais ou menos longo de sua primeira tempestade. Assim, a dor, o mais constante dos nossos sentimentos, só seria lancinante ao explodir pela primeira vez; as suas outras manifestações iriam enfraquecendo, seja por nos acostumarmos às suas crises, seja por uma lei de nossa natureza que, para sobrevivermos, opõe a essa força destrutiva outra força igual, porém inerte, criada pelos cálculos do egoísmo.[64] Mas, entre todos os sofrimentos, qual deles merece este nome de "dor"? A perda dos pais é uma desgraça para a qual a natureza preparou os homens; as dores

---

[63] Ver a introdução aos *Estudos filosóficos*, n'*A comédia humana*. (Éd. Pléiade, v. X: p. 1.200–1.218.)

[64] "Nas águas geladas do cálculo frio do egoísmo", retomam dois vorazes leitores de Balzac, dois balzaquianos de trinta anos, Marx e Engels, no *Manifesto* de 1848.

físicas são passageiras, não abraçam a alma e, se persistem, deixam de ser um mal, transformam-se em morte. Se uma jovem mulher perde um recém-nascido, o amor conjugal logo lhe dá um sucessor. Esta aflição também é passageira. Enfim, esses sofrimentos, e muitos outros semelhantes, são, de certa forma, golpes, ferimentos; mas nenhum deles afeta a vitalidade em sua essência: seria preciso que eles se sucedessem estranhamente para matar o sentimento que nos leva a buscar a felicidade. O grande, o verdadeiro sofrimento seria, portanto, um mal tão mortal que exterminaria, ao mesmo tempo, passado, presente e porvir, não deixando parte alguma da vida intacta, desnaturando para sempre o pensamento, inscrevendo-se incessantemente nos lábios e na fronte, exterminando ou desviando as fontes do prazer, colocando na alma um princípio de desgosto contra todas as coisas do mundo. E para ser tão imenso, para pesar tanto sobre corpo e alma, este sofrimento deveria acontecer naquele momento da vida em que todas as forças de corpo e alma são jovens, e fulminar um coração muito vivo. Então, o mal provoca uma ferida imensa; grande é o sofrimento; nenhum ser pode sair desta enfermidade sem alguma transformação poética: ou toma o caminho do céu, ou, se continuar aqui na terra, volta à sociedade para mentir à sociedade, para nela representar um papel; então, descobre os bastidores para onde as pessoas se retiram, para calcular, chorar, brincar. Depois desta crise solene, já não há mais mistérios na vida social, que passa a ser julgada por decretos. Entre as jovens com a mesma idade da marquesa, o primeiro, o mais dilacerante dos sofrimentos, é sempre provocado pelo mesmo fato. A mulher, principalmente a jovem, tão grande pela alma como pela beleza, nunca deixa de lançar a sua vida aonde a natureza, o sentimento e a sociedade a levam a lançá-la inteira. Se esta vida lhe falha e ela continua na terra, experimenta os mais cruéis sofrimentos, pelo mesmo motivo que transforma o nosso primeiro amor no mais belo de todos os sentimentos. Por que esta desgraça nunca teve um pintor, nem mesmo um poeta? Mas seria possível pintá-la, seria possível cantá-la? Não, a natureza das dores que ela provoca recusa-se à análise e às cores da arte.

Aliás, esses sofrimentos nunca são comunicados: para consolar uma mulher, é preciso saber adivinhá-los; pois, sempre amargamente abraçados e religiosamente sentidos, eles ficam, na alma, como uma avalanche que, ao cair sobre um vale, tudo degrada, antes de se deter.

Então, a marquesa encontrava-se tomada por esses sofrimentos, que por muito tempo permanecerão desconhecidos, pois tudo no mundo os condena, ao passo que o sentimento os embala e a consciência de uma verdadeira mulher sempre os justifica. Há dores que são como filhos eternamente derrotados pela vida, mas que se enraízam no coração das mães mediante laços mais estreitos do que os criados pelos filhos muito bem dotados. Talvez jamais essa catástrofe aterradora, que mata tudo o que há de vida em nosso exterior, tivesse sido tão viva, tão definitiva, tão cruelmente ampliada pelas circunstâncias, quanto o era para a marquesa. Um homem amado, jovem e generoso, cujos desejos ela jamais satisfizera, obedecendo às leis da sociedade, havia morrido para salvar o que a sociedade chama de *a honra de uma mulher*. A quem ela poderia dizer: — "Eu sofro!"? — As suas lágrimas ofenderiam o seu marido, a causa primeira da catástrofe. As leis, os costumes proscreviam as suas penas; uma amiga teria muito prazer em conhecê-las, um homem as utilizaria em seu favor. Não, esta pobre aflita só poderia chorar, à vontade, no deserto,[65] lá engolir a sua dor, ou ser devorada por ela, morrer ou matar algo em si — a sua consciência, talvez. Havia alguns dias, ela permanecia com os olhos enlaçados em um horizonte plano onde, como em sua vida futura, não havia nada a buscar, nada a esperar, onde tudo se via em um só olhar, onde ela via e revia as imagens da fria desolação que, sem cessar, dilacerava o seu coração. As manhãs de névoa,

[65] Ver *A obra-prima desconhecida* (um dos títulos d'*A comédia humana*) chamada *Uma paixão no deserto*, conto de apenas catorze páginas. — O mesmo tema, o leão na África, inspira o maravilhoso conto de Hemingway *A breve e feliz existência de Francis Macomber*. — Em sua deslumbrante obra-prima *Meu tio o Iauaretê*, João Guimarães Rosa "traduz" e traz o tema e o conto ao "grande sertão".

os céus de frágil transparência, as nuvens a correr perto da terra, sob um dossel cinzento, concordavam com os estágios de sua enfermidade moral. O seu coração não latejava, não estava menos ou mais ferido; não, a sua natureza jovem em flor era petrificada pela lenta ação de uma dor, insuportável por ser despropositada. Ela sofria em si e para si. Sofrer assim não é apoiar o pé sobre o egoísmo? Assim, terríveis pensamentos atravessavam e feriam a sua consciência. Ela interrogava-se com boa-fé e encontrava-se dupla. Nela havia uma mulher que pensava e uma mulher que sentia; havia uma mulher que sofria e outra que não queria mais sofrer. Ela mergulhava nas alegrias de sua infância — passada sem que ela sentisse a própria felicidade —, cujas puras imagens retornavam em multidão, como a demonstrar-lhe as decepções de um casamento conveniente aos olhos da sociedade, mas horrível na realidade. De que lhe valeram os belos pudores da juventude, os prazeres reprimidos, os sacrifícios feitos à sociedade? Embora tudo nela exprimisse e aguardasse o amor, ela se perguntava: de que lhe serviam agora a harmonia de seus movimentos, o seu sorriso, a sua graça? Agora, ela gostava tanto de sentir-se jovem e cheia de sensualidade, quanto se gosta de ouvir um som a repetir-se à toa. Até mesmo a sua beleza lhe era insuportável, era algo inútil. Ela entrevia com terror que, doravante, não poderia mais ser uma criatura completa. O seu eu interior não perdera a faculdade de saborear as impressões das deliciosas novidades que dão tanta alegria à vida? No futuro, a maior parte de suas sensações logo se eclipsaria, assim que elas viessem a surgir, e muitas das impressões que antes a comoviam lhe seriam indiferentes. Além da infância da pessoa, existe a infância do coração. Ora, o seu amado enterrara consigo esta segunda infância. Ainda jovem por seus desejos, ela não gozava mais da plena juventude espiritual que dá valor e sabor a tudo, na vida. Não guardaria consigo um princípio de tristeza de desconfiança, a roubar de suas emoções a vivacidade repentina, o poder de maravilhar-se? Pois nada mais poderia dar-lhe a felicidade que ela esperara, que ela sonhara tão bela. As suas primeiras lágrimas verdadeiras extinguiram os fogos celestes que iluminam as primeiras emoções do coração, ela deveria sofrer eternamente por não ser o que poderia ter sido e não foi. Nesta crença se origina, talvez, o amargo desgosto que leva a virar a face quando o prazer novamente se apresenta. Então, ela julgava a vida como um velho prestes a deixá-la. Embora se sentisse jovem, o peso infinito de seus dias sem desfrutes caía-lhe sobre a alma, esmagava-a, tornava-a velha antes do tempo. Ela perguntava à sociedade, com um grito desesperado, o que o mundo lhe daria em troca do amor que a ajudara a viver, mas que ela perdera. Perguntava-se se em seu amor desaparecido, tão casto e puro, a imaginação não teria sido mais pecaminosa do que a ação. Culpava-se, com prazer, para insultar a sociedade, e para consolar-se de não ter tido com o ser por quem chorava aquela comunicação perfeita que, unindo as almas, reduz a dor da alma que sobrevive com a certeza de ter gozado plenamente a felicidade, de ter sabido dar-se totalmente, de guardar em si as marcas do ser que não vive mais. Ela estava descontente como uma atriz que não soube representar o seu papel, pois a dor lhe atacava todas as fibras, coração e mente. Se a natureza estava ferida em seus desejos mais íntimos, a vaidade não se encontrava menos ferida do que a bondade, que leva a mulher a sacrificar-se. Então, levantando todas as questões, revirando todas as fontes das diversas existências dadas pelas naturezas social, ética e física, ela distendia tanto as forças da alma que, em meio às reflexões mais contraditórias, nada conseguia compreender. Assim, às vezes, ao cair da névoa, ela abria a janela, ali ficava sem pensar, ocupada em respirar mecanicamente os úmidos aromas da terra dispersos nos ares, de pé, imóvel, idiota na aparência, pois os zumbidos de sua dor a deixavam igualmente surda às harmonias da natureza e aos encantos do pensamento.

Certa vez, por volta do meio-dia, no momento em que o Sol apareceu por um tempo, a sua camareira entrou sem ser chamada e disse: — "É a quarta vez que o senhor padre vem ver a senhora marquesa; e hoje ele insiste tanto que não sabemos mais o que responder".

— Sem dúvida, ele quer algum dinheiro para os pobres da comuna, tome vinte e cinco luíses e dê-lhe, em meu nome.

— Senhora — disse a camareira, voltando um momento depois —, o senhor padre recusa-se a aceitar o dinheiro e deseja falar-lhe.

— Então, que venha! — respondeu a marquesa, deixando escapar um gesto irritado a prenunciar triste recepção ao sacerdote: certamente ela desejava evitar novas perseguições por parte deste com uma explicação curta e franca.

A marquesa perdera a mãe muito cedo, a sua educação naturalmente fora influenciada pelo abrandamento que, durante a Revolução, desatara os laços religiosos, na França. A piedade é uma virtude feminina que só as mulheres se transmitem muito bem, e a marquesa era uma filha do século dezoito, sendo suas crenças filosóficas as mesmas de seu pai.[66] Ela não seguia nenhuma prática religiosa. Para ela, um sacerdote era um funcionário público de utilidade questionável.[67] Na situação em que se encontrava a marquesa, as vozes da religião só poderiam exacerbar os seus males; ademais, ela não acreditava nos sacerdotes de aldeia nem em suas luzes; então, resolveu colocar o padre em seu lugar, sem grosserias, livrando-se dele à moda dos ricos, por meio de esmolas. O padre veio, e sua aparência não mudou a opinião da marquesa. Ela viu um pequeno homem gordo de ventre saliente, de rosto

---

[66] Baseadas em Rousseau, Voltaire, Diderot, nos "enciclopedistas", "pais" da Revolução Francesa a germinar ao redor de 14 de julho de 1789, dia da tomada da Bastilha — onde Diderot havia sido prisioneiro e recebia as visitas de Rousseau. Ver a autobiografia póstuma de Jean-Jacques Rousseau (28/6/1712 Genebra–2/7/1778 Ermenonville), *As confissões*. — Sobre a Revolução Francesa, ver Jean-Paul Sartre (1905–1980), *Crítica da razão dialética* (1960). — Cf. Alfred de Musset (11/12/1810 Paris–2/5/1857 idem), *A confissão de um filho do século* (1836), romance autobiográfico sobre "uma enfermidade moral abominável", dedicado "aos que sofrem do mesmo mal", ou sobre a sua paixão pela escritora George Sand (1804–1876), a quem Balzac dedica a sua obra-prima *O pai Goriot* e as *Memórias de duas jovens casadas*, n'*A comédia humana*.

[67] Antes da Revolução Francesa, o clero era pago pelo Estado. Ver *O sacerdote da aldeia*, *O médico do campo*, *O sacerdote de Tours* e *Os camponeses*, n'*A comédia humana*.

corado, mas velho e enrugado, fingindo sorrir, mas sorrindo muito mal; a cabeça sem cabelos e transversalmente atravessada por numerosas rugas caía em quarto de círculo sobre o seu rosto e o diminuía; alguns cabelos brancos guarneciam os lados da cabeça acima da nuca e voltavam para a frente, até às orelhas. No entanto, a fisionomia desse padre era a de um homem naturalmente alegre. Os lábios grossos, o nariz levemente arrebitado, o queixo a desaparecer em dupla dobra de rugas mostravam um caráter feliz. A princípio, a marquesa só viu esses traços principais, mas, à primeira palavra do padre, foi surpreendida pela suavidade de sua voz; olhou-o com mais atenção e viu, sob as sobrancelhas cinza, olhos que já haviam chorado; e o contorno de sua face, vista de perfil, dava à cabeça expressão de dor tão sublime que a marquesa encontrou um homem nesse padre.

— Senhora marquesa, os ricos só nos pertencem quando estão sofrendo; e os sofrimentos de uma mulher casada, jovem, bela, rica, que não perdeu os filhos nem os pais, podem ser adivinhados: são provocados por ferimentos, e essas flechas só encontram escudo na religião. A sua alma corre perigo, minha senhora. Neste momento, não lhe falo da outra vida que nos aguarda! Não, eu não estou no confessionário. Mas não é meu dever esclarecê-la sobre o futuro de sua existência social? Então, perdoe a um velho ser importuno, se o seu objetivo é a sua felicidade.

— A felicidade, senhor, já não se encontra a meu alcance. Logo lhe pertencerei, como o senhor disse, mas para sempre.

— Não, senhora: não vai morrer da dor que a oprime e transparece em seu rosto. Se fosse morrer, não estaria em Saint-Lange. Morremos menos por obra de um claro lamento do que devido às esperanças frustradas. Conheci pesares mais intoleráveis, dores mais terríveis, que não provocaram a morte.

A marquesa fez um sinal de ceticismo.

— Senhora, eu conheço um homem tão infeliz que as suas penas lhe pareceriam muito leves, se a senhora as comparasse às dele.

Ou a sua imensa solidão começava a pesar-lhe, ou ela se sentiu interessada pela perspectiva de poder exprimir, a um coração amigo, os seus pensamentos pungentes, mas ela olhou o padre com ar de interrogação — seria impossível não compreender isso.

— Senhora — continuou o sacerdote —, esse homem havia sido pai de uma grande família, mas, então, só lhe restavam três filhos. Em pouco tempo, ele perdera os pais; depois perdera uma filha e a mulher, ambas muito amadas. Só, permanecia bem no interior de uma província, em um pequeno sítio onde havia sido feliz por muito tempo. Os três filhos estavam no exército, cada um com uma patente segundo o tempo de serviço. Nos Cem Dias,[68] o primogênito entrou na Guarda e tornou-se coronel; o segundo era chefe de batalhão de artilharia, e o caçula tinha a patente de chefe de esquadrão nos dragões. Senhora, os três filhos amavam o pai, tanto quanto eram amados por ele. Se a senhora soubesse como os jovens são descuidados, levados pelas paixões, como nunca têm tempo para se dedicarem aos afetos familiares, logo compreenderia, numa palavra, a energia da afeição dos três irmãos por um pobre velho que vivia sozinho, apenas por eles e para eles. O velho solitário não passava uma semana sem receber uma carta de um dos três filhos. Mas também o velho nunca tinha sido fraco com eles, o que diminui o respeito dos filhos; nem injustamente severo, o que os magoa; nem avarento em sacrifícios, o que os afasta. Não, ele tinha sido muito mais do que um pai, ele se tornara irmão e amigo de seus filhos. Assim, foi despedir-se deles em Paris, quando partiam para a Bélgica; queria ver se tinham bons cavalos, se nada lhes faltava. Eles partiram, o pai voltou para casa. A guerra começa, o pai recebe cartas escritas na Bélgica, em Fleurus e Ligny; tudo andava às maravilhas. A batalha de Waterloo acontece: a senhora sabe o resultado. De uma só vez, a França inteira mergulhou no luto. Todas as famílias encontravam-se na mais profunda ansiedade. Ele, a

[68] Na última permanência de Napoleão Bonaparte no poder — de 20 de março a 22 de junho de 1815 —, depois de fugir do exílio na ilha de Elba, entre a chegada ao Palácio das Tulherias e a sua última derrota, em Waterloo.

senhora sabe, aguardava; não tinha paz nem descanso; lia os jornais, ia todos os dias ao correio, pessoalmente. Em certa tarde, anunciaram-lhe a chegada do empregado de seu filho coronel. Ele vê este homem montado no cavalo do patrão, não havia perguntas a fazer: o coronel estava morto, cortado em dois por uma bala de canhão. À noite, chega, a pé, o empregado do caçula: o caçula tinha morrido um dia depois da batalha de Waterloo. E à meia-noite um artilheiro veio comunicar-lhe a morte do último filho, em quem este pobre pai depositara, por tão poucas horas, toda a sua vida. Sim, senhora: todos tinham morrido! — Depois de uma pausa, o sacerdote, vencendo as suas vivas emoções, acrescentou estas palavras em voz mansa: — E o pai continuou vivo, senhora. Ele compreendeu que, se Deus o deixava na terra, ele deveria continuar a aqui sofrer, e aqui ele sofre; mas lançou-se ao seio da religião. O que ele poderia vir a ser? — A marquesa levantou os olhos para o rosto do padre, devindo sublime de tristeza e resignação, e esperou esta palavra que lhe arrancou lágrimas: — Ser sacerdote! Senhora, ele era sagrado pelas lágrimas, antes de sê-lo diante do altar.

Por um momento, reinou o silêncio. A marquesa e o padre olharam, pela janela, o horizonte de brumas, como se ali pudessem ver os que já não existiam mais.

— Não padre em uma cidade, mas simples cura — ele continuou.

— Em Saint-Lange? — disse ela, enxugando as lágrimas.

— Sim, senhora.

Nunca a majestade da dor se mostrara de forma tão ampla a Julie; e este *sim, senhora* caiu-lhe no próprio coração, com o peso de uma dor infinita. Essa voz a ressoar suavemente nos ouvidos abalava as entranhas. Ah! Era bem a voz da desgraça, esta voz plena, grave, parecendo conter penetrantes fluidos.

— Senhor — disse a marquesa, quase com respeito —, e se eu não morrer: o que eu poderia vir a ser?

— Senhora, não tem uma filha?

— Sim — disse ela, friamente.

O padre lançou a essa mulher um olhar semelhante ao olhar lançado por um médico a um doente em perigo, decidindo fazer todos os esforços para disputá-la contra o gênio do mal que já estendia a mão a ela.

— Olhe, senhora, nós devemos viver com as nossas dores, e só a religião nos oferta as verdadeiras consolações. A senhora me permitiria voltar e levá-la a ouvir um homem que sabe simpatizar com todos os sofrimentos e, imagino, não tem nada de terrível?

— Sim, senhor, venha. Agradeço-lhe por se lembrar de mim.

— Ah! Bem, senhora, até breve.

Essa visita, por assim dizer, distendeu a alma da marquesa, cujas forças tinham sido violentamente excitadas pelo sofrimento e pela solidão. O sacerdote deixou-lhe, no coração, um perfume balsâmico e a salutar repercussão das palavras religiosas. Então, ela sentiu essa espécie de satisfação de que goza o prisioneiro, quando, depois de reconhecer a profundidade de sua solidão e o peso de suas correntes, percebe um vizinho a bater na muralha, levando-o a repetir sons através dos quais se exprimem pensamentos comuns. Ela contava com um inesperado confidente. Mas logo recaiu em suas visões amargas, dizendo-se, como o prisioneiro, que um companheiro de dor não aliviaria os elos de sua corrente nem seu futuro. O padre não desejara enfurecer, à primeira visita, uma dor tão egoísta, mas esperava, graças à sua arte, poder enveredar em progressos rumo à religião, em uma segunda entrevista. Dois dias depois, voltou, de fato, e a recepção da marquesa provou-lhe que a sua visita era muito desejada.

— Ah! Bem, senhora marquesa — disse o velho —, já chegou a pensar um pouco em toda a imensidão dos sofrimentos humanos? Já elevou o olhar até o céu? Viu toda a amplitude dos mundos que, reduzindo a nossa importância, esmagando as nossas vaidades, abranda as nossas dores?...

— Não, senhor — disse ela. — As leis sociais pesam demais em meu coração, dilaceram-me de forma muito viva, para que eu possa elevar-me até os céus. Mas as leis talvez não sejam tão cruéis quanto os hábitos do mundo. Oh! O mundo!

— Senhora, a nós nos cumpre obedecer a ambos: a lei é a palavra, e os hábitos são as ações da sociedade.

— Obedecer à sociedade? — prosseguiu a marquesa, com involuntário gesto de horror. — Ah! Senhor, todos os nossos males vêm disso. Deus não fez nenhuma lei que nos obrigasse ao sofrimento; mas, reunindo-se, os homens falsificaram a Sua obra. Nós, mulheres, somos mais maltratadas pela civilização do que seríamos pela natureza.[69] A natureza impõe-nos dores físicas que os senhores não abrandaram, e a civilização desenvolveu sentimentos que os senhores sempre enganam. A natureza sufoca os seres frágeis, os senhores condenam os frágeis a viver, para entregá-los a um eterno sofrimento. O casamento, a instituição em que hoje se apoia a sociedade, leva-nos a sentir, sozinhas, todo o seu peso: para o homem, a liberdade; para a mulher, os deveres. Nós devemos a eles toda a nossa vida, eles só devem a nós raros momentos. Enfim, o homem escolhe, enquanto nós temos de nos submeter cegamente. Oh! Ao senhor, eu posso dizer tudo. Ah, bem, o casamento, da forma como hoje é praticado, parece-me ser uma prostituição legal.[70] Ele deu origem aos meus sofrimentos. Mas eu, sozinha, entre as criaturas infelizes, tão fatalmente casadas, tenho de me manter em silêncio! Só eu sou a causa do mal: eu quis casar-me.

Ela se deteve, derramando lágrimas amargas, e ficou em silêncio.

— Nesta miséria profunda, no meio deste oceano de dor — continuou ela —, encontrei algumas praias onde pisei,

---

[69] Ver Rousseau, *Discurso sobre a origem e os fundamentos da desigualdade entre os homens* (1755); e *Do contrato social* (1762), que se inicia com estas palavras: — "O homem nasceu livre, mas em toda parte encontra-se acorrentado. Quem se acredita senhor dos outros não deixa de ser mais escravo do que todos."... — Ver também Freud, *O mal-estar na civilização* (1930). — "O hábito é a segunda natureza": frase feita habitual e costumeira desde a Antiguidade, repetida ao infinito por dezenas de filósofos e escritores.

[70] Palavras também retomadas pelo *Manifesto* de Marx e Engels (1848). — Ver a *Fisiologia do casamento* e *A mulher abandonada*, n'*A comédia humana*, bem como Stendhal, *Do amor*, e Choderlos de Laclos (18/10/1741 Amiens–5/11/1803 Taranto), *As ligações perigosas* (1782).

onde sofri à vontade; um furacão levou tudo embora. Agora estou sozinha, sem apoio, frágil demais para enfrentar as tempestades.

— Nunca somos frágeis, quando Deus está conosco — disse o sacerdote. — Aliás, se a senhora não tem afetos a satisfazer na terra, não tem deveres a cumprir aqui?

— Sempre os deveres! — exclamou ela, de forma impaciente. — Mas, para mim, onde se encontram os sentimentos que nos dão forças para cumprir os deveres? Senhor: nada de nada, ou nada por nada, é uma das leis mais justas da natureza moral e física. O senhor desejaria que essas árvores produzissem as suas folhas sem a seiva criadora que as faz brotarem? A alma também tem a sua seiva! Em mim, a seiva secou-se em sua fonte.

— Eu não lhe falarei dos sentimentos religiosos que geram a resignação — disse o padre —, mas a maternidade, senhora, ela não é então...?

— Pare, senhor! — disse a marquesa. — Na sua frente eu vou dizer a verdade. Ai de mim! Já não posso dizê-la a ninguém mais; fui condenada a mentir; a sociedade exige máscaras eternas, sob pena de condenação ordena-nos a obedecer às convenções sociais. Há duas maternidades, senhor. Antes, eu não sabia disso; agora, sei. Só sou mãe pela metade, melhor seria não ser mãe de forma alguma. Hélène não é *dele*! Oh! Não estremeça! Saint-Lange é um abismo onde se jogaram muitos sentimentos falsos, de onde irradiaram muitas luzes sinistras, onde desabaram os frágeis edifícios das leis antinaturais. Tenho uma filha, isto basta; sou mãe, assim deseja a lei. Mas o senhor, que tem uma alma tão delicadamente compassiva, talvez compreenda os gritos de uma pobre mulher que não deixou penetrar em seu coração nenhum sentimento falso. Deus me julgará, mas não creio faltar a Suas leis ao ceder às afeições que Ele colocou em minha alma, e que nela encontrei. Uma criança, senhor, não é a imagem de dois seres, o fruto de dois sentimentos livremente unidos e confundidos? Se a criança não se encontra em todas as fibras do corpo, bem como em todas as ternuras do coração; se ela não lembra deliciosos amores, tempos, espaços onde esses dois seres foram felizes, e a sua linguagem cheia de música humana, e as suas suaves ideias, então essa criança é uma criação malsucedida. Sim: para eles, a criança deve ser a maravilhosa miniatura em que se encontram os poemas de sua dupla vida secreta; ela deve ofertar-lhes uma fonte de emoções fecundas, ser ao mesmo tempo todo o seu passado, todo o seu porvir. A minha pobre pequena Hélène é filha de seu pai, filha do dever e do acaso; em mim, ela só encontra o instinto da mulher, a lei irresistível que nos leva a proteger a criatura nascida em nosso ventre. Sou irrepreensível, socialmente falando. Não lhe sacrifiquei a minha vida e a minha felicidade? Os seus gritos comovem-me as entranhas; se ela caísse na água, eu logo me lançaria às águas, para resgatá-la. Mas ela não se encontra em meu coração. Ah! O amor levou-me a sonhar com uma maternidade maior, muito mais completa. Acariciei em um sonho desvanecido a criança que os desejos conceberam antes de ser engendrada, esta deliciosa flor nascida na alma antes de vir à luz. Sou, para Hélène, o que, na ordem natural, uma mãe deve ser para a sua descendente. Quando ela não precisar mais de mim, tudo estará dito: uma vez extinta a causa, os efeitos vão cessar. Se a mulher tem o adorável privilégio de estender a maternidade à vida inteira de seu filho, não é à irradiação de suas ideias éticas que precisamos atribuir esta divina persistência do sentimento? Quando a criança não teve a alma da mãe como sua primeira redoma, então a maternidade cessa no coração, assim como cessa entre os animais. Isso é verdade, eu o sinto: à medida que a minha pobre pequena cresce, o meu coração diminui. Os sacrifícios que lhe fiz já me afastaram dela, enquanto para outra criança o meu coração seria, eu o sinto, inesgotável; para essa outra, nada seria sacrifício, tudo seria prazer. Aqui, senhor, a razão, a religião, nada em mim encontra forças contra os meus sentimentos. Ela está errada em desejar a morte da mulher que não é nem mãe nem esposa, e que, para a própria desgraça, entreviu o amor em suas infinitas maravilhas, entreviu a maternidade em suas alegrias sem fim? O que ela poderia vir a ser? Eu lhe direi, pessoalmente, o que ela sente! Cem vezes ao dia, cem vezes à noite, um tremor abala a minha cabeça, o meu coração, o meu corpo, quando alguma lembrança fragilmente reprimida me traz as imagens de uma felicidade que imagino ser maior do que é. Essas fantasias cruéis levam os meus sentimentos a empalidecerem, e eu me digo: — "Então, como seria a minha vida *se*...?". — Julie escondeu a face nas mãos e rompeu em lágrimas. — Veja o fundo do meu coração! — continuou ela. — Um filho dele me levaria a aceitar as mais terríveis desgraças! O Deus que morreu carregado de todos os pecados da terra me perdoará este pensamento, que para mim é mortal; mas, eu sei, a sociedade é sem perdão; para ela, as minhas palavras são blasfêmias, eu insulto a todas as suas leis. Ah! Eu queria fazer a guerra contra este mundo, para renovar as leis, hábitos e costumes, para parti-los! O mundo não me feriu em todas as minhas ideias, em todas as minhas fibras, em todos os meus sentimentos, em todos os meus desejos, em todas as minhas esperanças, no porvir, no presente e no passado? Para mim, o dia é cheio de trevas; o pensamento é uma espada; o meu coração é um ferimento; a minha filha é uma negação. Sim, quando Hélène fala comigo, eu queria que ela tivesse outra voz; quando ela me olha, eu queria que ela tivesse outros olhos. Ela está aqui para evidenciar tudo o que deveria ter sido e não foi. Ela é insuportável! Sorrio a ela, tento dedicar-lhe sentimentos que lhe furto. Sofro! Oh, senhor: sofro demais para poder viver. E vou passar por uma mulher virtuosa! E não cometi pecados! E vão honrar-me! Lutei contra o amor involuntário ao qual eu não deveria ceder; mas, se guardei a minha fé física, conservei o meu coração? Isto — disse ela, apoiando a mão direita no seio — só pertenceu a uma única criatura. Assim, a minha filha não se engana. Existem olhares, tons de voz, gestos de mãe cuja força fere a alma das crianças; e a minha pobre pequena não sente o meu braço estremecer, a minha voz tremer, os meus olhos se enternecerem quando a olho, quando lhe falo, quando a carrego. Ela me lança olhares acusadores que não suporto! Às vezes, tremo ao encontrar nela um tribunal, onde serei condenada sem ser ouvida. Queira o Céu que um dia o ódio não se lance entre nós! Grande Deus! Antes me abra o túmulo, deixe-me acabar em Saint-Lange! Desejo ir para o mundo onde reencontrarei a minha outra alma, onde serei totalmente mãe! Oh! Perdão, senhor, eu estou louca... Estas palavras me estrangulavam, eu as disse. Ah! O senhor também está chorando! O senhor não me despreza. — Hélène! Hélène! Minha filha, vem! — exclamou ela, com uma espécie de desespero, ao ouvir a filha voltar de seu passeio.

A pequena veio, rindo e gritando; trazia uma borboleta que apanhara; mas, ao ver a mãe em lágrimas, calou-se, aproximou-se dela e deixou-a beijar-lhe a testa.

— Ela será muito linda — disse o sacerdote.

— Ela é igual ao pai — respondeu a marquesa, beijando a filha com calorosa expressão, como a saldar uma dívida ou apagar um remorso.

— Você está quente, mamãe.

— Vai, deixa-nos, meu anjo — respondeu a marquesa.

A criança partiu sem lamentar, sem olhar a mãe, quase feliz por se ver livre de uma face triste, já compreendendo que os sentimentos expressos pela mãe eram contraditórios. O sorriso é a pintura, a língua, a expressão da maternidade. A marquesa não conseguia sorrir. Enrubesceu, ao olhar o padre: buscara mostrar-se mãe, mas nem ela nem a sua filha souberam fingir. De fato, os beijos de uma mulher sincera possuem um mel divino que parece lançar nessa carícia toda a sua alma, fogos sutis a penetrar todo o coração. Os beijos desnudados dessa unção saborosa são ásperos e secos. O sacerdote sentira esta diferença: era capaz de perceber o abismo existente entre a maternidade da carne e a maternidade do coração. Assim, depois de lançar a essa mulher um olhar inquisidor, disse-lhe: — "A senhora tem razão: seria melhor estar morta...".

— Ah! Vejo que o senhor compreende os meus sofrimentos — respondeu ela —, pois, sacerdote cristão, adivinha e aprova as fatais decisões que eles me inspiraram. Sim, eu quis matar-me, porém me faltou a coragem necessária para realizar o meu desejo. O meu corpo foi covarde, enquanto a minha alma era forte, e, quando a minha mão parou de tremer, a minha alma vacilou! Ignoro o segredo dessas lutas e alternâncias. Sem dúvida, sou mui tristemente mulher, sem persistência em minhas vontades, forte apenas para amar. Eu me desprezo! À noite, enquanto os empregados dormiam, eu ia às águas do rio, cheia de coragem; à margem das águas, a minha frágil natureza tinha medo de destruir-se. Eu lhe confesso as minhas fraquezas. Quando voltava para a cama, sentia vergonha de mim mesma e tornava a sentir coragem. Num desses momentos, tomei láudano, mas sofri e não morri. Imaginei tomar todo o conteúdo do frasco, mas parei na metade.

— A senhora está perdida — disse o padre gravemente, em voz cheia de lágrimas. — A senhora voltará à sociedade e enganará a sociedade; buscará e encontrará o que considera uma compensação a seus males; então, um dia, vai carregar a pena de seus prazeres...

— Eu — exclamou ela — iria entregar-me ao primeiro cafajeste que soubesse representar a comédia de uma paixão imediata, dar-lhe as riquezas mais preciosas do meu coração, corromper toda a minha vida, por um momento de prazer duvidoso?[71] Não! A minha alma será consumida por uma chama pura. Senhor, todos os homens sentem os sentidos de seu sexo; mas aquele que os sente na alma, e assim satisfaz a todas as exigências de nossa natureza, cuja harmonia musical só se move à pressão dos sentimentos; este não se encontra duas vezes em nossa existência. O meu futuro é terrível, eu sei: a mulher não é nada sem o amor, a beleza não é nada sem o prazer; mas a sociedade não reprovaria a minha felicidade, se esta ressurgisse em minha vida? Devo à minha filha uma mãe honrada. Ah! Fui lançada a um círculo de ferro de onde não posso sair sem vergonha. Os deveres familiares, cumpridos sem recompensas, entediariam-me; eu amaldiçoarei a vida, mas ao menos a minha filha terá uma bela aparência de mãe. Eu lhe darei os tesouros da virtude, em vez dos tesouros do afeto que lhe neguei. Não desejo nem mesmo viver para

---

[71] Ver Jean-Pierre Claris de Florian (1755 Languedoc–1794 Sceaux), *Prazer de amor dura um momento, dor de amor dura toda a vida.* (Canção baseada em seu poema *Plaisir d'amour — Célestine.*)

saborear as alegrias que a felicidade dos filhos provoca nas mães. Eu não acredito na felicidade. Qual será o destino de Hélène? O meu, sem dúvida. Que meios possuem as mães para garantir a suas filhas que o homem a quem se entregarem será um marido imaginado pelo coração? Cobrem de vergonha aquelas pobres criaturas que se vendem por uns tostões a um homem que passa; a fome e a necessidade absolvem essas uniões passageiras; mas a sociedade tolera, encoraja a união imediata, horrível de outra forma, entre uma jovem pura e um homem que ela não vê por três meses seguidos; ela é vendida, por toda a sua vida. É verdade, o preço é alto! Se lhe permitem alguma compensação por suas dores, ela fica honrada; mas não, a sociedade calunia as mais virtuosas entre nós! Este é o nosso destino, em seu verso, e em seu reverso: uma prostituição pública e a vergonha, ou uma prostituição secreta e a infelicidade. Quanto às pobres meninas sem dote, elas se tornam loucas, morrem; para elas, não há piedade! A beleza, as virtudes não são valores neste bazar humano, e, a este covil do egoísmo, chamam de Sociedade! Mas deserdem as mulheres! Assim, ao menos os homens cumpririam uma lei da natureza, ao escolher as suas companheiras, casando-se com elas segundo os desejos do coração.

— Senhora: as suas palavras me provam que nem o espírito de família nem o espírito religioso chegam a tocá-la. Assim, a senhora não hesitará entre o egoísmo social que a fere e o egoísmo individual que a levará a desejar os prazeres...

— A família, senhor, existe?! Nego a família, em uma sociedade que, quando o pai ou a mãe morre, faz a partilha dos bens e manda cada um para o seu lado. A família é uma associação temporária e acidental, logo dissolvida pela morte. As nossas leis destruíram as casas, os patrimônios, a perenidade dos exemplos e tradições. Ao meu redor, vejo apenas ruínas.

— Senhora, só vai voltar a Deus quando a mão Dele a tocar, e desejo que tenha o tempo necessário para fazer as pazes com Ele. A senhora busca os seus consolos baixando os olhos à terra, em vez de elevá-los aos céus. O filosofismo e o interesse pessoal assaltaram o seu coração; a senhora está surda à voz da religião, surda como os filhos deste século descrente! Os prazeres do mundo só geram sofrimentos. A senhora só trocará de dores, isto é tudo.

— Vou desmentir a sua profecia — disse ela, sorrindo amargamente —, serei fiel àquele que morreu por mim.

— A dor — respondeu ele — só é viável às almas preparadas pela religião.

Ele baixou os olhos respeitosamente, para não deixar ver as dúvidas que poderiam transparecer em seu olhar. A energia das queixas livradas pela marquesa deixara-o triste. Conhecendo o *eu* humano em suas mil formas, desesperou-se ao não conseguir abrandar esse coração que o mal ressecara, em vez de enternecer, onde o grão do Semeador celeste não deveria germinar, pois a Sua voz suave era abafada pelo imenso e terrível clamor do egoísmo. Todavia, ele mostrou a constância do apóstolo e voltou várias vezes, sempre na esperança de devolver a Deus essa alma tão nobre e altiva; mas perdeu a coragem no dia em que percebeu que a marquesa só gostava de conversar com ele para reencontrar as delícias de falar sobre aquele que não existia mais. Não quis rebaixar o seu ministério, tornando-se cúmplice de uma paixão; encerrou as conversas e voltou gradativamente às frases feitas, aos lugares comuns da conversação. A primavera chegou. A marquesa encontrou distrações em sua profunda tristeza, ocupou-se ociosamente de suas terras, achando graça em mandar fazer alguns trabalhos. Em outubro, ela deixou o seu velho castelo de Saint-Lange, onde voltara a ser jovem e bela, na ociosidade de uma dor que, a princípio violenta como um disco lançado com toda a força, acabara por amortecer-se e transformar-se em melancolia, assim como o disco se imobiliza depois de oscilações cada vez mais frágeis. A melancolia vem a ser uma sequência de oscilações espirituais semelhantes: a primeira toca o desespero, a última toca o prazer; na juventude, a melancolia é o crepúsculo do alvorecer; na velhice, é o crepúsculo noturno.

Quando a sua carruagem passou pela aldeia, a marquesa recebeu as saudações do sacerdote, que voltava da igreja à sua casa paroquial; mas, ao responder, ela baixou os olhos e virou a cabeça, para não o ver mais. O padre tinha razão sobre esta pobre Artemisa de Éfeso.[72]

---

[72] Símbolo da fidelidade conjugal, Artemisa II, rainha de Halicarnasso, erigiu o primeiro "Mausoléu", a seu irmão e marido Mausolo. Mas ambiguamente Balzac parece referir-se à Matrona de Éfeso, que teria se entregado a um soldado no mausoléu do marido, e à deusa grega Artemisa, equivalente à Diana da mitologia romana, deusa da lua, irmã gêmea de Apolo, deus do Sol.

III

Aos trinta anos

Um jovem de grandes esperanças — membro de uma daquelas casas históricas cujos nomes sempre serão, mesmo apesar das leis, intimamente ligados à glória da França — encontrava-se presente no baile, na casa da senhora Firmiani.[73] Esta dama lhe dera cartas de recomendação a duas ou três amigas de Nápoles. O senhor Charles de Vandenesse,[74] como se chamava o jovem, vinha agradecer-lhe e despedir-se. Depois de realizar muitas missões com talento, Vandenesse ligara-se, recentemente, a um de nossos ministros com plenos poderes enviados ao congresso de Laybach,[75] e desejava aproveitar a viagem para conhecer a Itália. Esse baile era, portanto, uma espécie de adeus às festas de Paris, adeus a essa vida veloz, a esse turbilhão de pensamentos e prazeres muitas vezes caluniado, mas ao qual é tão doce entregar-se. Há três anos acostumado a saudar as capitais europeias e a abandoná-las ao sabor dos caprichos de seu destino diplomático, Charles de Vandenesse tinha, entretanto, pouco a lamentar ao deixar Paris. As mulheres já não provocavam nele impressão alguma, talvez por ele achar que uma verdadeira paixão ocuparia excessivo espaço na vida de um homem político, talvez porque as mesquinhas ocupações

---

[73] Ver *A senhora Firmiani*, n'*A comédia humana*.

[74] Este personagem "nasce" nesta cena, mas a sua história encontra-se também em *O lírio do vale*, *Uma filha de Eva* e *O deputado de Arcis*, n'*A comédia humana*.

[75] Congresso da "Santa Aliança", reunindo os soberanos da Áustria, Prússia, Rússia e Nápoles, e os ministros plenipotenciários da França e Inglaterra, em Laybach (atual Liubliana), de janeiro a maio de 1821, visando a esmagar os movimentos republicanos, especialmente os "carbonários".

de uma galanteria superficial lhe parecessem vazias demais para uma alma forte. Todos nós temos grandes pretensões à força da alma. Na França, homem algum, mesmo medíocre, admite passar por ser simplesmente espirituoso. Assim, Charles, embora jovem (tinha apenas trinta anos), já se tinha habituado filosoficamente a ver ideias, resultados, meios, onde os homens de sua idade só percebem sentimentos, prazeres e ilusões. Ele reprimia a chama e a emoção natural aos jovens nas profundidades de sua alma que a natureza criara generosa. Trabalhava para tornar-se frio e calculista; para transformar em maneiras, em formas amáveis, em artifícios sedutores as riquezas espirituais que arrancara ao acaso: verdadeira tarefa de uma pessoa ambiciosa; triste papel, desempenhado com o fim de atingir o que hoje chamamos *uma bela posição*. Ele lançava um último olhar aos salões onde dançavam. Antes de deixar o baile, sem dúvida desejava guardar essa imagem, como um espectador que não sai de seu camarote no Teatro de Ópera sem ver a última cena. Mas também, por uma fantasia fácil de compreender, o senhor de Vandenesse analisava a atividade bem francesa, o brilho e as sorridentes figuras dessa festa em Paris, aproximando-as, por meio da imaginação, das novas fisionomias, das cenas pitorescas que o aguardavam em Nápoles, onde pretendia passar alguns dias antes de apresentar-se em seu posto. Parecia comparar a França tão mutável e logo reconhecível a uma terra de costumes e lugares conhecidos apenas por opiniões contraditórias, ou por livros em sua maioria malfeitos. Algumas reflexões bem poéticas, mas hoje muito comuns, passaram-lhe então pela cabeça, respondendo, talvez involuntariamente, aos desejos secretos de seu coração mais exigente do que saciado, mais desocupado do que seco.

— Eis — dizia-se Vandenesse — as mulheres mais elegantes, mais ricas, mais nobres de Paris. Aqui estão as celebridades do dia, os sucessos nas tribunas, as famas aristocráticas e literárias: aqui, os artistas; ali, os homens no poder. Entretanto, só vejo pequenas intrigas, amores natimortos, sorrisos vazios, desdéns sem motivos, olhares sem chamas, muitas frases de espírito, mas gastas em vão. Todas essas faces brancas e rosa buscam menos o prazer do que as distrações. Nenhuma emoção é verdadeira. Se você só quer plumas bem colocadas, tecidos frescos, belas toaletes, mulheres frágeis; se para você a vida é só uma superfície a aflorar, eis o seu mundo. Alegre-se com essas frases insignificantes, com essas máscaras maravilhosas, sem buscar sentimentos nos corações. Quanto a mim, tenho horror a essas intrigas ocas que vão acabar em casamentos, vice-prefeituras, lucros extraordinários, ou, em se tratando do amor, em arranjos secretos, tanta vergonha se tem por manifestas paixões. Não vejo uma única face eloquente que apresentasse uma alma abandonada a uma ideia, a um remorso. Aqui, o remorso ou a infelicidade escondem-se, envergonhados, embaixo das brincadeiras. Não vejo nenhuma mulher com quem eu desejaria lutar, que levaria o homem a um abismo. Onde encontrar energia em Paris? Um punhal é uma curiosidade suspensa em um prego dourado e adornada de uma bela bainha. Mulheres, ideias, sentimentos, tudo se assemelha. Já não há mais paixões, pois as individualidades desapareceram. As posições, os espíritos, as fortunas se nivelaram, todos nós nos vestimos de negro, como que enlutados pela morte da França. Não amamos os nossos semelhantes. Entre dois amantes, é preciso abolir as diferenças, preencher as distâncias. O encanto do amor se desvaneceu em 1789! O nosso tédio, os nossos hábitos monótonos resultam do sistema político. Na Itália, ao menos, tudo é colorido. Lá, as mulheres ainda são animais perversos, sereias perigosas, sem razão, sem outra lógica além de seus caprichos, de seus apetites: é preciso desconfiar delas, como dos tigres...[76]

A senhora Firmiani veio interromper esse monólogo cujos mil pensamentos contraditórios, incompletos, caóticos eram intraduzíveis. O valor de um devaneio encontra-se inteiramente em ser vago: não é o devaneio uma espécie de névoa intelectual?[77]

---

[76] Ver *Uma paixão no deserto*, n'*A comédia humana*.

[77] Ver Gaston Bachelard, *A poética do devaneio* (1960).

— Eu desejo — disse-lhe a senhora, tomando-o pelo braço — apresentá-lo a uma mulher que tem imensa vontade de conhecê-lo, depois do que lhe disseram a seu respeito.

Ela o levou a um salão vizinho, onde lhe mostrou, com um gesto, um sorriso e um olhar autenticamente parisienses, uma mulher sentada ao canto da lareira.

— Quem é ela? — perguntou avidamente o conde de Vandenesse.

— Uma mulher de quem você falou, certamente, mais de uma vez, para louvá-la ou difamá-la, uma mulher que vive na solidão, um verdadeiro mistério...

— Se alguma vez em sua vida você foi gentil, por favor, diga-me o nome dela!

— A marquesa d'Aiglemont.

— Vou aprender muitas lições com ela: ela soube transformar um marido bem medíocre em par do rei da França, fazer de um homem nulo uma potência política. Mas diga-me, você acredita que lorde Grenville morreu por ela, como afirmam algumas mulheres?

— Talvez. Desde aquela aventura, verdadeira ou falsa, a pobre mulher mudou muito. Ela ainda não voltou à sociedade. Vem a ser algo, em Paris, uma constância de quatro anos... Se você a vê aqui... — A senhora Firmiani se deteve; depois, acrescentou com muita graça: — Esqueço que devo calar-me. Vá conversar com ela.

Por um momento, Charles permaneceu imóvel, com as costas levemente apoiadas no batente da porta, todo ocupado em observar uma mulher que se tornara célebre, sem que ninguém soubesse contar os motivos a originar a sua fama. O mundo oferece muitos desses contrastes curiosos. O renome da senhora d'Aiglemont não era, certamente, mais extraordinário do que o de alguns homens a trabalhar eternamente em uma obra desconhecida: estatísticos considerados profundos pela fé dos cálculos que devem verificar ao infinito, antes de publicar; políticos que vivem de um artigo de jornal; autores ou artistas cuja obra permanece sempre guardada na pasta; cientistas entre os leigos em ciência, iguais a Sganarelle,[78]

---

[78] Personagem de Molière (batizado em 15/1/1622 Paris–17/2/1673

que é latinista entre os leigos em latim; homens a quem se reconhece um poder estabelecido em determinado ponto, seja a direção das artes, seja uma missão importante. Esta admirável palavra — é um *especialista* — parece ter sido criada para essas espécies de acéfalos políticos ou literários. Charles passou mais tempo a contemplá-la do que desejava, e ficou descontente por se ter ocupado tanto de uma mulher; mas a presença dessa mulher também refutava os pensamentos que um instante antes o jovem diplomata formulara sobre os aspectos do baile.

A marquesa, agora com trinta anos, era bela, embora frágil nas formas e excessivamente delicada. Seu maior encanto vinha de uma face cuja calma traía surpreendente profundidade da alma. O seu olhar cheio de brilho, mas parecendo vendado por um pensamento constante, demonstrava uma vida febril e infinita renúncia. As suas pálpebras, quase sempre castamente abaixadas para o chão, raramente se elevavam. Se ela lançava olhares ao redor de si, era com movimentos tristes: parecia reservar as chamas de seus olhos às contemplações ocultas. Assim, todo homem superior sentia-se curiosamente atraído por essa mulher suave e silenciosa. Se o espírito buscava adivinhar os mistérios do moto perpétuo a lançá-la do presente ao passado, da sociedade à solidão, a alma não se interessava menos em iniciar-se nos segredos de um coração de certa forma orgulhoso por seus sofrimentos. Aliás, nada nela desmentia as ideias que ela logo inspirava. Como quase todas as mulheres de cabelos muito longos, ela era pálida e inteiramente branca. A sua pele, incrivelmente fina, sintoma raramente enganador, indicava uma verdadeira sensibilidade, justificada pela natureza de seus traços desenhados em contornos maravilhosos que os pintores chineses retratam em figuras fantásticas. Talvez seu pescoço fosse um pouco comprido; mas essas espécies de pescoços são as mais graciosas e proporcionam ao busto das mulheres vagas afinidades com as

---

idem), *O médico involuntário* (1666), ato 2, cena 4. — Lima Barreto "traduz" a situação em seu maravilhoso conto *O homem que sabia javanês*.

magnéticas ondulações das serpentes. Se não existisse um só dos milhares de índices pelos quais as personalidades mais dissimuladas se revelam ao observador, bastaria contemplar atentamente cada um dos menores movimentos, tão diversos e expressivos, da face e do pescoço, para conhecer uma mulher. Na senhora d'Aiglemont, o corpo encontrava-se em harmonia com o pensamento a dominá-la. As mechas de seus cabelos bem trançados formavam, acima da cabeça, uma alta coroa sem ornamento algum, pois ela parecia ter dito eterno adeus aos caprichos dos adornos. Assim, nela nunca eram flagrados os pequenos cálculos de coquetismos artificiais, que estragam tantas mulheres. Mas, por mais modesta que fosse a sua roupa, não escondia inteiramente a elegância de suas medidas. Ademais, o luxo de seu longo vestido consistia apenas em um corte bem original; e, se fosse permitido buscar ideias nos arranjos de um tecido, seria possível dizer que as simples e numerosas dobras de seu vestido transmitiam-lhe imensa nobreza. Contudo, ela traía, talvez, as invencíveis fraquezas femininas nos minuciosos cuidados visíveis nas mãos e nos pés; mas, se ela os mostrava com certo prazer, seria difícil à mais maliciosa de suas rivais achar seus gestos afetados, tanto eles pareciam involuntários ou devidos aos hábitos herdados da infância. Esses resíduos de coquetismo desculpavam-se mesmo por conta de sua graciosa despreocupação. Essa união de traços, esse conjunto de infimidades que tornam uma mulher bela ou feia, atraente ou desagradável só podem ser levemente indicados, sobretudo quando, como no caso da senhora d'Aiglemont, a alma é o elo de todos os detalhes, imprimindo-lhes deliciosa unidade. Assim, o seu modo de ser encontrava-se de pleno acordo com o caráter de sua face e de seu traje. Só em certa idade algumas mulheres eleitas sabem criar uma linguagem própria à sua forma de ser. Acaso será o sofrimento, acaso a felicidade, que concede à mulher de trinta anos, feliz ou infeliz, o segredo desse recato eloquente? Eis o que sempre será um enigma muito vivo, que cada um interpreta à vontade, segundo os seus desejos, esperanças ou sistemas. A forma de a marquesa apoiar os cotovelos nos braços da poltrona e juntar as pontas dos dedos de ambas as mãos, como se estivesse brincando; as curvas de seu pescoço; a indolência de seu corpo cansado, mas flexível, que parecia elegantemente partido bem no meio na poltrona; o abandono de suas pernas, o descuido da postura, os movimentos cheios de fadiga — tudo revelava uma mulher sem interesse algum na vida, que não conhecera de forma alguma os prazeres do amor, embora já tivesse sonhado com eles, curvada sob os fardos a oprimir a sua memória; uma mulher que há muito tempo se desesperara do futuro e de si mesma; uma mulher desocupada, a confundir o vazio e o nada. Charles de Vandenesse admirou esse quadro maravilhoso, mas vendo nele o resultado de um *fazer* mais hábil do que o das mulheres ordinárias. Ele conhecia d'Aiglemont. Ao primeiro olhar lançado a essa mulher, que ele nunca vira, o jovem diplomata logo notou desacordos, incompatibilidades de gênios, para falarmos em termos legais, fortes demais entre os cônjuges, para que fosse possível a marquesa amar o marido. No entanto, a senhora d'Aiglemont mantinha uma conduta irrepreensível, e a sua virtude dava muito mais valor a todos os mistérios que um observador poderia nela adivinhar. Uma vez passado o primeiro movimento de surpresa, Vandenesse imaginou a melhor forma de abordar a senhora d'Aiglemont, e, por meio de uma armadilha diplomática bastante vulgar, decidiu constrangê-la, para saber como ela reagiria a uma tolice.

— Senhora — disse ele, sentando-se a seu lado —, certa feliz indiscrição permitiu-me saber que, não sei por que motivo, tenho a felicidade de atrair sua atenção. Tanto mais agradecimentos lhe devo que nunca antes fui objeto de semelhantes favores. Assim, irei confidenciar-lhe um dos meus defeitos. Doravante, não quero mais ser modesto...

— O senhor está enganado — disse Julie, rindo —, é preciso deixar a vaidade aos que não têm nada melhor a oferecer.

Eles começaram a conversar e, conforme o hábito, em um instante abordaram múltiplos temas: a pintura, a música, a literatura, a política, os homens, os acontecimentos e as coisas. Então, chegaram, através de desvios insensíveis, ao eterno tema das conversas francesas e estrangeiras: ao amor, aos sentimentos e às mulheres.

— Nós somos escravas.

— Vocês são rainhas.

As frases mais ou menos espirituosas, ditas por Charles e pela marquesa, poderiam ser resumidas a essa simples expressão de todas as falas presentes e futuras sobre o tema. Essas duas frases não significam eternamente, em dado momento: — "Ame-me!" — "Vou amá-la!"?

— Senhora — exclamou suavemente Charles de Vandenesse —, você me leva a lamentar imensamente ter de deixar Paris. Por certo, não vou encontrar na Itália horas tão espirituais quanto esta hora presente.

— Talvez você encontre a felicidade, senhor, mais valiosa do que todos os pensamentos brilhantes, verdadeiros ou falsos, que se repetem, todas as noites, aqui em Paris.

Antes de deixar a marquesa, Charles conquistou a permissão de ir despedir-se dela. Achou-se muito feliz por ter dado à sua abordagem formas sinceras, mas ao deitar-se, bem como no dia seguinte, o tempo todo, foi-lhe impossível livrar-se da lembrança dessa mulher. Às vezes, perguntava-se por que a marquesa o tratara tão bem, por que ela desejava revê-lo; e as suas respostas multiplicavam-se ao infinito. Às vezes, imaginava adivinhar os motivos da curiosidade, embriagava-se de esperanças, ou congelava-se, conforme as interpretações que lhe explicavam esse desejo educado, tão vulgar em Paris. Às vezes, isso era tudo; às vezes, era nada. Enfim, decidiu resistir ao impulso que o atraía à senhora d'Aiglemont; contudo, acabou indo até a casa dela. Há pensamentos a que obedecemos sem conhecê-los: esses pensamentos existem em nós mesmo sem sabermos. Mesmo se essa reflexão parecer mais paradoxal do que verdadeira, todas as pessoas de boa-fé podem encontrar mil provas dela em sua vida. Dirigindo-se à casa da marquesa, Charles obedecia a um daqueles textos preexistentes, dos quais a nossa experiência e as conquistas de nosso espírito posteriormente se tornam apenas os desenvolvimentos sensíveis. Para um jovem, em uma mulher de trinta anos existem encantos irresistíveis; e nada mais natural, mais fortemente entrelaçado e predestinado, do que tais profundas ligações, cheias de exemplos que a sociedade nos oferece, entre uma mulher como a marquesa e um jovem como Vandenesse. De fato, uma moça está cheia de ilusões e inexperiência, e o sexo é perfeito cúmplice de seu amor, para que um homem possa vangloriar-se de conquistá-la; mas uma mulher madura conhece toda a extensão dos sacrifícios a serem feitos. Enquanto a moça é movida pela curiosidade, por seduções estranhas ao amor, a mulher madura segue sentimentos conscientes. A moça cede, a mulher escolhe. A sua escolha já não é uma imensa lisonja? Armada de uma sabedoria quase sempre paga com sofrimentos e caro demais, a mulher experiente que se entrega parece dar mais do que a si mesma, enquanto a moça, ignorante e crédula, se nada sabe, nada sabe comparar, nada avaliar; aceita o amor e o analisa.[79] Uma nos instrui, aconselha-nos numa idade em que adoramos deixar-nos guiar, quando a obediência vem a ser puro prazer; a outra deseja aprender tudo e mostra-se ingênua bem ali onde a experiente é terna. A moça só nos dá um único triunfo, a mulher nos obriga a eternos combates. A primeira só possui lágrimas e prazeres, a segunda é cheia de volúpias e remorsos. Para que uma moça seja a amante, ela precisa ser muito corrompida, e nós logo a abandonamos, horrorizados; mas uma mulher experiente possui mil formas de conservar, ao mesmo tempo, todo o seu poder e a sua dignidade. Uma delas, submissa demais, oferece-lhe as tristes seguranças do repouso; a outra perderia muito se não pedisse ao amor todas as suas mil metamorfoses. Uma se desonra sozinha, a outra destrói uma família inteira em nosso favor. A moça só conhece um papel, o de coquete, e imagina que tudo está dito, quando tira toda a sua roupa; a mulher sabe todos os papéis e esconde-se em mil véus; enfim, ela acaricia todas as vaidades, ao passo que a noviça só acaricia uma destas. Aliás, agitam-se indecisões, terrores, medos, turvações e tempestades, na mulher de trinta anos, jamais encontrados no amor de uma moça. Ao chegar aos trinta anos, a mulher pede a um jovem para devolver-lhe a autoestima que a ele sacrifica; vive só para ele, cuida de seu futuro, deseja-lhe uma vida bela, cheia de glórias; ela obedece, implora e comanda,

[79] Ver *A menina dos olhos de ouro*, n'*A comédia humana*.

rebaixa-se e se eleva, sabe consolar mil acontecimentos, enquanto a moça só sabe gemer. Enfim, além das vantagens de sua posição, a mulher de trinta anos pode vir a ser moça, representar todos os papéis, ser pudica, embelezar-se até mesmo com as próprias desgraças. Entre elas, encontra-se a imensurável distância entre o previsto e o imprevisto, entre a força e a fraqueza. A mulher de trinta anos satisfaz a tudo, e a moça, se não quiser deixar de existir, nada deve satisfazer. São essas as ideias que se desenvolvem no coração de um jovem, e nele transformam-se nas mais fortes paixões, pois unem os sentimentos fictícios, criados pelos costumes, aos sentimentos reais da natureza.

O principal passo, o mais decisivo, na vida das mulheres, consiste precisamente no passo que elas sempre veem como o mais insignificante. Casando-se, a mulher já não pertence mais a si mesma, torna-se a rainha e a escrava do lar. A sagrada pureza das mulheres torna-se incompatível com os deveres e liberdades da sociedade. Emancipar as mulheres seria corrompê-las. Dar a um estranho o direito de penetrar no santuário da família não é colocar-se à sua mercê? Mas uma mulher atrair um estranho não seria um pecado ou, para ser mais exato, o princípio de um pecado? É preciso aceitar esta teoria com todo o seu rigor, ou absolver as paixões. Até agora, na França, a Sociedade soube seguir um *mezzo termine*:[80] a sociedade zomba das infelicidades. Assim como os espartanos só puniam a falta de jeito, a presente sociedade parece admitir o roubo. Mas talvez este sistema seja muito sábio. O desprezo de todos é o mais cruel dos castigos, pois atinge a mulher bem em seu coração. Todas as mulheres devem ser honradas: sem o respeito social, elas deixam de existir. Assim, o respeito é o primeiro sentimento que elas pedem ao amor. A mais corrupta das mulheres exige, antes de tudo, ser absolvida por seu passado, ao vender seu futuro, e tenta explicar a seu amante que está trocando felicidades

---

[80] "Meio-termo", em italiano. — O tema das relações entre as mulheres e os homens, bem como o primeiro "feminismo" de Balzac, inicia-se na *Fisiologia do casamento*, n'*A comédia humana*, e evolui sem cessar.

irresistíveis pelas honras que a sociedade lhe negaria. Não há mulher que, ao receber em casa, pela primeira vez, um jovem, ao encontrar-se a sós com ele, não pense algo nesse sentido; principalmente se, como Charles de Vandenesse, ele é belo ou espirituoso. Da mesma forma, poucos jovens deixam de mergulhar em alguns desejos secretos, por meio das mil ideias que justificam o seu eterno amor às mulheres belas, espirituosas e infelizes como a senhora d'Aiglemont. Assim, a marquesa, ao ouvir anunciarem o senhor de Vandenesse em sua casa, sentiu-se perturbada; e ele sentiu-se quase envergonhado, apesar da segurança que, entre os diplomatas, é de certa forma habitual. Mas a marquesa logo assumiu aquele ar afetuoso, no qual as mulheres se abrigam das interpretações vaidosas. Essa continência exclui as segundas intenções, representando, por assim dizer, o sentimento, temperando-o com as formas da polidez. Então, as mulheres mantêm-se, tanto tempo quanto vierem a desejar, nessa posição equívoca, como em uma encruzilhada que leva igualmente ao respeito, à indiferença, à surpresa ou à paixão. Só aos trinta anos uma mulher pode conhecer os seus plenos recursos nessa situação. Então ela sabe rir, brincar, enternecer-se, sem se comprometer. Então ela possui o tato necessário para tocar todas as cordas sensíveis em um homem, para analisar todos os sons que nele provoca. O seu silêncio é tão perigoso quanto a sua fala. Nunca sabemos se, nessa idade, ela é sincera ou falsa, se as suas confissões são sérias ou se ela está apenas brincando. Depois de dar-nos o direito de lutar com elas, de repente, com uma palavra, um olhar, um daqueles gestos de cujo poderio estão conscientes, elas encerram o combate, abandonam-nos, já senhoras de nossos segredos, livres para imolar-nos em suas brincadeiras, livres para se dedicarem a nós, protegidas tanto por suas fraquezas quanto por nossas forças. Embora a marquesa se mantivesse, nessa primeira visita, em terreno neutro, soube conservar alta dignidade feminina. Os seus sofrimentos secretos planaram, por todo o tempo, sobre a sua alegria fictícia, como uma leve nuvem a ocultar o Sol de forma imperfeita. Vandenesse partiu depois de experimentar, nessa conversa, delícias desconhecidas, mas continuou convencido de que a marquesa era daquelas mulheres cuja conquista custa caro demais para que valha a pena buscar amá-las.

— Seriam — disse a si mesmo, ao partir — sentimentos infinitos, correspondências capazes de cansar até mesmo um subchefe ambicioso! Entretanto, se eu quisesse... — Este fatal — *Se eu quisesse!* — sempre leva os teimosos à perdição. Na França, o amor-próprio leva à paixão. Charles voltou à casa da senhora d'Aiglemont e imaginou que ela sentia prazer ao conversar com ele. Em vez de entregar-se ingenuamente à felicidade de amar, ele quis então representar duplo papel. Buscou parecer apaixonado, a seguir analisar friamente o andamento deste caso, ser amante e diplomata; mas ele era jovem e generoso, a sua análise acabaria levando-o a um amor sem fim, pois a marquesa sempre era mais forte do que ele, artificial ou naturalmente. Cada vez que deixava a senhora d'Aiglemont, Charles persistia em sua desconfiança e submetia as situações progressivas pelas quais a sua alma passava a uma análise severa, que matava as suas próprias emoções.

— Hoje — pensou, à terceira visita —, ela me deixou compreender que estava muito infeliz e sozinha na vida, e que, não fosse sua filha, desejaria ardentemente a morte. Mostrou perfeita resignação. Ora, eu não sou seu irmão, nem seu padre confessor: por que ela me contou os seus sofrimentos? Ela me ama!

Dois dias depois, ao partir, ele questionava os costumes modernos.

— A cor do amor varia, a cada século.[81] Em 1822, ele se torna teórico. Em vez de ser provado na prática do amor, como antes, passa a ser discutido, analisado nos livros, levado à tribuna dos discursos públicos. E as mulheres são reduzidas a três formas: primeiro, elas colocam em questão a nossa paixão, negam-nos o poder de amar tanto quanto elas amam. Coquetismo! Verdadeiro desafio que a marquesa me lançou esta noite. Depois, elas se tornam infelizes demais para poder excitar as nossas bondades naturais, ou o nosso amor-próprio.

---

[81] A história do amor repercute o "teórico" Stendhal (*Do amor*, 1822, livro 2) e repercutirá em Sartre (*As palavras*) .

Um jovem não se orgulha ao consolar um sofrimento imenso? Enfim, elas têm a mania da virgindade! Ela deve pensar que a imagino muito virgem.[82] A minha boa-fé pode vir a ser um excelente método de investigação.

Mas um dia, cansado de seus pensamentos desconfiados, Charles perguntou-se se a marquesa era sincera: se tantos sofrimentos fossem teatrais, por que fingir a resignação? Ela vivia em profunda solidão; em silêncio, engolia as lágrimas que só deixava entrever com o tom mais ou menos asfixiado de suas interjeições. A partir desse momento, Charles interessou-se avidamente pela senhora d'Aiglemont. Entretanto, vindo a um encontro costumeiro, que se tornara necessário a ambos, à hora reservada a um instinto mútuo, Vandenesse ainda achava a sua amante mais atriz do que verdadeira, e a sua última palavra era: — "Decididamente essa mulher é muito esperta". — Um dia, chegou, viu a marquesa em sua pose favorita, cheia de melancolia; ela olhou-o sem se mover e lançou-lhe um olhar que mais parecia um sorriso. A senhora d'Aiglemont exprimia confiança, verdadeira amizade, mas não amor. Charles sentou-se e não conseguiu dizer nada. Estava comovido por uma daquelas sensações às quais falta uma linguagem para serem expressas.

— O que você tem? — disse-lhe ela, com som de voz enternecida.

— Nada. Sim — continuou ele —, penso em algo que você nem imagina.

— O quê?

— Mas... O congresso acabou.

— Ah! Bem — disse ela —, então você deveria ter ido ao congresso?

Uma resposta direta seria a mais eloquente e delicada, mas Charles não a deu. O semblante da senhora d'Aiglemont mostrava doce amizade a destruir todos os cálculos da vaidade, todas as esperanças de amor, todas as desconfianças do diplomata; ela ignorava, ou parecia ignorar, totalmente ser

---

[82] Tema retomado n'*Os segredos da princesa de Cadignan*, n'*A comédia humana*.

amada; e quando Charles, muito confuso, caiu em si mesmo, foi obrigado a admitir que ele nada teria dito nem feito que permitisse a essa mulher deixar de ignorar isso. Nessa noite, o senhor de Vandenesse percebeu o que a marquesa sempre havia sido: simples, amável, verdadeira em sua dor, feliz por ter um amigo, orgulhosa por encontrar uma alma que sabia compreender a sua alma; ela não ia além, nem suspeitava que uma mulher pudesse deixar-se seduzir duas vezes; mas ela conhecera o amor, e ainda o guardava, sangrando, bem no fundo do coração; ela não imaginava que a felicidade pudesse dar duas vezes, à mesma mulher, as suas ebriedades, pois não acreditava apenas no espírito, mas também na alma; e, para ela, o amor não era uma sedução, mas continha todas as mais elevadas seduções. Nesse momento, Charles voltou a ser jovem: sob o domínio do brilho de um caráter feminino tão radiante, quis saber tudo sobre os segredos dessa existência ferida pelo acaso, mais do que pelo pecado. A senhora d'Aiglemont lançou apenas um olhar ao amigo, ao ouvi-lo pedir que lhe explicasse a desgraça que exprimia, em sua beleza, todas as harmonias da tristeza; porém o seu olhar profundo pareceu ser o selo de um contrato solene.

— Não me faça mais perguntas como essa — disse ela. — Há três anos,[83] num dia parecido, aquele que me amava, o único homem à felicidade de quem eu sacrificaria até mesmo a minha autoestima, morreu, e morreu para salvar a minha honra. Esse amor terminou jovem, puro, cheio de ilusões. Antes de entregar-me a essa paixão, impelida por uma fatalidade sem precedentes, eu havia sido seduzida por aquilo que leva tantas moças à perdição, por um homem nulo, mas de formas agradáveis. O casamento desfolhou todas as minhas esperanças, uma por uma. Perdi a felicidade legítima e a felicidade que chamam de criminosa, sem ter conhecido a verdadeira felicidade. Nada me resta. Se eu não soube morrer, ao menos preciso ser fiel às minhas lembranças.

[83] Ou quatro anos, como afirma a senhora Firmiani ao "apresentar" Charles à condessa, no início deste capítulo.

A essas palavras, ela não chorou, mas baixou os olhos e torceu levemente os dedos, que tinha cruzado em seu gesto habitual. Falara com simplicidade, mas o tom de sua voz era o som de um desespero tão profundo quanto parecia ser o seu amor, sem deixar esperança alguma a Charles. Essa terrível existência, traduzida em três frases e comentada por um torcer de mãos, essa dor tão forte em uma mulher tão frágil, esse abismo dilacerante em uma bela face, enfim as melancolias, as lágrimas de um luto de três anos fascinaram Vandenesse, que permaneceu em silêncio, e pequeno, ante essa mulher grande em sua nobreza: ele não via mais as suas belezas materiais tão únicas, tão perfeitas, mas apenas a sua alma extremamente sensível. Finalmente, ele encontrava este ser ideal, tão fantasticamente sonhado, tão vigorosamente chamado por todos os que lançam a vida a uma paixão, que a buscam ardentemente e, muitas vezes, morrem antes de poder gozar todos os seus tesouros sonhados.

Ao ouvir essa linguagem, ante essa beleza sublime, Charles achou que as suas próprias ideias eram muito estreitas. Reduzido à impotência, ao buscar elevar as suas palavras à altura dessa cena, ao mesmo tempo tão simples e tão elevada, respondeu com lugares-comuns sobre o destino das mulheres.

— Senhora, ou esquecemos as próprias dores, ou cavamos a própria sepultura — disse ele.

Mas a razão é sempre pequena, quando comparada ao sentimento; a razão é naturalmente limitada, como tudo o que é positivo, enquanto o sentimento é infinito.[84] Raciocinar, quando se precisa sentir, é próprio das almas sem alcance. Então, Vandenesse voltou ao silêncio, contemplou a senhora d'Aiglemont por muito tempo e partiu. Tomado por novas ideias, que ampliavam as dimensões dessa mulher, ele pa-

---

[84] As suas sínteses de romantismos e realismos (os dois pêndulos de todos os movimentos literários, segundo Carpeaux, em sua *História da literatura ocidental*) levam a obra de Balzac a uma "eterna atualidade", a sobreviver aos romantismos, naturalismos e positivismos.

recia um pintor que, depois de ter como tipos as modelos vulgares de seu estúdio, de repente encontra a Mnemósine[85] do Museu, a mais bela e menos estimada das estátuas antigas. Charles estava profundamente apaixonado. Amava a senhora d'Aiglemont com a boa-fé da juventude, com o fervor que transmite às primeiras paixões graças inefáveis, chamas que o homem só vem a rever em forma de cinzas, quando mais tarde volta a amar: deliciosas paixões, quase sempre deliciosamente desfrutadas pelas mulheres que lhes dão origem, pois nessa bela idade, aos trinta anos, suma poética da vida feminina, elas podem abraçar todo o presente, passado e porvir. Então, as mulheres sabem todo o valor do amor, e o desfrutam com o temor de perdê-lo: então, a sua alma ainda é bela pela juventude a abandoná-las, e as suas paixões se multiplicam pelo futuro a aterrá-las.

— Amo[86] — agora se dizia Vandenesse, ao deixar a marquesa —, e, para a minha desgraça, encontro uma mulher agarrada às suas lembranças. É difícil lutar contra um morto, que não está mais aqui, não mais pode cometer erros nem nos perturbar: dele, só vemos as melhores qualidades. Buscar matar os encantos da memória, as esperanças que sobrevivem a um amante perdido não significaria desejar destronar a perfeição, justamente porque ele só despertou desejos, tudo o que o amor tem de mais belo, de mais sedutor?

Esse triste pensamento, enraizado no desânimo e no medo de não conseguir, origem de todas as paixões verdadeiras, foi o último suspiro de seus cálculos diplomáticos. Então, ele deixou de ter pensamentos ocultos, tornou-se o brinquedo de seu amor, perdeu-se no nada dessa felicidade inexplicável que se alimenta de uma palavra, de um silêncio, de vagas esperanças. Desejou amar platonicamente, vinha todos os dias respirar o mesmo ar que a senhora d'Aiglemont, quase se incrustou, como ostra, nas paredes da casa, acompanhou-a a todos os lugares, com a tirania de uma paixão que mescla

---

[85] A deusa da memória, na Grécia antiga.

[86] Ver Mário de Andrade (9/10/1893 São Paulo–25/2/1945 idem), *Amar, verbo intransitivo* (romance de 1927).

profundo egoísmo à mais completa devoção. O amor tem os seus próprios instintos, sabe encontrar os caminhos do coração, assim como o mais frágil dos insetos caminha à sua flor, com irresistível desejo que nada aterra. Assim, quando um sentimento é verdadeiro, o seu destino não é duvidoso. Acaso uma mulher não se lança a todas as angústias do terror, quando imagina que a sua vida depende da maior ou menor verdade, força e persistência que o seu amante coloca em seus desejos? Contudo é impossível a uma mulher, a uma esposa, a uma mãe, proteger-se do amor de um jovem; ela pode apenas deixar de vê-lo, a partir do momento em que adivinha os segredos do coração — e uma mulher sempre os adivinha. — Mas tomar esse partido parece fatal demais para que uma mulher possa tomá-lo, numa idade em que o casamento pesa, entedia, fatiga, quando o afeto conjugal é menos que morno, quando o seu marido já a abandonou. As mulheres feias orgulham-se de um amor que as torna belas; as mulheres jovens e encantadoras desejam imensa sedução, à altura de suas próprias seduções; as mulheres virtuosas desejam um sentimento terrestre e sublime, a elevá-las rumo a não sei que absolvição, à altura dos sacrifícios que fazem a seu amante, e buscam encontrar a glória, nessas lutas difíceis. Tudo é armadilha. Assim, lição alguma é forte demais contra essas infinitas tentações. A reclusão, antigamente ordenada à mulher na Grécia, no Oriente, agora moda na Inglaterra, torna-se a única salvação da moral doméstica; mas, sob o império desse sistema, o bem-estar do mundo desaparece: a sociedade, a polidez, a elegância dos costumes tornam-se impossíveis. As nações vão ter de escolher.

Assim, meses depois do primeiro encontro, a senhora d'Aiglemont descobriu a sua vida estreitamente ligada à vida de Vandenesse, surpreendeu-se, sem muita confusão e quase com certo prazer, a partilhar os mesmos gostos, os mesmos pensamentos. Ela adotara as ideias de Vandenesse, ou Vandenesse aceitara os seus menores caprichos? Ela nem pensava. Já carregada pelas correntes da paixão, essa adorável mulher disse a si mesma, com a falsa boa-fé do terror: — "Ah! Não! Vou ser fiel a quem morreu por mim".

Pascal disse: — "Duvidar de Deus é acreditar nele".[87] — Da mesma forma, uma mulher só se debate depois de ter sido agarrada. No dia em que a marquesa se confessou ser amada, passou a flutuar entre mil sentimentos em conflito. As superstições da experiência falaram-lhe em sua linguagem. Seria ela feliz? Poderia encontrar a felicidade fora da lei que a sociedade transformou, com ou sem razão, em sua moral? Até então, a vida só lhe dera tristezas. Haveria um final feliz, possível para os elos a unir dois seres separados pelas convenções sociais? Será que a felicidade sempre custa muito caro? Mas esta felicidade tão ardentemente desejada, que é tão natural buscar, talvez finalmente viesse a ser encontrada! A curiosidade sempre defende a causa dos amantes. No meio dessas discussões secretas, Vandenesse chegou. A sua presença afugentou o fantasma metafísico da razão. Se essas são as transformações sucessivas atravessadas por um sentimento, mesmo breve, entre um jovem e uma mulher de trinta anos, há um momento em que as nuanças se unem, os raciocínios se abolem e se transformam em um só, em uma última reflexão que se confunde com um desejo, reafirmando-o. Quanto maior a resistência, mais poderosa se torna a voz do amor. Aqui termina, portanto, esta lição, ou melhor, este estudo feito sobre o *esfolado*, se nos permitirem emprestar uma das mais pitorescas expressões da pintura; pois esta história menos pinta do que explica os perigos e os mecanismos do amor. Mas, a partir desse momento, cada dia acrescentou novas cores a esse esboço, revestindo-o com as graças da juventude, reanimando as carnes, vivificando os movimentos, dando-lhe brilho, beleza, seduções do sentimento e atrações da vida. Charles encontrou a senhora d'Aiglemont pensativa; e quando lhe disse, em tom penetrante, convincente pelas má-

---

[87] Provável citação de memória, baseada no fragmento 122 dos *Pensamentos* (1657–1670) de Blaise Pascal (19/6/1623 Clermont--Ferrand–19/8/1662 Paris), palavras que se tornaram uma das frases mais célebres de Pascal, a dialogar com "a dúvida metódica" de René Descartes (31/3/1596 La Haye, Touraine, França–11/2/1650 Estocolmo): — "Penso, logo existo": *Discurso do método* (1637).

gicas suaves do coração: — "O que você tem?" —, ela logo tratou de não responder. Essa deliciosa pergunta revelava uma perfeita harmonia de almas; e, com o maravilhoso instinto feminino, a marquesa compreendera: queixar-se, ou exprimir as suas dores íntimas, seria, de alguma forma, fazer avanços. Se cada palavra já tinha um significado compreendido por ambos, em que abismo ela não iria apoiar os pés? Ela leu em si mesma com um olhar lúcido e claro, calou-se, e seu silêncio foi imitado por Vandenesse.

— Eu estou sofrendo — disse ela enfim, aterrada pelo alto alcance de um momento em que a linguagem do olhar supria plenamente a impotência da palavra.

— Senhora — respondeu Charles, em voz afetuosa, mas violentamente emocionada —, corpo e alma, tudo se une. Se você fosse feliz, seria jovem e cheia de vida. Por que você se recusa a pedir ao amor tudo o que o amor não lhe deu? Você imagina que a sua vida termina, bem no momento em que ela começa. Confie-se aos cuidados de um amigo. É tão doce ser amada!

— Eu já estou velha — disse ela —, nada me desculparia, pois, de não continuar a sofrer como antes. Aliás, é preciso amar, você disse? Ah! Bem, eu não devo nem posso. Além de você, além de sua amizade que lança algumas brisas suaves à minha vida, ninguém me agrada, ninguém poderia apagar as minhas lembranças. Aceito um amigo, mas fugiria de um amante. E seria generoso, de minha parte, trocar um coração murcho por um jovem coração, acolher ilusões que não posso partilhar, provocar uma felicidade em que eu não acreditaria, ou temeria perder? Talvez eu respondesse à sua dedicação de forma egoísta, fingisse, enquanto ele amasse; a minha memória ofenderia a energia de seus prazeres. Não, olhe: um primeiro amor não é substituído, jamais. Enfim, que homem desejaria o meu coração, a esse preço?

Essas palavras, marcadas de horrível coquetismo, eram o último esforço de sua sabedoria. — "Se ele perder a coragem, ah, bem, vou ficar só, e fiel." — Este pensamento atravessou o coração dessa mulher, foi para ela como o ramo bem frágil de um salgueiro agarrado pelo nadador, antes de ser arrastado pela corrente. Ao ouvir esse ponto final, Vandenesse deixou escapar um estremecimento involuntário, mais poderoso no coração da marquesa do que todas as suas visitas anteriores. O que mais toca as mulheres não é encontrar em nós graciosas delicadezas, sentimentos tão requintados quanto os delas? Pois nelas a graça e a delicadeza são os indícios do *verdadeiro*. O gesto de Charles revelava um amor verdadeiro. A senhora d'Aiglemont adivinhou a força do afeto de Vandenesse pela força de sua dor. O jovem disse friamente: — "Talvez você tenha razão. Novos amores, novas dores". — E mudou de assunto, falando das coisas mais banais; mas estava visivelmente emocionado, olhava a senhora d'Aiglemont com atenção infinita, como se a visse pela última vez. Enfim, deixou-a, dizendo-lhe com emoção: — "Adeus, senhora".

— Até breve — disse ela, com aquele fino coquetismo cujo segredo só as mulheres eleitas possuem. Ele não respondeu e saiu.

Quando Charles já não estava mais lá, quando a sua cadeira vazia falava por ele, ela sentiu mil remorsos e atribuiu a si mesma diversas culpas. A paixão faz imensos progressos em uma mulher quando ela imagina ter agido sem generosidade, ou ter ferido alguma alma nobre. Nunca se deve desconfiar dos sentimentos negativos no amor: eles são muito saudáveis; as mulheres só sucumbem sob os golpes de uma virtude. *De boas intenções, o inferno está cheio*[88] não é um paradoxo de pregador. Vandenesse ficou alguns dias sem aparecer. A cada noite, à hora do encontro habitual, a marquesa o esperava com impaciência cheia de remorso. Escrever seria uma confissão; aliás, seu instinto lhe dizia que ele viria. No sexto dia, o valete anunciou-o. Nunca ela ouvira esse nome com tanto prazer. Ficou assustada com a sua própria alegria.

— Você me castigou muito bem! — disse-lhe ela.

Vandenesse olhou-a sem parecer entender.

— Castiguei? — repetiu ele. — Por quê?

Charles compreendia a marquesa muito bem, mas queria

---

[88] Provérbio originário de São Bernardo (1091–1153), anotado por São Francisco de Sales em suas *Cartas*, LXXIV: — "L'enfer est pavé de bonnes intentions".

vingar-se dos sofrimentos a que fora submetido e que ela adivinhava.

— Por que você não veio ver-me? — perguntou ela, sorrindo.

— Então, você não viu ninguém? — disse ele, para não lhe dar uma resposta direta.

— O senhor de Ronquerolles e o senhor de Marsay, o pequeno d'Esgrignon, estiveram aqui; um ontem, outro esta tarde, perto das duas horas. Imagino que vi também a senhora Firmiani, e a sua irmã, a senhora de Listomère.[89]

Mais sofrimentos! Mais dores incompreensíveis para aqueles que não amam com aquele despotismo invasor e feroz que transforma um fato mínimo em um ciúme monstruoso, com o eterno desejo de furtar a pessoa amada de toda influência estranha ao amor.[90]

— O quê! — disse a si mesmo Vandenesse —. Ela recebeu pessoas, viu seres alegres, falou com eles, enquanto eu estava sozinho e infeliz!

Ele enterrou a sua desgraça e lançou o seu amor ao fundo do coração, como se lançasse um corpo ao mar. Os seus pensamentos eram inexprimíveis; eram velozes como os ácidos que matam ao se evaporar. No entanto, a sua face cobriu-se de nuvens, e a senhora d'Aiglemont obedeceu ao instinto feminino, partilhando essa tristeza, sem senti-la. Ela não era cúmplice do mal que provocava, e Vandenesse percebeu-o. Ele falou de sua situação e de seu ciúme, como se falasse de uma daquelas hipóteses que os amantes adoram discutir. A marquesa compreendeu-o inteiramente e sentiu-se tão tocada que não conseguiu reprimir as lágrimas. A partir desse momento, eles ingressaram nos céus do amor. O céu e o inferno são dois grandes poemas que exprimem os dois

---

[89] Personagens que também se tornam elos entre *A mulher de trinta anos* e outros títulos d'*A comédia humana*: — *A história dos treze* (Ronquerolles, Marsay), *O gabinete das antiguidades* (d'Esgrignon), *Estudo de mulher* (Listomère), *O lírio do vale* (Firmiani, Listomère).

[90] ... "Um casal de amantes basta-se a si mesmo"... Freud, *O mal-estar na civilização* (Imago, v. XXI: p. 129).

polos em volta dos quais gira a nossa existência: a alegria ou a dor.[91] O céu não seria, eternamente, uma imagem do infinito de nossos sentimentos, que jamais será pintada além de seus detalhes, pois a felicidade é una; e o inferno não representaria as infinitas torturas de nossos sofrimentos, que não podemos transformar em obras poéticas, já que cada sofrimento é diferente dos demais?

Certa noitinha, os dois amantes se encontravam sozinhos, sentados próximos, em silêncio, e ocupados em contemplar uma das mais belas fases do firmamento, um daqueles céus puros onde os últimos raios de sol lançam frágeis tintas ouro e púrpura. Nessa hora do dia, o lento enfraquecimento da luz parece despertar os mais suaves sentimentos; as nossas paixões vibram, langorosas; saboreamos as ansiedades de não sei que violência, em meio a um mar de tranquilidade. Revelando-nos a felicidade por meio das mais vagas imagens, a natureza convida-nos a gozá-la, quando ela se encontra a nosso alcance, ou nos faz lamentá-la, quando a felicidade escapa. Nesses momentos férteis de encantamentos, sob o dossel das luzes cujas ternas harmonias se unem às mais íntimas seduções, é difícil resistir aos desejos do coração, que então se tornam tão mágicos! Então, as dores se evaporam, a alegria inebria, a suavidade domina. As pompas do entardecer são os sinais das confissões, e encorajam-nas. O silêncio se torna mais perigoso do que a fala, comunicando aos olhos todo o poder infinito dos céus que os olhos refletem. Então, quando se fala, a menor palavra possui um poder irresistível. Nesse momento, não há luzes nas vozes, púrpura nos olhares? O céu não está em nós, ou não nos parece que estamos no céu? Entretanto, Vandenesse e Julieta,[92] pois havia alguns

---

[91] Ver os livros d'*A Divina comédia* de Dante (c. 15/6/1265 Florença–14/9/1321 Ravena): *Inferno*, *Purgatório*, *Paraíso*. — William Blake (28/11/1757 Londres–12/8/1827 *idem*), *O casamento de céu e inferno* (1793). — E a pintura de Hieronymus Bosch (c. 1450 Hertogenbosch–9/8/1516 *idem*), *O jardim das delícias terrestres*.

[92] Alusão a *Romeu e Julieta* (1594–1595), de Shakespeare.

dias ela se deixava chamar intimamente assim, por quem ela gostava de chamar de Charles; ambos falavam, mas o tema original de suas conversas encontrava-se muito além deles mesmos; e, se eles já não compreendiam o sentido das próprias palavras, ouviam, deliciados, os pensamentos secretos encobertos pelas falas. A mão da marquesa estava na mão de Vandenesse, ela lhe abandonava os dedos sem imaginar que fazia um favor.

Juntos, eles se inclinaram para ver uma daquelas majestosas paisagens, cheias de neve, geleiras, sombras cinza a tingir os flancos das montanhas fantásticas; um daqueles quadros pintados pelos vertiginosos contrastes entre as chamas vermelhas e os tons negros, que decoram os céus com inimitável e fugaz poesia; magníficos lençóis onde o Sol renasce, belas cobertas onde ele expira. Neste momento, os cabelos de Julieta afloraram as maçãs de Vandenesse; ela sentiu esse leve contato, estremecendo violentamente, e ele mais ainda; pois aos poucos ambos tinham chegado a uma dessas crises inexplicáveis em que a calma comunica aos sentidos uma percepção tão fina, tão suave,[93] que o mais leve choque faz derramar lágrimas e transbordar a tristeza, se o coração está perdido em melancolias, ou lhe dá inefáveis prazeres, se ele anda perdido nas vertigens do amor. Julieta apertou, quase involuntariamente, a mão de seu amigo. Essa pressão convincente deu coragem à timidez do amante. As alegrias desse momento, as esperanças do futuro, tudo se fundiu em uma só emoção, a emoção de uma primeira carícia, do casto e modesto beijo que a senhora d'Aiglemont deixou ser dado em sua maçã. Quanto mais frágil era o favor concedido, mais potente, mais perigoso ele se tornava. Para infelicidade de ambos, já não havia máscaras nem falsidades. Só existia o perfeito acordo de duas belas almas, separadas por tudo que é lei, unidas por tudo o que é sedução na natureza. Nesse momento, o general d'Aiglemont entrou.

---

[93] Aqui, recorremos à variante da edição Béchet, de 1834, em maior harmonia com a nossa língua luso-brasileira e com a nossa pontuação.

— O ministério mudou — disse ele. — O seu tio[94] agora é ministro. Assim, você tem grandes chances de se tornar embaixador, Vandenesse.

Charles e Julie olharam-se, enrubescendo. Esse mútuo pudor tornou-se mais um elo entre eles. Ambos tinham o mesmo pensamento, o mesmo remorso; elo terrível, tão forte entre dois criminosos, que acabaram de assassinar um homem, quanto entre dois amantes culpados de um beijo. Era preciso responder ao marquês.

— Eu já não quero mais deixar Paris — disse Charles de Vandenesse.

— Nós sabemos o motivo — respondeu o general, afetando toda a fineza de um homem que acaba de descobrir um segredo. — Você não quer afastar-se de seu tio, quer ser declarado o herdeiro de seus títulos de nobreza.

A marquesa fugiu para o seu quarto, dizendo-se, sobre o marido, estas palavras terríveis: — "Mas também ele é estúpido demais!".

[94] O príncipe de Blamont-Chauvry, presente n'*O lírio do vale* (n'*A comédia humana*), onde o herói é o irmão de Charles de Vandenesse.

IV

O dedo de Deus

1. O rio Bièvre[95]

Entre as portas da Itália e a da Saúde, na avenida interna que leva ao Jardim Botânico, existe uma perspectiva digna de encantar o artista, ou mesmo o viajante mais cansado das alegrias de ver. Se chegarmos a leve altura onde a avenida — sombreada por grandes árvores cheias de copas — lança-se à graça de uma alameda florestal verde e silenciosa, vemos diante de nós, a nossos pés, um vale profundo, povoado por fábricas quase rurais, cercadas de verde, regadas pelas águas barrentas do rio Bièvre, ou do rio Gobelins. Na vertente oposta, alguns milhares de telhados, comprimidos como as cabeças de uma multidão, encerram as misérias suburbanas do bairro de Saint-Marceau. A magnífica cúpula do Panteão e as alturas ternas e melancólicas do Vale-de-Graça dominam altivamente toda uma cidade-anfiteatro cheia de degraus estranhamente desenhados pelas ruas sinuosas. Nessas alturas, as dimensões dos dois monumentos parecem gigantescas; eclipsam tanto as casas pequenas quanto os mais altos álamos do vale. À esquerda, o Observatório, com as suas janelas e galerias por onde passa a luz do dia provocando inexplicáveis fantasias, aparece como um espectro negro e descarnado. A seguir, ao longe, a elegante lanterna dos Inválidos flameja entre as massas azuladas do Luxembourg e as torres cinza de Saint-Sulpice. Vistas dali, essas linhas arquitetônicas mesclam-se às folhagens, às sombras, submetem-se aos caprichos de um céu que sem cessar muda de cores, luzes ou aspectos. Longe de nós, os edifícios mobilham os ares; ao

---

[95] Título abolido na edição definitiva, em 1842.

redor de nós, serpenteiam árvores ondulantes, caminhos do campo. À direita, em grande corte nessa paisagem singular, percebemos a comprida toalha branca do canal Saint-Martin, enquadrado em pedras avermelhadas, adornado de tílias, bordado pelas construções realmente romanas dos Celeiros da abundância.[96] Ali, em último plano, as colinas de névoas de Belleville, carregadas de casas e moinhos, confundem os seus desenhos com as imagens das nuvens. Entretanto, existe uma cidade invisível entre a fileira de telhados que margeia o vale e o horizonte vago como as lembranças da infância; cidade imensa, perdida como em precipício entre os cumes do hospital da Piedade e o cimo do cemitério do Leste, entre o sofrimento e a morte. A cidade nos leva a ouvir um ruído surdo, semelhante ao do oceano a rugir atrás de um penhasco, como a dizer: — "Eu estou aqui". — Se o sol lança os seus fluxos de luz nessa face de Paris, se ele a purifica, se ele fluidifica as suas linhas; se ele incendeia algumas vidraças, se ilumina as telhas, se lança chamas nas cruzes douradas, pinta de branco os muros escuros e transforma a atmosfera em véu de gaze; se o sol cria ricos contrastes entre as sombras fantásticas; se o céu está azul e a terra treme, se os sinos falam, então daqui admiramos uma daquelas magias eloquentes que a imaginação não esquece jamais, tornamo-nos adoradores, enlouquecidos como diante de maravilhosos aspectos de Nápoles, de Istambul ou das Flóridas. Nesse concerto, não falta harmonia alguma. Aqui murmuram o ruído do mundo e a paz poética da solidão, a voz de um milhão de seres e a voz de Deus. Aqui jaz uma capital deitada debaixo dos pacíficos ciprestes do cemitério Père-Lachaise.

Certa manhã de primavera, no momento em que o sol levava todas as belezas dessas paisagens a brilhar, eu as admirava, apoiado em um imenso olmo que espalhava as suas flores amarelas ao vento.[97] Então, ante essas imagens ricas e

---

[96] Depósitos de grãos — garantia contra a fome da população — construídos por Napoleão Bonaparte em 1807.

[97] Aos vinte anos, em 1819, Balzac meditava e passeava no mais célebre cemitério da terra, o Père-Lachaise, onde se encontram as lápides de muitos artistas, escritores e personagens da História.

sublimes, eu pensava amargamente no desprezo que nós professamos, até mesmo em nossos livros, contra o presente de nosso país. Eu amaldiçoava os pobres ricos, que, desgostando de nossa França bela, vão comprar a preço de ouro o direito de desprezar a própria pátria, visitando a galope, examinando com um lorgnon cada lugar daquela Itália tão vulgarizada. Com amor, contemplava a Paris moderna, sonhava, quando de repente o som de um beijo turvou a minha solidão e fez a filosofia ir embora. Na outra alameda a coroar a súbita colina acima das águas agitadas, olhando além da ponte do rio Gobelins, descobri uma mulher que me pareceu ainda muito jovem, vestida com a mais elegante simplicidade, e a sua fisionomia suave parecia refletir a alegre felicidade da paisagem. Um belo jovem colocava no solo o mais belo menino que se pudesse imaginar, e assim eu nunca soube se o beijo tinha sido dado na face da mãe ou da criança. Um só pensamento, terno e vivo, explodia nos olhos, nos gestos, no sorriso do jovem casal. Ambos entrelaçaram os seus braços com velocidade tão feliz, aproximaram-se com tão maravilhoso acordo de movimentos, que, totalmente a sós, nem notaram a minha presença. Mas outra criança, descontente e mal-humorada, dando-lhes as costas, lançou-me olhares cheios de marcante expressão. Deixando o irmão correr só, ora atrás ora diante de sua mãe e do jovem, esta criança, vestida igual à outra, tão graciosa, mas com formas mais suaves, permanecia muda, imóvel, na atitude de uma serpente em digestão. Era uma menina. O passeio da bela mulher e seu companheiro tinha não sei que de mecânico. Contentando-se, talvez por distração, em percorrer o curto espaço entre a pequena ponte e uma carruagem estacionada na quina da avenida, eles recomeçavam volta e meia o seu breve caminho e paravam, olhavam-se e riam, ao sabor dos caprichos de uma conversa animada, preguiçosa, divertida ou séria.

Talvez essas meditações e passeios ao redor de si mesmo tenham contribuído para levá-lo a "enterrar" as próprias ideias românticas, nobres e/ou monarquistas, levando-o à crítica da "comédia" humana. — A seguir, Balzac "critica a crítica" de Vandenesse à França.

Escondido pelo imenso olmo, eu admirava essa cena deliciosa, e sem dúvida teria respeitado os seus mistérios, se não tivesse surpreendido na face da menina sonhadora e silenciosa os vestígios de um pensamento muito além de sua idade. Quando a mãe e o jovem se afastavam, depois de se aproximarem dela, a menina inclinava dissimuladamente a cabeça, lançando a ambos, e ao irmão, furtivo olhar deveras extraordinário. Mas nada exprimiria a penetrante sutileza, a maliciosa ingenuidade, a atenção selvagem a animar essa face infantil com suas pequenas olheiras, quando a bela mulher ou o seu companheiro acariciavam os cachos loiros e abraçavam o menino, enquanto ele infantilmente tentava acompanhá-los. Certamente havia paixões adultas na delicada fisionomia dessa menina estranha. Ela sofria ou pensava. Ora, o que seguramente profetiza a morte, nessas criaturas em flor: o sofrimento alojado no corpo ou o pensamento precoce a devorar a sua alma mal germinada? Uma mãe talvez o saiba. Quanto a mim, não conheço agora nada mais terrível do que um pensamento de velho na face de uma criança; até mesmo a blasfêmia nos lábios de uma virgem é menos monstruosa. Assim, a atitude quase estúpida desta menina já pensativa, a raridade de seus gestos, tudo me interessou. Contemplei-a curiosamente. Por fantasia natural aos observadores, comparei-a a seu irmão, buscando descobrir as semelhanças e diferenças entre ambos. Ela tinha cabelos castanhos, olhos negros e uma energia precoce, que formavam rica oposição aos cabelos loiros, aos olhos verdes-mar e à graciosa fragilidade do menino. Ela tinha em torno de sete ou oito anos, ele, apenas seis. As crianças estavam vestidas da mesma maneira. No entanto, olhando-as atentamente, percebi na gola de suas camisas uma diferença bastante frívola, mas que mais tarde me revelou todo um romance no passado, todo um drama no futuro. E era algo mínimo. Um simples babadinho ornava a gola da pequena, enquanto belos bordados adornavam a do menino, traindo um segredo do coração, uma predileção tácita que os filhos leem na alma de suas mães,[98] como se o espírito

---

[98] Balzac, Flaubert e Baudelaire sentiam-se rejeitados por suas mães, no avesso das análises de Freud segundo as quais a ambivalência, a

de Deus se encontrasse neles. Despreocupado e alegre, o pequeno loiro parecia uma menina, tanto a sua pele branca era cheia de frescor, os movimentos graciosos, a fisionomia suave; porém a menina, apesar da energia precoce, da beleza dos traços e do brilho da pele, parecia um menino enfermiço. Os seus olhos vivos, desprovidos daquele vapor úmido que dá tanto encanto ao olhar das crianças, pareciam ter sido, como os olhos dos cortesãos, secados por um fogo interior. Enfim, a sua brancura tinha não sei que tom fosco, oliva, sintoma de caráter forte. O irmão veio oferecer-lhe duas vezes, com graça comovente, com belo olhar, com face expressiva que maravilharia Charlet,[99] a pequena trompa de caça que às vezes soprava; mas ela só respondeu com um olhar feroz à frase: — "Pega, Hélène, queres?" —, pronunciada em voz de carícia. Sombria e terrível sob a face aparentemente despreocupada, a pequena estremecia e enrubescia muito quando o irmão se aproximava; mas o caçula parecia não perceber o humor negro da irmã, e a sua despreocupação, mesclada ao interesse, acabava mostrando o contraste entre o verdadeiro caráter infantil e a ciência angustiada da pessoa adulta, já inscrita na face da pequena, já a obscurecendo em nuvens sombrias.

— Mamãe, Hélène não quer brincar — chorou o pequeno, agarrando, para queixar-se, um momento em que a sua mãe e o jovem ficaram, silenciosos, em meio à ponte do rio Gobelins.

— Deixe-a, Charles. Você bem sabe que ela está sempre mal-humorada.

Essas palavras, ditas pela mãe ao acaso, ao voltar-se bruscamente a seu companheiro, arrancaram lágrimas de Hélène. Ela as engoliu silenciosamente, lançou ao irmão um daqueles olhares profundos que me pareciam inexplicáveis, e contemplou primeiramente, com sinistra inteligência, a encosta da

---

presença simultânea dos sentimentos de amor e ódio, só não existiria nas relações entre mãe e filho.

[99] Nicolas-Toussaint Charlet (1792 Paris–1845 *idem*), artista bonapartista muito popular em seu tempo, pintou cenas militares e desenhou faces de crianças. Balzac escreveu sobre ele na revista *A moda* (Balzac, *Oeuvres diverses*, Pléiade, 1996, v. 2: p. 777–782).

colina onde ela se encontrava, depois o rio Bièvre, a ponte, a paisagem e a mim.

Temi ser visto pelo casal feliz, temi perturbar a sua conversa, a sua paz; retirei-me suavemente e refugiei-me atrás das árvores cuja folhagem me encobria totalmente de todos os olhares. Sentei-me tranquilamente no alto da colina, olhando em silêncio, sucessivamente, as belezas da paisagem em metamorfose, a menina selvagem que eu ainda podia entrever através das brechas entre os ramos e o pé da árvore onde a minha cabeça repousava, quase ao nível do solo. Já não me vendo, Hélène parecia inquieta; os seus olhos negros buscavam-me através das alamedas, atrás das árvores, com uma curiosidade indefinível. Então, o que eu era para ela? Nesse momento, os risos ingênuos do pequeno Charles ecoaram no silêncio como cantos de pássaros. O belo jovem, loiro como o pequeno, levava-o a dançar nos ares, em seus braços, beijava-o esbanjando aquelas palavras sem continuidade e sem sentido, palavras que sempre dirigimos ternamente às crianças. A mãe sorria às brincadeiras e às vezes dizia, sem dúvida em voz baixa, palavras que saíam direto de seu coração; pois o seu companheiro parava, muito feliz, e fixava nela os olhos azuis cheios de chamas de idolatria. As suas vozes, unidas à voz da criança, continham não sei que carícias. O trio era encantador. Essa cena deliciosa, no meio daquela paisagem maravilhosa, expandia suavidades incríveis. Uma mulher, bela, clara, risonha, um amor de criança, um homem encantador em sua juventude, um céu puro, enfim, todas as harmonias da natureza se uniam para maravilhar a alma. E eu me surpreendi a sorrir, como se essa felicidade fosse a minha. O belo jovem ouviu soar nove horas. Depois de beijar ternamente a sua companheira, que se tornou séria, quase triste, ele caminhou à sua carruagem, que avançou lentamente, dirigida por um velho criado. O balbucio da querida criança mesclou-se aos últimos beijos que o jovem lhe deu. Então, quando ele se sentou na carruagem e a mulher imóvel ouviu o carro rodar, seguindo os traços marcados pela poeira nebulosa, na verde alameda da avenida, o pequeno Charles correu à irmã próxima à ponte, e eu o ouvi dizer em voz cristalina: — "Então, por que é que não te despediste do meu bom amigo?".

Ao ver o irmão subir a colina, Hélène lançou-lhe o mais horrível olhar que jamais incendiara os olhos de uma criança, e empurrou-o com um movimento de raiva. Charles deslizou pela pequena ladeira, bateu contra as raízes, que o lançaram violentamente às pedras afiadas da encosta; machucou a cabeça; então, sangrando, caiu nas águas lamacentas do rio. As ondas do rio se partiram em mil lances marrons sob a sua bela cabeça loira. Ouvi os gritos estridentes do pobre pequeno, mas logo esses sons se perderam, abafados pelas águas barrentas, onde ele desapareceu com um som pesado como o de uma pedra que vai ao fundo. O raio não é mais veloz do que foi essa queda. Levantei-me de repente e desci pela vereda. Hélène, aterrada, gritou a plena voz: — "Mamãe! Mamãe!". — A mãe estava bem ali, perto de mim. Ela havia voado como uma ave. Mas nem os olhos da mãe nem os meus podiam adivinhar o lugar exato onde a criança estava submersa. As águas negras borbulhavam sobre um espaço imenso. Nesse lugar, o leito do rio Bièvre tem dez pés de lama. A criança deveria morrer ali, era impossível salvá-la. Nessa hora, no domingo, tudo repousava. No rio Bièvre, não há barcos nem pescadores. Não vi nem varas para poder sondar o riacho poluído; não vi ninguém. Então, por que eu teria contado este acidente sinistro, espalhando o segredo dessa desgraça? Talvez Hélène tivesse vingado o pai. Sem dúvida, o seu ciúme era a espada de Deus. No entanto, estremeci ao contemplar a mãe. Que terrível interrogatório o seu marido, o seu eterno juiz, não a faria sofrer? E consigo ela levava uma testemunha incorruptível. Na infância, a face é transparência, as cores são diáfanas; na criança, a mentira é como uma luz que lhe enrubesce até mesmo o olhar. Mas a mulher infeliz ainda não pensava no suplício que a aguardava em casa. Ela olhava o rio Bièvre.

Semelhante acontecimento deve provocar tétricas repercussões na vida de uma mulher, e eis um dos ecos mais terríveis que, de vez em quando, perturbavam os amores de Julieta.

2. O vale da torrente[100]

Dois ou três anos depois, uma noite, após o jantar na casa do marquês de Vandenesse, então em luto pela morte do pai, dividindo uma herança, encontrava-se um tabelião. Ele não era bem o pequeno tabelião de Sterne,[101] mas um grande e gordo tabelião de Paris, um daqueles homens respeitáveis que medem até as próprias tolices, colocam os seus dedos pesados em feridas desconhecidas e perguntam por que se queixam deles. Se, por acaso, percebem a própria estupidez fatal, dizem: — "Nossa, eu nem imaginava!". — Enfim, era um tabelião honestamente simplório, que só via *atas* na vida. O diplomata tinha, perto de si, a senhora d'Aiglemont. O general tinha partido educadamente, antes do fim do jantar, para levar os dois filhos ao espetáculo, nos bulevares, no teatro Ambigu-Comique ou no Gaieté. Embora os melodramas superexcitem os sentimentos, em Paris passam por estar ao alcance das crianças, sem perigos, pois neles a inocência sempre triunfa. O pai tinha partido sem esperar a sobremesa, tanto a filha e o filho o atormentaram, para chegar ao teatro antes que a cortina se abrisse.

O tabelião, o imperturbável tabelião, incapaz de se perguntar por que a senhora d'Aiglemont tinha mandado ao teatro os filhos e o marido, sem acompanhá-los, permanecia, depois de jantar, como que atado à cadeira. Uma discussão encompridara a sobremesa, os empregados demoravam a servir o café. Esses incidentes, devorando um tempo precioso, arrancavam movimentos de impaciência da bela mulher: seria possível compará-la a um cavalo de raça a bater as patas antes da corrida. O ingênuo tabelião, que nada entendia de cavalos nem de mulheres, só via na marquesa uma mulher animada

---

[100] Divisão e título abolidos na edição definitiva.

[101] Laurence Sterne (24/11/1713 Clonmel, Irlanda–18/3/1768 Londres), *Viagem sentimental [através da França e da Itália*, 1768*]*, capítulo 58. Na *Fisiologia do casamento*, *A comédia humana* retoma o humor carnavalesco do romance *Tristam Shandy* (1759–1767), de Sterne.

e brincalhona. Encantado por encontrar-se em companhia de uma mulher da moda e de um famoso político, o tabelião fazia frases espirituosas; via aprovação no falso sorriso da marquesa, que ele impacientava muito, e seguia adiante. Já o dono da casa, de acordo com a sua companheira, muitas vezes permitia-se manter silêncio, quando o tabelião esperava alguma resposta elogiosa; mas, durante esses silêncios significativos, o diabo do homem olhava a lareira, tentando lembrar-se de boas piadas. A seguir, o diplomata recorrera a olhar o relógio. Enfim, a bela mulher colocara o chapéu para sair, e não saía. O tabelião não via nem ouvia nada; estava maravilhado consigo mesmo e certo de interessar muito à marquesa, para pregá-la ali. — "Certamente essa mulher vai ser minha cliente" — dizia a si mesmo.

A marquesa permanecia de pé, colocava as luvas, torcia os dedos e olhava ora o marquês de Vandenesse, que partilhava a sua impaciência, ora o tabelião, a revestir de chumbo cada uma de suas frases de espírito. A cada pausa desse homem digno, o belo casal respirava e dizia-se, por meio de sinais: — "Agora ele vai embora!". — Mas que nada. Era um pesadelo espiritual que acabaria irritando os dois apaixonados, em quem o tabelião agia como uma serpente contra os pássaros, obrigando-os a alguma agressividade. Bem no meio da história das formas vis como du Tillet,[102] homem de negócios então rico, tinha feito a sua fortuna, história cujas infâmias eram escrupulosamente detalhadas pelo espirituoso tabelião, o diplomata ouviu o relógio soar nove horas; viu que seu tabelião era, com certeza, um idiota que seria preciso simplesmente demitir, e deteve-o com um gesto resoluto.

— O senhor quer atiçar o fogo, senhor marquês? — disse o tabelião, passando os instrumentos a seu cliente.

— Não, senhor: vejo-me forçado a mandá-lo embora. A senhora deseja unir-se a seus filhos, e eu terei a honra de acompanhá-la.

---

[102] Ver *Ascensão e queda de César Birotteau*, n'*A comédia humana*.

— Já são nove horas! O tempo passa, como a sombra, na companhia das pessoas gentis — disse o tabelião, que passara a última hora falando sozinho.

Ele pegou o chapéu, plantou-se diante da lareira, mal conteve um soluço e disse a seu cliente, sem ver os fulminantes olhares lançados pela marquesa: — "Resumindo, senhor marquês. Acima de tudo, os negócios. Amanhã, faremos uma petição a seu irmão, como aviso prévio; então, faremos o inventário, e depois, nossa..."

O tabelião compreendera tão mal as intenções do cliente, que entendia o caso no avesso das instruções que este acabara de lhe dar. O incidente era delicado demais para que Vandenesse não retificasse, involuntariamente, os mal-entendidos do imbecil tabelião, e seguiu-se uma discussão que tomou certo tempo.

— Escute — disse enfim o diplomata, a um sinal da jovem mulher —, o senhor me quebra a cabeça; volte amanhã às nove horas com o meu advogado.

— Mas eu teria a honra de levá-lo a observar, senhor marquês, que não temos certeza de encontrar amanhã o senhor Desroches,[103] e, se a questão não for resolvida antes do meio-dia, o prazo expira, e...

Nesse momento, uma carruagem entrou no pátio; e, ao ouvir os sons que ela produziu, a pobre mulher virou-se rapidamente, para ocultar as lágrimas que lhe vinham aos olhos. O marquês mandou dar o sinal de que havia saído; mas o general, voltando de repente do teatro, entrou antes que o valete chegasse à porta, e apareceu segurando, com uma mão, a filha, de olhos vermelhos, e com a outra mão o filho, muito zangado.

— Mas o que foi que aconteceu — perguntou a mulher ao marido.

— Eu lhe direi mais tarde — respondeu o general, indo a uma sala vizinha, cuja porta estava aberta, onde tinha visto jornais.

---

[103] Advogado de Charles de Vandenesse contra seu irmão, Félix de Vandenesse. Personagem de *A casa Nucingen* e de diversos outros títulos d'*A comédia humana*.

A marquesa, impaciente, correu desesperadamente a um sofá. O tabelião, imaginando-se obrigado a ser gentil com as crianças, disse carinhosamente ao menino: — "E então, pequeno, qual era a peça?".

— *O vale da torrente*[104] — respondeu Gustave, rosnando.

— Juro pela minha honra — disse o tabelião —, os autores, hoje em dia, são meio loucos! *O vale da torrente*! Por que não *A torrente do vale*? É possível que em um vale não haja torrente, e com o título *A torrente do vale* os autores seriam mais claros, precisos, característicos e compreensíveis. Mas esqueçamos disso. Agora, como é possível encontrar um drama em uma torrente e em um vale? Você me responderá que hoje a principal atração dessa espécie de espetáculo está nos cenários, e esse título anuncia cenários muito bonitos. Você se divertiu muito, meu pequeno companheiro? — concluiu, sentando-se diante do menino.

Quando o tabelião perguntava que drama poderia encontrar-se no fundo de uma torrente, a filha da marquesa voltou-se lentamente e chorou. A mãe estava tão contrariada que nem percebeu os movimentos da filha.

— Oh! Sim, senhor, eu me diverti muito — respondeu o menino. — Na peça, havia um menino muito bom, que estava sozinho no mundo, porque seu papai não podia ser seu pai. Então, quando ele fica sobre a ponte, em cima da torrente, um grande vilão barbudo, todo vestido de negro, joga-o na água. Então, Hélène começou a chorar, a soluçar; o teatro inteiro começou a reclamar de nós, e meu pai logo, logo nos levou embora...

O senhor de Vandenesse e a marquesa permaneceram atordoados, como se tomados por um mal a tirar-lhes a força de pensar e agir.

— Gustave, cale-se então — gritou o general. — Eu o proibi de falar sobre o que aconteceu no espetáculo, mas você já se esqueceu do que eu lhe disse.

---

[104] Frédéric Dupetit-Méré (1785–1827), *O vale da torrente, ou o órfão e o assassino* (melodrama de 1816).

— Que a Sua Senhoria o perdoe, senhor marquês — disse o tabelião —, eu cometi a falta de perguntar-lhe, mas ignorava a gravidade de...

— Ele deveria não ter respondido — disse o pai, olhando friamente o filho.

O motivo do súbito retorno dos filhos e do pai pareceu então ser muito bem sabido pelo diplomata e pela marquesa. A mãe olhou a filha, viu-a chorando, levantou-se para alcançá-la; mas então a sua face contorceu-se com violência e mostrou sinais de severidade que nada abrandava.

— Chega, Hélène — disse ela —, vá enxugar as suas lágrimas lá na outra sala.

— O que ela lhe fez, esta pobre pequena? — disse o tabelião, querendo acalmar, ao mesmo tempo, a ira da mãe e o choro da filha. — Ela é tão linda que deve ser a mais dócil criatura do mundo; tenho certeza, senhora, ela só lhe dá alegrias; não é verdade, minha pequena?

Tremendo, Hélène olhou a mãe, enxugou as lágrimas, tentou fingir uma face tranquila e esgueirou-se para a outra sala.

— Claro — disse o tabelião, continuando —, a senhora é muito boa mãe para não vir a amar igualmente todos os seus filhos. Aliás, a senhora é virtuosa demais para vir a ter tristes preferências, cujos péssimos efeitos se revelam, particularmente, a nós, os tabeliães. A sociedade passa através de nossas mãos. Assim, vemos as paixões em sua forma mais odiosa, o interesse. Aqui, uma mãe quer deserdar os filhos de seu marido, em favor dos filhos de seu preferido, enquanto, de seu lado, algumas vezes o marido quer legar toda a sua fortuna ao filho que mereceu o ódio da mãe. Então acontecem lutas, temores, ações, reações, vendas simuladas, penhores; enfim, um caos lamentável: dou-lhes a minha palavra de honra, lamentável mesmo! Acolá, os pais passam a vida deserdando os filhos, roubando os bens de suas mulheres... Sim, roubando é bem a palavra. Falávamos de drama, ah! Asseguro-lhes que, se pudéssemos contar o segredo de certas doações, nossos autores poderiam transformá-lo em terríveis tragédias burguesas. Não sei de que poder as mulheres se valem para fazer o que elas querem: pois, apesar das aparências e de sua fraqueza, são sempre elas que vencem. Ah! Por exemplo, elas não me enganam. Sempre adivinho a razão dessas preferências que, na sociedade, qualificam, educadamente, de indefiníveis! Mas os maridos nunca adivinham, justiça seja feita a eles. Então, os senhores me responderão que há educação em s...

Hélène, voltando com o pai da sala ao salão, ouvia atentamente o tabelião e compreendia-o tão bem que lançou à mãe um olhar de medo, pressentindo, com todo o seu jovem instinto, que esse acontecimento iria redobrar a severidade a rosnar sobre ela. A marquesa empalideceu, mostrando ao ex-conde, com um gesto de terror, o marido a olhar, pensativamente, as flores do tapete. Nesse momento, apesar de seu saber-viver, o diplomata não se conteve e lançou ao tabelião um olhar fulminante.

— Venha cá, senhor — disse-lhe, caminhando rapidamente à sala anterior ao salão.

O tabelião seguiu-o tremendo, sem terminar aquela frase.

— Senhor — disse-lhe então, com muita raiva, o marquês de Vandenesse, batendo a porta do salão, onde deixava a mulher e o marido —, desde o jantar, o senhor só fez tolices, só disse besteiras. Por Deus! Vá embora. O senhor acabaria provocando as maiores desgraças. Se é um excelente tabelião, permaneça em seu campo; mas se, por acaso, estiver em sociedade, procure ser mais cuidadoso...

Depois, voltou ao salão, deixando o tabelião sem se despedir. O tabelião permaneceu, por um momento, estupefato, paralisado, sem saber onde estava. Quando os zumbidos a soar em seus ouvidos cessaram, imaginou ouvir gemidos, idas e vindas no salão, onde as sinetas eram violentamente puxadas. Teve medo de rever o ex-conde e recuperou o uso das pernas para correr às escadas; mas, às portas da casa, chocou-se contra os valetes, que se apressavam a vir receber as ordens do patrão.

— Eis como são todos esses grandes senhores — disse, finalmente, a si mesmo, quando já estava na rua, em busca de uma carruagem de aluguel —, eles nos obrigam a falar, convidam-nos com elogios; nós imaginamos diverti-los, mas que nada! Eles se tornam grosseiros, colocam-nos a distância, até mesmo nos jogam porta afora, sem se incomodar. Enfim, eu fui muito espirituoso, não disse nada que não fosse sensato, bem colocado, conveniente. Nossa, ele me manda ser mais cuidadoso, o que eu nunca deixei de ser. Ah! Caramba, sou tabelião e membro do meu grupo. Bah! É uma brincadeira de embaixador, nada é sagrado para essas pessoas. Amanhã, ele me explicará como só fiz besteiras na casa dele e só disse tolices. Pedir-lhe-ei a razão; isto é, pedirei a razão dele. Enfim, estou errado, talvez... Nossa, eu sou bom demais para ficar quebrando a cabeça! De que me adianta?

O tabelião chegou em casa e submeteu as suas dúvidas à esposa, contando-lhe todos os detalhes desses acontecimentos noturnos.

— Meu querido Crottat: Sua Excelência tinha plena razão de dizer que você só fez tolices e só disse besteiras.

— Por quê?

— Meu querido, se eu lhe contasse, você continuaria a fazer o mesmo, amanhã. Só lhe digo para falar apenas de negócios, em sociedade.

— Se você não quiser contar isso, amanhã vou perguntar ao...

— Meu Deus, as pessoas mais estúpidas procuram esconder essas coisas, e você acha que um embaixador as contará! Mas, Crottat, eu nunca o vi tão insensato.

— Obrigado, minha querida!

V

Os dois encontros

1. O fascínio[105]

Um antigo ordenança de Napoleão, que chamaremos simplesmente de o marquês, ou de o general, que na restauração da monarquia luisiana fez grande fortuna, viera passar os seus belos dias em Versalhes, onde vivia numa casa de campo situada entre a igreja e a barreira de Montreuil, no caminho que leva à avenida de Saint-Cloud. Os seus serviços na corte não lhe permitiam distanciar-se de Paris.

Originalmente construída para servir de refúgio aos amores passageiros de algum grande senhor, nessa casa havia vastas dependências. Os jardins a cercar a casa distanciavam-na, tanto à esquerda quanto à direita, das primeiras residências de Montreuil e dos casebres construídos ao redor da barreira; assim, sem se encontrarem muito isolados, os donos dessa propriedade gozavam, a dois passos de uma cidade, de todos os prazeres da solidão. Por estranha contradição, a fachada e a porta de entrada da casa davam diretamente para o caminho, que talvez fosse pouco frequentado outrora. Essa hipótese parece plausível, se nos lembrarmos de que o mesmo caminho leva à deliciosa moradia construída por Luís XV para a senhorita de Romans,[106] onde de longe os curiosos podem reconhecer, aqui e ali, mais de uma alcova, com interiores e decorações a trair os espíritos libertinos

---

[105] Divisão e título abolidos na edição definitiva (1842).

[106] "Mocinha de 13 anos que, segundo a Sra. Campan" (1752–1822), secretária e "biógrafa de Maria Antonieta, foi 'vendida' por seus pais a Luís XV", informa Paulo Rónai.

de nossos antepassados, que, com toda a licenciosidade de que são acusados, buscavam, entretanto, refugiar-se entre as sombras e o mistério.

Em certa noite de inverno, o marquês, a esposa e os filhos estavam sozinhos, nessa casa deserta. Os empregados tinham conseguido permissão para celebrar, em Versalhes, o casamento de um deles, e imaginando que as solenidades do Natal, ao lado desse matrimônio, ofereciam uma desculpa válida a seus senhores, não tinham escrúpulos em consagrar às festas um pouco mais de tempo do que lhes permitiam as ordens da casa. Entretanto, como o general tinha a fama de ser um homem que nunca deixava de cumprir a palavra, de forma inflexível, os empregados tardios não deixaram de dançar com alguns remorsos, quando o prazo de voltar já tinha expirado. Onze horas tinham acabado de soar, mas nem um empregado havia voltado. O profundo silêncio que reinava no campo às vezes deixava ouvir o vento a soprar através dos negros ramos das árvores, a rugir ao redor da casa, a correr através dos longos corredores. A geada tinha purificado o ar de tal forma, endurecendo a terra e dominando o solo, que em tudo havia aqueles sons secos cujos fenômenos sempre nos surpreendem. O andar pesado de um ébrio atrasado, o som de um carro indo de volta a Paris repercutiam da forma mais viva, deixavam-se ouvir a distâncias maiores do que as habituais. As folhas secas, levadas por uma súbita rajada de vento, dançavam em vórtice, soavam nas pedras do pátio de modo a dar uma voz à noite, embora a noite desejasse permanecer em silêncio. Enfim, era uma daquelas noites geladas que arrancam de nossos egoísmos uma queixa estéril em favor dos pobres, ou dos viajantes, e tornam o canto de nossa lareira tão cheio de volúpia. Nesse momento, a família, reunida no salão, nem pensava na ausência dos empregados, nem nas pessoas sem lareira nem na poesia a aquecer uma noite de inverno. Sem filosofar em vão, confiantes na proteção de um velho soldado, mulheres e crianças entregavam-se às delícias proporcionadas pela vida interior, quando os sentimentos não são reprimidos, quando o afeto e a sinceridade animam todas as falas, olhares e brincadeiras.

O general estava sentado, ou, melhor dizendo, enterrado em uma poltrona alta e espaçosa, bem no canto da lareira, onde brilhava um fogo muito bem alimentado, a espalhar um calor imenso, sintoma de muito frio lá fora. Apoiada no espaldar da poltrona e levemente inclinada, a cabeça desse bravo pai mantinha uma pose cuja indolência pintava perfeita calma, suave tranquilidade e alegria. Seus braços, um tanto adormecidos, levemente lançados para fora da poltrona, acabavam exprimindo pensamentos de felicidade. Ele contemplava o seu filho caçula, um menino de apenas cinco anos, que, seminu, recusava-se a ser despido pela mãe. O pequeno fugia da camisa, ou do gorro noturno, ameaçados pela marquesa; mantinha o seu colarinho bordado, só ria à mãe quando ela o chamava, percebendo que ela também ria dessa rebelião infantil; então, voltava a brincar com a irmã, também ingênua, porém mais maliciosa, já falando de forma mais clara do que ele, o pequeno, de vagas palavras e ideias confusas mal compreendidas pelos pais. A pequena Moïna, dois anos mais velha, provocava, com seus trejeitos já femininos, risos intermináveis, que explodiam como fogos de artifício, parecendo não ter motivos; mas ao ver ambos a rolar diante da lareira, mostrando sem vergonha os seus belos corpos rechonchudinhos, as suas formas brancas e delicadas, misturando as mechas de seus cabelos negros e loiros, unindo as suas faces rosa, onde a alegria desenhava covinhas ingênuas, certamente um pai e, sobretudo, uma mãe já compreendiam essas almas pequenas, para eles já caracterizadas, para eles já apaixonadas. Esses dois anjos, as cores vivas de seus olhos úmidos, de suas bochechas brilhantes, de sua tez branca empalideciam as flores do tapete macio, do cenário onde brincavam, onde caíam, lutavam, rolavam, sem correr perigos. A mãe, sentada em um sofá no outro canto da lareira, diante do marido, estava cercada de roupas espalhadas e, com um sapato vermelho à mão, permanecia em uma atitude bem indolente. A sua severidade indecisa desaparecia em um doce sorriso gravado nos lábios. Com cerca de trinta e seis anos, ela ainda mantinha certa beleza devida à rara perfeição das linhas do rosto, onde o calor, a luz e a felicidade mostravam, nesse momento, um brilho sobrenatural. Muitas vezes, ela deixava de olhar os filhos para lançar o seu olhar de carícia ao rosto sério do marido; às vezes, ao se encontrarem, os olhares dos dois cônjuges trocavam esconsos prazeres e profundos pensamentos. O general tinha um rosto bem calejado. Algumas mechas grisalhas atravessavam a sua testa larga e pura. O brilho másculo de seus olhos azuis, a bravura inscrita nas rugas de suas faces murchas demonstravam que ele tinha comprado com muito trabalho a condecoração cuja fita vermelha florescia na lapela de seu casaco. Nesse momento, as inocentes alegrias exprimidas pelos dois filhos refletiam-se em seu rosto firme e vigoroso, marcado por um bom humor e por uma ternura inefáveis. O velho capitão voltara a ser criança, sem muito esforço. Não existe sempre um pouco de amor à infância entre os soldados que experimentaram as desgraças da vida o bastante para saber reconhecer as misérias da força e os privilégios da fraqueza? Adiante, perante uma mesa redonda iluminada por lamparinas cujas luzes vivas lutavam com as luzes pálidas de velas colocadas sobre a lareira, havia um menino de treze anos a virar rapidamente as páginas de um grande livro. Os gritos dos irmãos não o distraíam, o seu rosto mostrava toda a curiosidade da juventude. Essa grande preocupação era justificada pelas cativantes maravilhas d'*As mil e uma noites* e por um uniforme de estudante.[107] Ele estava imóvel, em pose de meditação, com um cotovelo na mesa e a cabeça apoiada em uma mão, cujos dedos brancos se destacavam no meio cabelos castanhos. A luz a cair em sua face, enquanto o resto do corpo estava no escuro, levava-o a assemelhar-se aos negros autorretratos onde Rafael[108] representa

---

[107] Balzac sonhava criar *As mil e uma noites* ocidentais e modernas, e conseguiu criá-las na divina *Comédia humana*. — Cecília Meireles também traduziu essa coletânea de mil e um contos de origem persa, em que um dos principais cenários é a atual capital do Iraque, Bagdá.

[108] O pintor e arquiteto do Renascimento, autor da obra-prima *Escola de Atenas* (1508–1511), afresco a imaginar os filósofos pós-socráticos Platão e Aristóteles. (Raffaello Sanzio, 6/4/1483 Urbino–6/4/1520 Roma.)

a si mesmo atento, inclinado, a sonhar com o futuro. Entre essa mesa e a marquesa, trabalhava uma moça adulta e linda, sentada diante de uma tapeçaria inacabada, inclinando-se ou distanciando-se de sua obra, e seus cabelos de ébano artisticamente alisados refletiam as luzes. Por si só, Hélène era um espetáculo. A sua beleza irradiava raro caráter cheio de força e elegância. Os seus cabelos, embora alçados de maneira a desenhar traços vivos ao redor da cabeça, eram tão abundantes que, rebeldes aos dentes do pente, estavam muito enrolados ao nascer do pescoço. As suas sobrancelhas, vastas e regularmente plantadas, contrastavam com a brancura de sua fronte pura. Ela tinha até mesmo, sobre o lábio superior, alguns sinais de coragem a criar leve tom fulvo, sob um nariz grego de contornos singulares e perfeitos. Mas as cativantes curvaturas das formas roliças, a cândida expressão dos demais traços, a transparência à flor da pele delicada, a voluptuosa suavidade dos lábios, a perfeição do oval desenhado pela face e, sobretudo, a santidade de seu olhar virgem pintavam nessa beleza vigorosa as suavidades femininas, a modéstia encantadora que pedimos a esses anjos de paz e amor. Contudo, não havia nada de frágil nessa jovem; o seu coração devia ser tão doce, a sua alma tão forte quanto as suas medidas eram magníficas e a sua face atraente. Ela imitava o silêncio do irmão estudante, parecia tomada por uma daquelas fatais meditações de moça, muitas vezes impenetráveis às observações de um pai ou até mesmo à sabedoria das mães: assim, era impossível saber se eram jogos de luzes ou sofrimentos secretos os motivos das sombras caprichosas a passar pela sua face, como nuvens frágeis em céu puro.

Nesse momento, os dois filhos mais velhos estavam completamente esquecidos pelo marido e pela mulher. No entanto, muitas vezes o olhar interrogador do general abraçava a cena muda que, em segundo plano, representava a feliz realização das esperanças desenhadas nos tumultos infantis colocados em primeiro plano nesse quadro doméstico. Ao explicar a vida humana por meio de insensíveis degraus, essas pessoas formavam uma espécie de poema vivo. O luxo das peças a decorar o salão, a diversidade dos comportamentos, os contrastes devidos às roupas de todas as cores, os confrontos dessas faces tão bem caracterizadas por diferentes idades, pelos contornos que as luzes salientavam, disseminavam nessas páginas humanas todas as riquezas demandadas à escultura, aos pintores, aos escritores. Enfim, o inverno e o silêncio, a solidão e a noite exprimiam a sua majestade nesse quadro ingênuo e sublime, nesse delicioso efeito da natureza. A vida conjugal é cheia dessas horas sagradas cujo encanto indefinível talvez provenha de alguma lembrança de um mundo melhor. Sem dúvida, raios celestes jorram nessas espécies de cenas, destinadas a recompensar o homem por uma parte de suas desgraças, levando-o a aceitar a existência. Então parece que o universo está aqui, diante de nós, em uma forma encantadora, a desenvolver as suas grandes ideias de ordem cósmica, que a vida social defende, com suas leis, ao falar do futuro.

Entretanto, apesar do olhar de enternecimento lançado por Hélène a Abel e Moïna, quando explodiam as suas alegrias; apesar da felicidade pintada em sua face lúcida, ao olhar furtivamente o pai, sentimentos de profunda melancolia revelavam-se em seus gestos, em seu comportamento e, sobretudo, em seus olhos ocultos por longas pálpebras. As suas mãos brancas e potentes, através das quais passava a luz, revelando um vermelho diáfano e quase fluido, ah, bem, as suas mãos tremiam. Só uma vez, sem se desafiarem, seus olhos e os da marquesa se encontraram. Então, ambas as mulheres compreenderam-se por meio de um olhar opaco, frio, respeitoso em Hélène, sombrio e ameaçador em sua mãe. Hélène logo baixou os olhos à tapeçaria, trabalhou rapidamente com a agulha, por muito tempo não ergueu a cabeça, que lhe parecia ser um fardo pesado demais para carregar. A mãe era severa demais com a filha, julgando essa severidade necessária? Sentia ciúmes da beleza de Hélène, com quem ainda poderia rivalizar, desde que recorresse a todos os recursos dos trajes e maquiagens? Ou a filha havia desvendado, como tantas filhas, ao se tornarem adivinhas, segredos que essa mulher, na aparência tão religiosamente fiel a seus deveres, imaginava muito bem enterrados em seu coração, de forma tão profunda quanto em uma sepultura?

Hélène tinha chegado a uma idade em que a pureza da alma leva a uma rigidez que ultrapassa a justa medida em que os sentimentos devem permanecer. Em algumas mentes, as faltas ganham as dimensões de crimes; então, a imaginação reage na consciência; então, muitas vezes, as moças exageram na autopunição, em virtude da extensão imaginária de seus pecados. Hélène parecia não se acreditar digna de alguém. Um segredo de sua vida anterior, talvez um acidente, a princípio não compreendido, mas desenvolvido pela sensibilidade de sua inteligência influenciada pelas ideias religiosas, parecia há pouco tê-la degradado romanescamente a seus próprios olhos. Essa mudança de comportamento começara no dia em que ela lera, na recente coletânea de traduções de peças estrangeiras, a bela tragédia *Guilherme Tell*, de Schiller.[109] Depois de zangar-se com a filha, que deixara o livro cair no chão, a mãe notara que a tempestade causada pela leitura na alma de Hélène tinha sido provocada pela cena em que o poeta cria uma espécie de fraternidade entre Guilherme Tell, que derrama o sangue de um homem para salvar todo um povo, e João o Parricida. Tornando-se humilde, religiosa e retirada, Hélène não queria mais ir aos bailes. Ela nunca tinha sido tão carinhosa com o pai, principalmente quando a marquesa não testemunhava as suas jovens ternuras. Entretanto, se havia esfriamento do afeto de Hélène pela mãe, este era exprimido tão sutilmente que o general não deveria tê-lo percebido, por mais atento que fosse à união reinante em sua família. Homem algum teria o olhar perspicaz o bastante para penetrar na profundidade desses dois corações femininos: um era jovem e generoso; o outro, sensível e orgulhoso; o primeiro era um tesouro de complacência; o segundo estava cheio de ardis e de amor. Se a mãe aborrecia a filha com fino despotismo feminino, este só era visível aos olhos da vítima. Ademais, o acontecimento só deu origem a conjecturas insolúveis. Até

---

[109] Friedrich von Schiller (10/11/1759 Marbach–9/5/1805 Weimar), *Guilherme Tell* (1804), ato 5, cena 2. Schiller também escreveu as fantásticas *Cartas sobre a educação estética da humanidade* (1793–1795).

aquela noite, nenhuma luz acusadora escapara dessas duas almas; mas entre elas e Deus certamente se elevava algum sinistro mistério.

— Vamos, Abel — exclamou a marquesa, aproveitando um momento em que Moïna e o irmão, quietos e cansados, estavam imóveis; — vamos, venha, meu filho, preciso pô-lo na cama... — E, com um olhar imperioso, logo o pôs em seu colo.

— Como — disse o general —, são dez e meia, e nenhum de nossos empregados voltou? Ah! Esses compadres... Gustave — continuou, voltando-se ao filho —, só lhe dei esse livro contanto que você o abandonasse às dez horas; você deveria tê-lo fechado na hora marcada e ido dormir, como me prometeu. Se você deseja ser um homem notável, é preciso fazer de sua palavra uma segunda religião e mantê-la, como a sua honra. Fox, um dos maiores oradores da Inglaterra, era notável, sobretudo, pela beleza de caráter. A fidelidade aos compromissos assumidos é a principal das qualidades. Quando era criança, o pai dele, inglês da gema, deu-lhe uma lição forte o suficiente para causar eterna impressão no espírito de um menino. Quando tinha a sua idade, Fox vinha, nas férias, à casa do pai, que como todos os ingleses ricos tinha um parque assaz considerável ao redor de seu castelo. Nesse parque havia um velho quiosque que deveria ser demolido e reconstruído num lugar onde a vista era maravilhosa. As crianças adoram ver demolições. O pequeno Fox queria mais alguns dias de férias para ver o pavilhão cair, mas seu pai exigiu que ele voltasse à escola no dia fixado para o reinício das aulas; daí a briga entre pai e filho. A mãe, como todas as mães sempre fazem, apoiou o pequeno Fox. Então o pai prometeu solenemente ao filho que esperaria as próximas férias para demolir o quiosque. Fox voltou para a escola. O pai imaginou que, distraído pelos estudos, o menino esqueceria o combinado, mandou derrubar o quiosque e reconstruiu-o em outro lugar. O menino teimoso só pensava nesse quiosque. Quando retornou à casa do pai, a sua primeira lembrança foi ir ver a velha construção; mas voltou muito triste, na hora do almoço, e disse ao pai: — "O senhor me enganou". — O velho nobre inglês, confuso, mas cheio de altivez, disse: — "É verdade, meu filho, mas vou pagar pelo meu pecado. É preciso prezar a palavra, mais do que a riqueza; pois manter a palavra leva à riqueza, mas toda a riqueza do mundo não limpa a mancha de uma consciência que falta à palavra". — O pai mandou reconstruir o velho pavilhão, exatamente como ele era; depois da reconstrução, mandou demolirem-no, sob os olhos do filho. — Que isto, Gustave, lhe sirva de lição.

Gustave, que ouvia atentamente o pai, logo fechou o livro. Seguiu-se um momento de silêncio, durante o qual o general tomou Moïna, que lutava contra o sono, e pousou-a suavemente no colo. A pequena deixou a cabeça cambaleante rolar no peito do pai e logo adormeceu, envolta nos cachos dourados de sua bela cabeleira. Então, passos velozes ecoaram na rua, sobre a terra, e, de repente, três batidas na porta despertaram os ecos da casa. Essas longas batidas eram tão fáceis de compreender quanto o grito de um homem correndo risco de morte. O cão de guarda latiu, em som de fúria. Hélène, Gustave, o general e a sua mulher estremeceram vivamente; mas Abel, que a mãe acabara de embalar, e Moïna não despertaram.

— Ele está com pressa, aquele ali — exclamou o militar, colocando a filha na poltrona.

De repente, saiu do salão, sem ouvir o pedido da esposa.

— Meu amigo, não vá...

O marquês passou por seu quarto, tomou duas pistolas, acendeu o lampião, correu à escada, desceu com a velocidade do raio e logo chegou à porta da casa, seguido pelo filho sem temor.

— Quem é? — perguntou.

— Abre — respondeu uma voz quase sufocada pela respiração ofegante.

— Você é amigo?

— Sim, amigo.

— Está sozinho?

— Sim, mas abre, pois *eles* estão chegando!

Um homem desconhecido deslizou pelo limiar com a fantástica velocidade de uma sombra, assim que o general entreabriu a porta, e, sem poder ser impedido, obrigou-o a fechar a porta, empurrando-a com um forte pontapé e nela se apoiando com firmeza, como a impedir que fosse reaberta. O general, levantando, de repente, a pistola e o lampião até o peito do estranho, para mantê-lo em atitude de respeito, viu um homem de estatura mediana, envolto em casaco de peles, roupa de velho, grande e arrastada pelo chão, que parecia não ter sido feita para ele. Por prudência, ou por acaso, o fugitivo tinha a cabeça toda coberta por um chapéu, que lhe caía até os olhos.

— Senhor — disse ele ao general —, abaixe o cano da sua pistola. Não pretendo ficar em sua casa sem a sua permissão; mas, se eu sair, a morte me espera no portão. E que morte! O senhor teria de responder a Deus. Peço-lhe que me receba por duas horas. Pense bem nisso, senhor, por mais que eu implore, tenho de comandar com a tirania da necessidade. Quero a hospitalidade da Arábia.[110] Que eu lhe seja sagrado; senão, abra, eu vou morrer. Preciso de segredo, de refúgio e de água. Ah! Água! — repetiu, com voz rouca.

— Quem é você? — perguntou o general, surpreso com a febril volubilidade nas palavras do desconhecido.

— Ah! Quem sou eu? Ah! Bem, abra a porta, eu vou embora — respondeu o homem, em tom de infernal ironia.

Apesar da habilidade com que o marquês manobrava a luz do lampião, só podia ver a parte inferior do rosto, e nenhum traço deste defendia uma hospitalidade tão singularmente solicitada: as bochechas estavam trêmulas, lívidas, as feições terrivelmente contraídas. Na sombra projetada pela aba do chapéu, os olhos desenhavam-se como dois clarões que quase empalideciam as frágeis luzes das velas. Entretanto, era preciso responder.

— Senhor — disse o general —, as suas palavras são tão extraordinárias que, em meu lugar, você...

— O senhor dispõe de minha vida — exclamou o estranho, com som de voz terrível, interrompendo o seu anfitrião.

— Por duas horas — disse o marquês, sem certeza.

---

[110] "Hospitalidade da Arábia": hospitalidade dos mouros, dever sagrado no Marrocos e na Argélia.

— Por duas horas — repetiu o homem.

Mas de repente ele tirou o chapéu, com um gesto de desespero, descobriu a testa e lançou, como se desejasse fazer uma última tentativa, um olhar cuja viva energia penetrou a alma do general. Esse clarão de inteligência e vontade assemelhava-se a um relâmpago, esmagava como um trovão; pois há momentos em que os homens ganham poderes inexplicáveis.

— Vamos, quem quer que você seja, estará seguro debaixo de meu teto — continuou seriamente o dono da casa, acreditando obedecer a um daqueles movimentos instintivos que nem sempre o homem sabe explicar.

— Deus lhe agradeça — disse o desconhecido, deixando escapar profundo suspiro.

— Você está armado? — perguntou o general.

Como resposta, o estranho, dando-lhe apenas o tempo de lançar um olhar a seu casaco de pele, abriu-o e fechou-o lestamente. Ele estava sem armas aparentes, nas roupas de um jovem a sair do baile. Por mais rápido que fosse o exame do militar desconfiado, viu o bastante para exclamar:

— Como, diabos, você conseguiu sujar se assim, em um tempo tão seco?

— Mais perguntas! — respondeu ele, altivamente.

Nesse momento, o marquês viu seu filho e lembrou-se da lição que acabara de lhe dar, sobre o estrito cumprimento da palavra dada; ficou tão contrariado com essa situação que lhe disse, não sem um tom de raiva: — "Como, pequeno maluco, você está aqui, em vez de estar na cama?".

— Porque eu imaginei que poderia ser útil no perigo — respondeu Gustave.

— Vamos, suba para seu quarto — disse o pai, suavizado pela resposta do filho. — E você — disse ao estranho — siga-me.

Eles tornaram-se silenciosos como dois jogadores a desconfiar um do outro. O general começou até mesmo a conceber sinistros pressentimentos. O estranho já lhe pesava no coração como um pesadelo; mas, dominado pela fé do juramento, conduziu-o através dos corredores, das escadas da casa, e levou-o até um grande quarto situado no segundo andar, bem acima do salão. Essa peça desabitada servia para secar no inverno, não tinha portas para nenhuma outra peça nem possuía enfeite algum, em suas quatro paredes amareladas, salvo um feio espelho, abandonado sobre a lareira pelo proprietário anterior, e um grande espelho que, não sendo utilizado pelo marquês, fora provisoriamente colocado diante da lareira. O chão desse vasto sótão nunca tinha sido varrido, o ar ali era glacial, duas velhas cadeiras já sem palha eram toda a mobília. Depois de colocar o lampião sobre a lareira, o general disse ao estranho: — "A sua segurança deseja que este sótão miserável lhe sirva de abrigo. E, como você tem a minha palavra de honra pelo esconderijo, me permitirá trancá-lo aqui".

O homem baixou a cabeça, concordando.

— Só pedi um refúgio, segredo e água — acrescentou ele.

— Já lhe trago — respondeu o marquês, fechando a porta com cuidado, e desceu, tateando, rumo ao salão, para pegar um candelabro e ir buscar pessoalmente uma garrafa no escritório.

— Ah! Bem, senhor, o que aconteceu? — logo perguntou a marquesa ao marido.

— Nada, minha querida — respondeu ele friamente.

— Entretanto, nós ouvimos: você acaba de levar alguém lá em cima...

— Hélène — disse o general, olhando a filha, que ergueu a cabeça —, imagine que a honra de seu pai depende de sua discrição. Seu dever é não ter ouvido nada.

A moça respondeu com significativo aceno da cabeça. A marquesa permaneceu paralisada, chocada com a maneira de seu marido silenciá-la. O general foi buscar uma garrafa, um copo, e voltou ao quarto onde se encontrava o seu prisioneiro: achou-o de pé, apoiado na parede, perto da lareira, com o rosto descoberto; lançara o chapéu numa das cadeiras. Certamente, o estranho não esperava deixar-se ver tão iluminado. Franziu a testa e seu rosto tornou-se preocupado, quando os seus olhos encontraram os olhos penetrantes do general; mas suavizou-se e assumiu uma fisionomia cheia de graça para agradecer a seu protetor. Quando o general colocou o copo e a garrafa em cima da lareira, o desconhecido, depois de lançar-lhe mais um olhar brilhante, quebrou o silêncio.

— Senhor — disse ele, em voz suave, que já não tinha as roucas convulsões de antes, mas ainda demonstrava um tremor interno —, vou parecer-lhe estranho. Desculpe-me os caprichos necessários. Se o senhor ficar aí, pedir-lhe-ei para não me olhar quando eu beber.

Sempre contrariado por obedecer a um homem que o desagradava, o general logo lhe deu as costas. O estranho tirou do bolso um lenço branco, envolvendo com ele a mão direita; depois pegou a garrafa e, em um só gole, bebeu toda a água. Sem pensar que rompia o seu juramento implícito, o marquês olhou mecanicamente o espelho; mas então os reflexos dos dois espelhos permitiram-lhe ver totalmente o desconhecido, e ele viu o lenço avermelhar-se de repente, ao tocar nas mãos cheias de sangue.

— Ah! O senhor me olhou! — exclamou o homem quando, depois de beber e envolver-se em seu casaco, examinou o general desconfiado. — Estou perdido. *Eles* estão chegando, ei-los!

— Não ouço nada — disse o marquês.

— O senhor não está interessado, como eu, em ouvir através do espaço.

— Então você duelou, para estar tão coberto de sangue? — perguntou o general, muito comovido ao ver a cor das amplas manchas que embebiam as roupas de seu hóspede.

— Sim, duelei, como o senhor disse — repetiu o estranho, deixando um sorriso amargo errar em seus lábios.

Nesse momento, o som dos passos de muitos cavalos em pleno galope ecoou, a distância; mas esse barulho era tão fraco quanto as primeiras luzes da manhã. O ouvido experiente do general reconheceu a marcha de cavalos disciplinados pelo regime dos esquadrões.

— É a polícia — disse o general.

Lançou a seu prisioneiro um olhar para dissolver todas as dúvidas que ele poderia gerar por sua indiscrição involuntária, tomou o lampião e voltou ao salão. Mal colocou a chave daquele quarto sobre a lareira, os sons provocados pela cavalaria ampliaram-se, aproximando-se da casa em velocidade assustadora. De fato, os cavalos pararam na porta da casa. Depois de trocar algumas palavras com os seus colegas, um cavaleiro desceu, bateu com força e obrigou o general a abrir a porta. O general não conseguiu dominar as suas emoções secretas, ao ver seis policiais cujos chapéus bordados de prata brilhavam ao luar.

— Meu senhor — disse-lhe um sargento —, não viu agora mesmo um homem correndo para a barreira?

— Para a barreira? Não.

— Não abriu a porta a ninguém?

— Acaso eu tenho o hábito de abrir pessoalmente a minha porta?...

— Mas, perdão, meu general, neste momento, parece-me que...

— Ah! Então — exclamou o marquês em tom de raiva —, você está brincando comigo? Você tem o direito de...

— Não, nada, meu senhor — disse mansamente o policial. — O senhor há de perdoar o nosso zelo. Sabemos muito bem que um par do rei da França não se exporia a hospedar um assassino, a esta hora da noite; mas a vontade de conseguir algumas informações...

— Um assassino! — exclamou o general. — E quem foi...

— O senhor barão de Mauny acaba de ser morto com uma machadada — disse o policial. — Mas o assassino está sendo muito bem perseguido. Temos certeza de que ele se encontra nas redondezas e vamos pegá-lo. Desculpe-nos, meu general.

O policial falava enquanto subia ao cavalo, de modo que, felizmente, não pôde ver as expressões do general. Habituado a desconfiar de tudo, o sargento talvez pudesse tecer algumas suspeitas se visse a expressão dessa fisionomia aberta onde se pintavam, fielmente, todas as emoções da alma.

— Vocês sabem o nome do assassino? — perguntou o general.

— Não — respondeu o cavaleiro. — Ele deixou na escrivaninha muito ouro e papel-moeda, sem tocá-los.

— É alguma vingança — disse o marquês.

— Ah! Bah! Contra um velho?... Não, não, já não era tempo de aquele valentão dar motivos.

E o sargento uniu-se a seus colegas, que já galopavam ao longe. O general ficou, por um momento, tomado por perplexidades fáceis de compreender. Logo ouviu os seus empregados que voltavam, brigando com certa espécie de fúria, cujas vozes ecoavam desde a encruzilhada de Montreuil. Quando eles chegaram, a cólera do general, que só precisava de um motivo para espalhar-se aos quatro ventos, caiu sobre eles com o brilho do relâmpago. A sua voz repercutiu através da casa. Mas ele logo se acalmou, quando o mais afoito e o mais ladino de todos, o seu valete de quarto, desculpou-se pela demora, afirmando que haviam sido detidos na saída de Montreuil pelos policiais em busca de um assassino. O general logo se calou. Então — ante essas palavras, chamado aos deveres de sua situação singular —, mandou secamente todos os empregados irem deitar-se, surpreendendo-os muito pela facilidade com que aceitava as mentiras do camareiro.

Mas, enquanto esses fatos aconteciam no pátio, um incidente, muito pequeno em aparência, mudava a situação dos outros personagens que se encontram nesta história. Mal o marquês saíra, a sua mulher, olhando ao mesmo tempo a chave do sótão e a sua filha Hélène, acabou dizendo em voz baixa, inclinando-se para a filha: — "Hélène, o seu pai deixou a chave bem em cima da lareira".

A moça, surpresa, levantou a cabeça e olhou timidamente a mãe, cujos olhos ardiam de curiosidade.

— Ah! Bem, mamãe? — respondeu Hélène, em voz perturbada.

— Eu bem queria saber o que se passa lá em cima. Se há uma pessoa, ela nem se move. Então vá...

— Eu? — disse a filha, com certo terror.

— Você está com medo?

— Não, senhora, mas acho que já ouvi os passos de um homem.

— Se eu pudesse ir pessoalmente, nem lhe pediria para subir, Hélène — prosseguiu a mãe, em tom de fria dignidade.

— Se o seu pai voltasse e não me visse, iria procurar-me, talvez, mas nem perceberia a sua ausência.

— Senhora — respondeu Hélène —, se me obrigar, eu vou; mas então perderei a estima de meu pai...

— Como! — disse a marquesa, em tom de ironia. — Mas, já que você leva a sério o que era só uma brincadeira, agora eu lhe ordeno ir ver quem está lá em cima. Eis a chave, minha filha! O seu pai, ao lhe pedir silêncio sobre o que acontece neste momento na casa dele, não a proibiu de subir àquele quarto. Vá, e saiba que uma mãe nunca deve ser julgada por sua própria filha...

Depois de pronunciar as últimas palavras com toda a severidade de uma mãe ofendida, a marquesa tomou a chave e deu-a a Hélène, que se levantou sem dizer palavra e deixou o salão.

— A minha mãe sempre saberá obter seu perdão; mas eu estarei perdida na alma de meu pai. Então, ela quer deixar-me sem a ternura que ele sente por mim, expulsar-me de sua casa?

Essas ideias logo fermentaram em sua imaginação, enquanto ela caminhava, sem luz, pelo corredor no fim do qual se encontrava a porta do quarto misterioso. Quando lá chegou, o caos de seus pensamentos era algo fatal. Essa espécie de meditação confusa serviu-lhe para pôr para fora mil sentimentos até então reprimidos no fundo de seu coração. Talvez já não acreditando mais em um futuro feliz, terminou, nesse momento terrível, desesperando da vida. Ela tremia convulsivamente, aproximando a chave da fechadura; as suas emoções tornaram-se tão fortes que ela parou — por um momento — e pôs a mão no coração, como se tivesse o poder de acalmar os batimentos profundos e sonoros. Enfim, abriu a porta. Sem dúvida, os sons das dobradiças mal chegaram aos ouvidos do assassino. Embora sua audição fosse muito boa, ele continuou colado à parede, imóvel, parecendo perdido em seus pensamentos. O círculo de luz lançado pela lanterna mal o iluminava, e ele parecia, nessa zona clara-escura, uma daquelas sombrias estátuas de cavaleiros que ficam sempre de pé, no canto de algum túmulo negro, nas capelas góticas. Gotas de suor frio atravessavam a sua testa grande e amarela. Certa incrível audácia brilhava nessa face muito contraída.

Os seus olhos de fogo, fixos e secos, pareciam assistir a um combate, na escuridão que estava na sua frente. Pensamentos em tumulto passavam rapidamente por essa face, formando uma expressão firme e precisa, sinal de uma alma superior. O corpo, a atitude, as proporções concordavam com seu gênio selvagem. Esse homem era inteiramente força e poder, e encarava as trevas como a visível imagem de seu futuro. Acostumado a ver as figuras enérgicas dos gigantes comprimidos ao redor de Napoleão, preocupado por uma curiosidade moral, o general não prestara atenção nas peculiaridades físicas desse homem extraordinário; porém, sujeita, como todas as mulheres, às impressões externas, Hélène foi arrebatada pela mescla de luz e sombra, grandeza e paixão, pelo caos poético que dava ao desconhecido a aparência de Lúcifer levantando-se de sua queda. De repente, a tempestade pintada nessa face apaziguou-se, como por encanto, e o indefinível império, de que o estrangeiro era, talvez involuntariamente, a causa e o efeito, espalhou-se ao redor dele com a velocidade progressiva de uma inundação. Uma torrente de pensamentos fluiu de sua face, quando os seus traços voltaram às formas naturais. *Encantada* pela visão estranha, ou pelo mistério em que estava penetrando, a moça então conseguiu admirar uma fisionomia suave e muito interessante. Por algum tempo, ela permaneceu em um silêncio singular, tomada por turvações até então desconhecidas por sua alma jovem. Mas logo, ou porque Hélène deixou escapar uma exclamação, fez algum movimento, ou porque o assassino, regressando do mundo ideal ao mundo real, ouviu outra respiração além da sua, ele virou a cabeça à filha do anfitrião e viu entre as sombras escuras a figura sublime, as formas majestosas de uma criatura que deveria ter tomado por um anjo, ao vê-la imóvel e vaga como um fantasma.

— Senhor! — disse ela, em voz trêmula.

O assassino estremeceu.

— Uma mulher! — exclamou em voz baixa. — É possível? Vá embora — continuou ele. — Não dou a ninguém o direito de me lamentar, de me absolver ou de me condenar. Tenho de viver sozinho. Vá, minha filha — acrescentou, com gesto soberano —, eu não retribuiria o favor que me faz o dono desta casa, se deixasse uma só das pessoas que a habitam respirar o mesmo ar que respiro. Tenho de me submeter às leis da sociedade.

Essa última frase foi dita em voz baixa. Terminando de abranger, com sua profunda intuição, as misérias despertadas por essa ideia melancólica, lançou a Hélène um olhar de serpente, provocando no coração dessa jovem tão singular todo um universo de pensamentos ainda nela adormecido. Foi como uma luz a iluminar terras desconhecidas. A sua alma ficou aterrada, subjugada, sem que ela pudesse encontrar forças para defender-se do poder magnético desse olhar, por mais involuntário que ele fosse. Envergonhada e trêmula, saiu dali e só chegou ao salão instantes antes da volta do pai: assim, nada pôde dizer à mãe.

O general, preocupadíssimo, caminhou em silêncio, de braços cruzados, indo e vindo, sempre no mesmo passo, das janelas que davam para a rua às janelas do jardim. A sua esposa velava Abel adormecido. Moïna, deitada na poltrona como um pássaro em seu ninho, dormia tranquila. A irmã mais velha segurava um novelo de seda em uma mão, uma agulha na outra, e contemplava a lareira. O profundo silêncio reinante no salão, bem como fora e dentro da casa, só era interrompido pelos passos arrastados dos empregados, que iam, um por um, para a cama, e pelos seus risos abafados, último eco da alegria e da festa de casamento; ademais, pelas portas de seus quartos, quando as abriam para dizer algo e quando as fechavam. Alguns ruídos surdos ainda ressoavam nas camas. Uma cadeira caiu. A tosse de um velho cocheiro ecoou fragilmente e calou-se. Mas logo a sombria majestade a fluir na natureza adormecida à meia-noite dominava em toda parte. Só as estrelas brilhavam. O frio dominara a terra. Ninguém falava, ninguém se movia. Só a lareira rugia, como para realçar a profundidade do silêncio. O relógio de Montreuil soou uma hora. Nesse momento, passos muito leves ecoaram fragilmente no andar superior. O marquês e a sua filha, certos de terem trancado o assassino do senhor de Mauny, atribuíram esses movimentos à chegada de alguma empregada e nem se surpreenderam ao ouvir abrirem as portas da sala precedente ao salão. De repente, o assassino apareceu, bem no meio deles. A surpresa em que o marquês mergulhou, a viva curiosidade da mãe, o choque da filha permitiram ao estranho caminhar até o meio do salão, onde ele disse ao general, com voz singularmente calma e melodiosa: — "Meu senhor, as nossas duas horas estão para se esgotar".

— Você aqui! — exclamou o general. — Mas como? — E, com olhar terrível, interrogou a mulher e os filhos. Hélène tornou-se vermelha como as chamas. — Você — continuou o militar, em tom penetrante —, você entre nós! Um assassino coberto de sangue, aqui! Você mancha o nosso quadro! Fora, fora — acrescentou, em tom de fúria.

Ao ouvir a palavra "assassino", a marquesa deu um grito. A Hélène, essa palavra pareceu decidir a sua vida, a sua face não demonstrou a menor surpresa. Ela parecia estar esperando esse homem. Os seus vastos pensamentos encontraram um sentido. O castigo que o céu esperava dar às suas faltas enfim se revelava. Acreditando-se tão criminosa quanto esse homem, a moça olhou-o com olhar sereno: ela era a sua companheira, a sua irmã. Para ela, um mandamento divino manifestava-se nessa situação. Anos depois, a razão poderia fazer justiça a seus remorsos, mas agora os remorsos tornavam-na insensata. O estranho permanecia imóvel e frio. Um sorriso de desdém pintava-se em seus traços, em seus carnudos lábios vermelhos.

— O senhor reconhece muito mal a nobreza de minhas ações para consigo. Não quis tocar com as minhas mãos o copo em que o senhor colocou água para acalmar a minha sede. Nem pensei em lavar as minhas mãos sujas de sangue, debaixo de seu teto, e saio dele sem deixar aqui do *meu crime* (então, os seus lábios se apertaram) nada além da imaginação, tentando passar aqui sem deixar vestígios. Enfim, nem deixei a sua filha...

— A minha filha! — exclamou o general, lançando a Hélène um olhar de terror. — Ah! Infeliz, fora daqui, ou eu te mato.

— As nossas duas horas ainda não se esgotaram. O senhor não pode matar-me, nem me entregar, sem perder a autoestima e... a minha estima.

Ante a última palavra, o militar, chocado, tentou contemplar o criminoso, mas foi obrigado a baixar os olhos: sentiu-se incapaz de suportar o insustentável brilho de um olhar que, pela segunda vez, lançava o caos à sua alma. Sentiu até mesmo medo de amolecer, ao perceber que a sua vontade já se fragilizava.

— Assassinar um velho! Então, você nunca viu uma família? — disse o general, mostrando-lhe, em gestos paternos, a sua mulher e os seus filhos.

— Sim, um velho — repetiu o desconhecido, franzindo a testa levemente.

— Fuja! — exclamou o general, sem ousar olhar o seu hóspede. — O nosso pacto está rompido. Eu não vou matá-lo. Não! Nunca vou abastecer o cadafalso. Mas saia: você nos causa horror.

— Eu sei — disse o criminoso, resignado. Na França, já não existe terra onde eu possa pôr os pés com segurança; mas se a justiça soubesse, como Deus, julgar os casos especiais; se ela se dignasse a investigar quem, entre a vítima e o assassino, é o monstro, eu permaneceria orgulhosamente entre os homens. O senhor não adivinha os crimes de um homem que acaba de levar uma machadada? Transformei-me em juiz e carrasco, substituí a impotente justiça humana. Este é o meu crime. Adeus, senhor. Apesar da amargura que lançou em sua hospitalidade, guardarei sua lembrança. Ainda tenho na alma um sentimento de gratidão a um homem no mundo: este homem é o senhor... Mas desejaria que fosse mais generoso.

O hóspede caminhou para a porta. Nesse momento, a moça inclinou-se para a mãe e disse uma palavra ao ouvido.

— Ah!... — Este grito escapou à mulher e levou o general a estremecer, como se tivesse visto Moïna morta. Hélène estava de pé; o assassino virou-se instintivamente, mostrando na face uma espécie de preocupação com essa família.

— O que foi, minha querida? — perguntou o marquês.

— Hélène quer acompanhá-lo — disse a marquesa.

O assassino enrubesceu.

— Já que minha mãe traduz tão mal uma exclamação quase involuntária — disse Hélène, em voz baixa —, vou realizar os desejos dela.

Depois de lançar um olhar de altivez quase selvagem ao redor de si, a moça baixou os olhos e permaneceu em uma admirável atitude de modéstia.

— Hélène — perguntou o general —, você foi lá em cima, ao quarto onde eu tinha trancado...?

— Fui, papai.

— Hélène — disse ele, em voz alterada por um tremor convulsivo —, é a primeira vez que você vê este homem?

— É, papai.

— Então não é natural você ter a intenção de...

— Se não é natural, ao menos é real, papai.

— Ah, é, minha filha?... — disse a marquesa em voz baixa, mas de forma que seu marido ouvisse. — Hélène, você desmente todos os princípios de honra, modéstia, virtude que busquei desenvolver em seu coração. Se você foi só mentira, até este momento fatal, então você não é lamentável. É a perfeição moral desse desconhecido que a tenta? Ou seria a espécie de poder necessário às pessoas que cometem um crime?... Eu a estimo demais para supor...

— Oh! Suponha tudo, senhora — respondeu Hélène friamente.

Mas, apesar da força de caráter que ela provava nesse momento, a chama de seus olhos mal absorvia as lágrimas a rolar de seus olhos. O estranho adivinhou a linguagem da mãe pelas lágrimas da moça e lançou seu olhar de águia à marquesa, obrigando-a, com uma força irresistível, a olhar esse terrível sedutor. Mas quando os olhos dessa mulher encontraram os olhos claros e iluminados do homem, ela sentiu na alma um arrepio semelhante à comoção que nos domina quando vemos um réptil ou levamos um choque elétrico.

— Meu amigo — gritou ela ao marido —, é o demônio. Ele adivinha tudo...

O general levantou-se para puxar um cordão de sineta.

— Ele vai mandar prendê-lo — disse Hélène ao assassino.

O estranho sorriu, deu um passo, segurou o braço do marquês e obrigou-o a suportar um olhar chocante, privando-o de toda a sua energia.

— Vou pagá-lo por sua hospitalidade — disse o desconhecido — e estaremos quites. Vou poupá-lo da desonra, entregando-me pessoalmente. Afinal, o que eu faria agora da vida?

— Você pode arrepender-se — respondeu Hélène, dando-lhe uma daquelas esperanças que só brilham nos olhos de uma moça.

— Nunca me arrependerei — disse o assassino em voz alta, levantando altivamente a cabeça.

— As mãos dele estão manchadas de sangue — disse o pai à filha.

— Vou limpá-las — respondeu a moça.

— Mas — disse o general, sem aventurar-se a apontar-lhe o desconhecido — ao menos você sabe se ele a quer?

O assassino andou até Hélène, cuja beleza, por mais casta e discreta que fosse, parecia iluminada por uma luz interior com reflexos coloridos a dar relevo, por assim dizer, aos mínimos traços e às linhas mais delicadas; então, depois de lançar a essa maravilhosa criatura um olhar suave, cheio de brilho ainda terrível, ele disse, traindo vivas emoções:

— Não seria amá-la por si mesma, e pagar as duas horas de existência que seu pai me vendeu, recusar a sua devoção?

— E você também, você me rejeita! — exclamou Hélène, em tom a rasgar os corações. — Então, adeus a todos, eu vou morrer!

— O que significa isso? — disseram ao mesmo tempo o pai e a mãe.

Ela manteve silêncio e baixou os olhos, depois de interrogar a marquesa com um olhar eloquente. Desde o momento em que o general e a sua mulher tentaram combater com palavras, ou com ações, o estranho privilégio que o desconhecido dava a si mesmo, permanecendo entre eles, lançando sobre eles a luz estonteante a jorrar de seus olhos, eles encontravam-se submersos em um torpor inexplicável, e as suas mentes atordoadas mal os ajudavam a lutar contra o poder sobrenatural a submergi-los. Para eles, o ar tornara-se pesado, dificilmente conseguiam respirar, sem poder culpar seu opressor, embora uma voz interior não lhes permitisse ignorar que esse homem mágico era o princípio de sua impotência. Em meio a essa agonia espiritual, o general imaginou que as suas forças deveriam ser empregadas para influenciar a instável razão da filha: ele a tomou pela cintura e levou-a ao vão de uma janela, longe do assassino.

— Minha filha querida — disse-lhe em voz baixa —, se algum estranho amor nasceu de repente em seu coração, a sua vida cheia de inocência, a sua alma pura e piedosa deram-me tantas provas de caráter que eu me recuso a supor que você não tenha a força necessária para dominar um impulso de loucura. Então, o seu comportamento esconde algum mistério. Ah! Bem, o meu coração é um coração cheio de indulgência, você pode tudo me contar; mesmo se rasgasse o meu coração, eu saberia, minha filha, calar os meus sofrimentos e manter a sua confissão em fiel silêncio. Vejamos: você está com ciúmes de nosso amor por seus irmãos, ou por sua nova irmã? Carrega na alma alguma dor de amor? Está infeliz aqui? Fale! Explique-me as razões que a levam a abandonar a sua família, a deixá-la, a privá-la de seus encantos imensos, abandonando a sua mãe, os seus irmãos, a sua irmãzinha.

— Papai — respondeu a moça —, eu não sou ciumenta, não estou apaixonada por ninguém, nem mesmo por seu amigo, o diplomata, o senhor de Vandenesse.

A marquesa empalideceu, e a sua filha, que a observava, calou-se.

— Você não deve, cedo ou tarde, ir viver sob a proteção de um homem?

— Isso é verdade — disse a moça.

— Acaso sabemos — disse ela, continuando — a quem vamos ligar o nosso destino? Eu acredito nesse homem.

— Criança — disse o general, elevando a voz —, você nem imagina todos os sofrimentos que vão dominá-la.

— Eu imagino os sofrimentos dele...

— Que vida! — disse o pai.

— Uma vida de mulher — respondeu a filha, murmurando.

— Você é muito inteligente — exclamou a marquesa, voltando a falar.

— Senhora, as perguntas ditam-me as respostas; mas, se a senhora quiser, vou falar de forma mais clara.

— Diga tudo, minha filha, eu sou mãe. — Então, a filha olhou a mãe, e esse olhar levou a marquesa a uma pausa.

— Hélène, eu vou suportar as suas censuras, se você quiser fazê-las: é melhor do que vê-la seguir um homem de quem todos fogem, horrorizados.

— A senhora vê muito bem: não fosse eu, ele estaria sozinho.

— Chega, senhora — exclamou o general —, só temos uma filha. — E olhou Moïna, que continuava dormindo. — Vou encerrá-la num convento — acrescentou, voltando-se a Hélène.

— Que seja, papai! — respondeu ela com uma calma desesperadora. — No convento vou morrer. O senhor só é responsável pela minha vida e pela alma *dele* perante Deus.

Um profundo silêncio sucedeu, de repente, a essas palavras. Os espectadores dessa cena, em que tudo chocava os sentimentos próprios da vida social, nem ousavam olhar um para o outro. De súbito, o marquês se lembrou de suas pistolas, empunhou uma delas, carregou-a velozmente e apontou-a para o estranho. Ao som do gatilho, o homem virou-se, atirou um olhar calmo e penetrante ao general, e a mão armada, paralisada por invencível indolência, caiu pesadamente, abandonando a pistola no tapete...

— Minha filha — disse então o pai, abatido por essa luta terrível —, você é livre. Beije a sua mãe, se ela deixar. Quanto a mim, não quero mais vê-la nem ouvi-la...

— Hélène — disse a mãe à moça —, imagine então que você vai viver na miséria.

Certa espécie de ronco, vindo do largo peito do assassino, atraiu os olhares para ele. Uma expressão de desdém pintava-se em sua face.

— A hospitalidade que lhe dei custa-me caro — exclamou o general, erguendo-se. — Agora mesmo, você só matou um velho; aqui, você assassina toda uma família. Ocorra o que ocorrer, haverá uma desgraça nesta casa.

— E se a sua filha for feliz? — perguntou o assassino, olhando fixamente o militar.

— Se ela for feliz com você — respondeu o pai, com um esforço incrível —, não vou lamentá-la.

Hélène ajoelhou-se timidamente diante do pai e disse-lhe, em tom de carícia: — "Ô, meu pai, eu o amo e o venero, quer o senhor me prodigalize os tesouros de sua bondade, quer mesmo as maldades da desgraça... Mas eu lhe suplico: que as suas últimas palavras não sejam palavras de ira".

O general não ousou contemplar a filha. Nesse momento, o estranho se aproximou, lançando a Hélène um sorriso onde havia, ao mesmo tempo, algo infernal e celeste, e disse: — "Você, que não teme um assassino, anjo da misericórdia, venha, já que insiste em confiar-me o seu destino".

— Impossível! — exclamou o pai.

A marquesa lançou à filha um olhar extraordinário, abrindo-lhe os braços. Hélène correu a ela, chorando.

— Adeus — disse a moça —, adeus, mamãe!

Hélène fez ousado sinal ao estranho, que estremeceu. Depois de beijar a mão do pai, abraçou às pressas, mas sem prazer, Moïna e o pequeno Abel, e desapareceu, ao lado do assassino.

— Para onde eles vão? — exclamou o general, ouvindo os passos dos dois fugitivos. — Senhora — disse à esposa —, imagino que estou sonhando: esta aventura me esconde algum mistério. Você deve sabê-lo.

A marquesa estremeceu.

— Há algum tempo — respondeu ela —, a sua filha se tornou muito romântica[111] e singularmente exaltada. Apesar de todos os meus esforços para combater essa tendência de seu caráter...

— Isso não está nada claro...

Mas, imaginando ouvir no jardim os passos da filha e do estranho, o general interrompeu-se e abriu a janela às pressas.

— Hélène! — gritou ele.

A sua voz perdeu-se na noite como vã profecia. Ao gritar o nome da filha, sem que nenhuma resposta lhe viesse, o

---

[111] Depois de pintar a marquesa com pincéis realistas, neste capítulo Balzac desenha a filha Hélène em tons românticos: nessa obra elaborada de 1828 a 1844, há contradição entre Realismo e Romantismo. Mas podemos supor que, em dados momentos, neste livro, singularmente, e no universo d'*A comédia humana*, essa contradição deve à síntese dos dois pêndulos da história literária, Romantismo e Realismo, o que explicaria o *fascínio* provocado pela obra.

general rompeu, como por magia, o encanto a que um poder diabólico o submetera. Uma espécie de luz passou pela sua face. Viu claramente a cena que acabara de acontecer e amaldiçoou a própria fraqueza, sem compreendê-la. Um tremor quente percorreu-lhe o coração, sacudiu-o da cabeça aos pés, ele voltou a ser ele mesmo, terrível, com fome de vingança, e deu um grito assustador.

— Socorro! Socorro!...

Correu aos cordões das sinetas, puxou-os de modo a parti-los, depois de provocar os mais estranhos sons. Todos os empregados acordaram de sobressalto. Sempre gritando, ele abriu as janelas da rua, chamou a polícia, pegou as pistolas, deu tiros para acelerar a vinda dos cavaleiros, dos empregados e dos vizinhos. Então, os cães reconheceram a voz do dono e latiram, os cavalos relincharam e cavaram a terra com as patas. Aconteceu um tumulto imenso, bem no meio dessa noite tão calma. Descendo as escadas para correr atrás da filha, o general viu seus empregados aterrados a chegar de todos os lados.

— A minha filha! Hélène foi levada. Vão para o jardim! Guardem a rua! Abram para a polícia! Peguem o assassino!

Logo ele quebrou, com esforço cheio de raiva, a corrente que prendia o grande cão de guarda.

— Hélène! Hélène! — disse ao animal.

O cão saltou como um leão, latiu com fúria, correu pelo jardim tão velozmente que o general não conseguiu acompanhá-lo. Nesse momento, o galope dos cavalos ecoou pela rua, e o general apressou-se a abrir, pessoalmente.[112]

— Sargento — exclamou —, dê um fim à fuga do assassino do senhor de Mauny. Eles estão fugindo através de meus jardins. Rápido, cerque os caminhos do monte de Picardie, eu vou revistar todas as terras, parques e casas. E vocês — disse a seus empregados — vigiem a rua e todos os caminhos, do meu portão até Versalhes. Adiante, vamos!

Ele tomou uma espingarda, trazida pelo camareiro, e correu pelos jardins, gritando ao cão: — "Busca!". — Terríveis

[112] O "Bestiário", n'*A comédia humana*, é interessantíssimo, e encontra o seu clímax no conto *Uma paixão no deserto*.

latidos lhe responderam a distância, e ele caminhou na direção de onde parecia vir o rosnar do cão.

Às sete da manhã, as buscas da polícia, do general, de seus empregados e vizinhos pareciam ter sido inúteis. O cão não retornara. Morto de cansaço, já envelhecido pela desgraça, o marquês voltou ao seu salão, para ele deserto, embora os seus três outros filhos ali se encontrassem.

— Você foi muito fria com a sua filha — disse ele, olhando a esposa. — Eis o que nos resta dela! — acrescentou, mostrando o trabalho em que a filha começara a desenhar uma flor. — Ela estava aqui, há pouco, e agora está perdida, perdida!

Ele chorou, escondendo a cabeça nas mãos, e permaneceu em silêncio, por um momento, já não ousando mais contemplar o salão, que pouco antes lhe parecia ser o mais belo quadro da felicidade no lar. Os clarões da aurora lutavam contra os candelabros consumidos; as velas queimavam as suas grinaldas de papel: tudo concordava com o desespero desse pai.

— É preciso destruir isto — disse ele, depois de um momento de silêncio, mostrando a obra inacabada da filha. — Eu não posso mais ver nada que nos lembre dela...

2. O CAPITÃO PARISIENSE[113]

A terrível noite de Natal, durante a qual o marquês e a sua mulher sofreram a desgraça de perder a filha mais velha, sem poder lutar contra o estranho domínio exercido pelo sequestrador involuntário, foi como um aviso dado pela sorte. A falência de um banqueiro arruinou o marquês.[114] Então, ele hipotecou os bens de sua mulher para tentar especulações cujos lucros devolveriam à família toda sua riqueza original, mas esse investimento acabou de arruiná-lo. Levado, pelo desespero, a tudo tentar, o general deixou a França. Seis

---

[113] Título abolido na edição definitiva, em 1842.

[114] O barão Frédéric de Nucingen. Tema desenvolvido n'*A casa Nucingen*, n'*A comédia humana*.

anos se passaram, desde sua partida. Embora a sua família raramente tivesse notícias dele, dias antes do reconhecimento da independência das repúblicas americanas pela Espanha[115] ele anunciou o seu regresso.

Então, numa bela manhã, alguns comerciantes franceses, ansiosos para voltar à terra natal com as riquezas conquistadas em troca de longos trabalhos e perigosas viagens feitas ao México ou à Colômbia, encontravam-se a algumas léguas de Bordeaux, em um veleiro espanhol. Um homem, envelhecido pelo cansaço, ou pela desgraça, mais do que pelos anos, apoiava-se na amurada do barco e parecia insensível ao espetáculo ofertado aos olhares dos passageiros agrupados no convés. Livres dos perigos da travessia transatlântica e atraídos pela beleza do dia, todos haviam subido à ponte do navio, como a saudar a terra natal. A maioria dos passageiros queria ver, a distância, os faróis, os edifícios da Gascogne, a torre de Cordouan, mesclados às fantásticas criações de algumas brancas nuvens a elevarem-se no horizonte. Não fosse a franja de prata que se agitava diante da nave, não fosse o comprido sulco que, desenhado atrás do navio, logo desaparecia, os viajantes poderiam acreditar-se imóveis, bem no meio do oceano, tanto o mar estava calmo.[116] O céu era de uma pureza fascinante. O tom azul-marinho de sua abóbada chegava, através de insensíveis transformações das cores, a confundir-se com a cor das águas azuladas, marcando o ponto de encontro com uma linha de brilho tão cintilante como o das estrelas. O sol transformava em centelhas milhões de facetas na imensidão azul do mar, de sorte que as vastas planícies das águas eram mais luminosas, talvez, do que os campos do firmamento. O barco tinha todas as suas velas cheias de

---

[115] Em 1836.

[116] Em momentos como esse, prosa e poesia unem-se em uma só "proesia". – Nessa sequência do navio ao mar, Balzac inspira-se em *O pirata vermelho* (*The red rover*, 1827), de James Fenimore Cooper (15/9/1789 Burligton, NJ–14/9/1851 Cooperstown, NY), autor do famoso *O último dos moicanos* (1826). As suas obras também inspiraram Balzac a escrever *Os Chouans, ou a Bretanha em 1799*, n'*A comédia humana*.

um vento suave a maravilhar: essas velas brancas como a neve, essas bandeiras amarelas flutuantes, esses labirintos de cordas desenhavam-se com rigorosa precisão, bem no fundo brilhante do ar, do céu e do oceano, sem demonstrar outras cores além das sombras projetadas pelas telas de vapor. Um belo dia, um vento suave, a visão da terra natal, um mar tranquilo, um som de saudade, um belo barco solitário, deslizando através do oceano como uma mulher a voar a um encontro, pintavam um quadro cheio de harmonias, uma cena onde a alma humana podia abraçar espaços imutáveis, a partir de um ponto onde tudo era movimento. Ali havia surpreendente oposição entre a vida e a solidão, entre o som e o silêncio, sem ser possível saber onde se encontravam o som, o silêncio, a vida, o nada; assim, voz humana alguma rompia esse encantamento celeste. O capitão espanhol, os seus marinheiros, os franceses permaneciam sentados ou em pé, todos mergulhados em um êxtase religioso cheio de lembranças. Havia preguiça no ar. As faces florescentes mostravam total esquecimento dos males passados, os homens balançavam-se nesse navio suave como em um sonho dourado. Entretanto, em dados momentos, o velho passageiro, apoiado na amurada, olhava o horizonte de certa forma inquieto. Havia desconfiança contra a sorte, desenhada em cada um de seus traços, e ele parecia temer que não chegasse, em breve, a tocar as terras da França. Esse homem era o marquês. A sorte não havia sido surda aos gritos e esforços de seu desespero. Depois de cinco anos de tentativas e trabalhos árduos, ele se viu dono de considerável fortuna. Impaciente para rever o seu país e levar felicidade à família, seguira o exemplo de alguns comerciantes franceses em Havana, embarcando com eles em um navio espanhol, rumo a Bordeaux. Entretanto, a sua imaginação, cansada de prever o pior, traçava as mais deliciosas imagens de sua felicidade passada. Vendo a distância a linha castanha desenhada pela terra, ele imaginava ver a mulher e os filhos. Ele já estava em seu lugar, em sua casa, sentindo-se abraçado, acariciado. Imaginava Moïna, bela, crescida, imponente como uma jovem mulher. Quando essa imagem fantástica adquiria alguma espécie de realidade, lágrimas rolavam de seus olhos;

então, como a esconder as emoções, ele olhava o horizonte úmido, oposto à linha brumosa a anunciar a terra.

— É ele — disse o marquês —, ele nos persegue.

— Quem? — exclamou o capitão espanhol.

— Um navio — disse em voz baixa o general.

— Eu já o vi ontem — respondeu o capitão Gómez, contemplando o francês como a interrogá-lo. — E disse ao ouvido do general: — Ele está sempre em nosso encalço.

— E não sei por que nunca nos aborda — continuou o velho militar —, pois é um veleiro melhor do que o seu danado *Saint-Ferdinand*.

— Ele deve ter sofrido avarias, uma infiltração.

— Ele nos está alcançando — exclamou o francês.

— É um navio pirata colombiano — disse-lhe, ao ouvido, o capitão. — Ainda estamos a seis léguas da terra, e o vento diminui.

— Ele não navega, ele voa, como se soubesse que, em duas horas, a sua presa lhe terá escapado. Que ousadia!

— Ele? — exclamou o capitão. — Ah! Ele não se chama *Otelo* sem razão. Recentemente, afundou uma fragata espanhola, se bem que não tenha mais de trinta canhões! Eu só tinha medo dele, pois sabia que ele cruzava as Antilhas... Ah! Ah! — continuou, depois de uma pausa para olhar as velas de seu navio —, o vento vem, nós chegaremos. Isto é preciso, o parisiense não perdoaria.

— Ele também vem! — disse o marquês.

O *Otelo* estava a apenas três léguas. Embora a tripulação não tivesse ouvido a conversa entre o marquês e o capitão Gómez, o aparecimento do outro veleiro levara a maioria dos marinheiros e passageiros ao lugar onde ambos se encontravam; mas quase todos, tomando o veleiro por um navio cargueiro, viam-no vir curiosos, quando de repente um marinheiro exclamou, em tom enérgico: — "Por São Tiago, estamos perdidos, é o capitão parisiense".

Ante esse nome terrível, o terror se espalhou pela nave, e aconteceu um caos que nada poderia exprimir. O capitão espanhol transmitiu, por meio de suas palavras, momentânea energia aos marinheiros; em meio ao perigo, querendo chegar à terra a qualquer preço, logo tentou colocar todas as suas velas altas e baixas, a estibordo e bombordo, para dar ao vento toda a superfície das telas presentes em sua nave. Mas não foi sem grandes dificuldades que as manobras foram feitas; naturalmente, faltara a elas aquele conjunto admirável que tanto seduz em um navio de guerra. Embora o *Otelo* voasse como uma andorinha, graças à posição de suas velas, ganhava tão pouca velocidade, aparentemente, que os infelizes franceses teceram doces ilusões. De repente — quando, depois de esforços infinitos, o *Saint-Ferdinand* ganhava novo impulso em função das hábeis manobras comandadas, com gestos e palavras, pelo próprio Gómez–, movendo o leme erroneamente — sem dúvida, de forma voluntária —, o timoneiro deixou o veleiro noventa graus atravessado. As velas, sopradas de lado pelo vento, *amoleceram* tão bruscamente que vieram a *mascarar-se*, recebendo o vento ao avesso; os paus das velas se romperam e o barco ficou completamente *imanejável*.[117] Uma raiva inexprimível deixou o capitão mais branco do que as suas velas. Em um único impulso, ele saltou ao timoneiro, alcançando-o com tanta fúria, com seu punhal, que acabou errando o golpe; porém o jogou ao mar. Então, pegou o leme, tentando consertar o terrível caos a transtornar o seu bravo e valente navio. Lágrimas de desespero rolavam de seus olhos; pois sentimos mais tristeza ante uma traição a roubar-nos o resultado devido a nossos talentos do que ante uma morte iminente. Mas quanto mais o capitão era movido pelo ódio, menos o necessário era feito. Disparou pessoalmente o canhão de alarme, esperando ser ouvido no litoral. Nesse momento, o pirata, que se aproximava em velocidade desesperadora, respondeu com uma bala de canhão, que caiu a dez braçadas do *Saint-Ferdinand*.

— Raios! — exclamou o general —, mas que pontaria! Eles têm a artilharia feita por encomenda.

— Oh! Esse aí, veja só, quando ele fala, a gente tem de se calar — disse um marinheiro. — O parisiense não teria medo de um navio inglês...

---

[117] Balzac sublinha alguns termos náuticos, que busquei traduzir de forma mais inteligível do que literal.

— Tudo está dito — exclamou, em tom de desespero, o capitão, que, munido de binóculo, nada via na costa do continente... — Ainda estamos mais longe da França do que eu imaginava.

— Por que se desesperar? — disse o general. — Todos os seus passageiros são franceses, eles fretaram o seu veleiro. Esse pirata é parisiense, como você disse; ah, bem, ice a bandeira branca e...

— E ele nos afundará — disse o capitão. — Ele não iça, conforme as circunstâncias, a bandeira que for preciso içar, para se apossar de presas ricas?

— Ah! Se for um pirata!

— Pirata! — disse o marinheiro, com ar furioso. — Ah! Ele está sempre dentro da lei, ou se adapta à lei.

— Ah! Bem — exclamou o general, erguendo os olhos aos céus —, resignemo-nos. — E ainda encontrou forças para reprimir as lágrimas.

Enquanto ele terminava de dizer essas palavras, um segundo tiro de canhão, com melhor pontaria, levou ao casco do *Saint-Ferdinand* uma bala que o atravessou.

— Inclinem as velas — disse o capitão com tristeza.

E o marinheiro que defendera a honestidade do parisiense ajudou, de forma muito inteligente, nessa manobra desesperada. Os tripulantes aguardaram durante mortal meia hora, dominados pela mais profunda consternação. O *Saint-Ferdinand* carregava quatro milhões, em moeda espanhola, que compunham a fortuna de cinco passageiros, além de um milhão e cem mil francos, pertencentes ao general. Enfim, o *Otelo*, que então se encontrava à distância de dez tiros de fuzil, mostrou nitidamente as goelas ameaçadoras de doze canhões prontos para disparar. Parecia ser trazido por um vento que o diabo soprava só para ele, mas o olhar de um hábil marinheiro logo adivinhava o segredo dessa velocidade. Bastava contemplar, por um momento, o movimento da nave, as suas formas alongadas, estreitas, a altura do mastro, o corte de suas telas, a admirável leveza de seus equipamentos e a facilidade com que seu mundo de marinheiros, unidos como um só homem, levava a uma perfeita orientação a branca superfície das velas. Tudo demonstrava incrível segurança de potência, nessa bela criatura de madeira, tão veloz, tão inteligente quanto um cavalo de corrida ou uma ave de rapina. A tripulação da nave pirata era silenciosa e preparada, em caso de resistência, para devorar o pobre navio mercante que, felizmente para si mesmo, manteve-se em silêncio, como um aluno flagrado em erro por seu professor.

— Nós temos canhões! — exclamou o general, apertando a mão do capitão espanhol.

O capitão lançou ao velho militar um olhar cheio de coragem e desespero, dizendo-lhe: — "E homens?!".

O marquês olhou a tripulação do *Saint-Ferdinand* e estremeceu. Os quatro comerciantes estavam pálidos e trêmulos, enquanto os marinheiros, agrupados ao redor de um colega, pareciam já ter tomado o partido do *Otelo*, olhando o navio pirata com gananciosa curiosidade. Só o contramestre, o marquês e o capitão trocavam olhares e intenções generosas.

— Ah! Capitão Gómez, há muito tempo eu disse adeus ao meu país e à minha família, com o coração morto de amargura. Seria preciso deixá-los agora, enquanto trago a alegria e a felicidade a meus filhos?

O general virou-se, para lançar uma lágrima de raiva ao mar, e viu o timoneiro nadando rumo ao navio pirata.

— Desta vez — respondeu o capitão —, você lhes dirá adeus, sem dúvida, para sempre.

O francês espantou o espanhol lançando-lhe um olhar estúpido. Neste momento, os dois barcos encontravam-se quase colados; e, pela aparência da tripulação inimiga, o general acreditou na fatal profecia de Gómez. Havia três homens ao redor de cada canhão. Pela pose atlética, traços angulosos, braços nus e nervosos, poderiam ser confundidos com estátuas de bronze. A morte os mataria, mas não os derrubaria. Os marinheiros, bem armados, ativos, ágeis e vigorosos, permaneciam imóveis. Todas essas figuras enérgicas estavam muito queimadas pelo sol, endurecidas pelo trabalho. Seus olhos brilhavam como pontas em chamas e demonstravam inteligência cheia de energia e alegrias infernais. Grande silêncio reinava no convés, enegrecido pelos homens e seus chapéus, mostrando a implacável disciplina de uma vontade poderosa a curvar esses demônios humanos. O chefe encontrava-se junto ao grande mastro, de pé, braços cruzados, sem armas; a seus pés, só havia um machado. Para proteger-se do sol, usava um chapéu de feltro, de abas largas cuja sombra lhe escondia a face. Como cães deitados diante dos donos, artilheiros, soldados e marinheiros moviam os olhos sucessivamente ao capitão e ao navio mercante. Quando as duas naves se tocaram, o abalo arrancou o pirata de seu devaneio, e ele disse algumas palavras ao ouvido de um jovem oficial que estava a dois passos dele.

— Os arpões de abordagem! — gritou o tenente.

E o *Saint-Ferdinand* foi agarrado pelo *Otelo* com uma velocidade milagrosa. Seguindo as ordens dadas em voz baixa pelo pirata e repetidas pelo tenente, os homens designados para cada serviço dirigiram-se, como seminaristas marchando à missa, ao convés da presa, amarrando as mãos dos marinheiros, dos passageiros, apossando-se dos tesouros. Num só momento, os tonéis cheios de moedas, os víveres, tripulantes e passageiros do *Saint-Ferdinand* foram transportados para a ponte do *Otelo*. O general imaginava estar sonhando, ao encontrar-se de mãos atadas, lançado em cima de um fardo como se ele próprio fosse uma mercadoria. Aconteceu uma conversação entre o pirata, o tenente e um marinheiro que parecia ser o contramestre. Quando a breve discussão terminou, o marinheiro assobiou a seus homens; a uma ordem dada por ele, todos saltaram ao *Saint-Ferdinand*, subiram pelas cordas e começaram a despojar o barco de suas vergas, velas, equipamentos, com a velocidade de um soldado a despir, em campo de batalha, um companheiro morto cujas botas e capa eram o objeto de sua cobiça.

— Estamos perdidos — disse friamente ao marquês o capitão espanhol, que espiara os gestos dos três chefes durante a discussão e os movimentos dos marinheiros que procediam ao saque costumeiro em seu barco.

— Como? — perguntou friamente o general.

— O que você quer que eles façam conosco? — respondeu o espanhol. — Sem dúvida, eles acabam de perceber que dificilmente venderiam o *Saint-Ferdinand* nos portos da França ou da Espanha, e vão afundá-lo, para não terem problemas. Quanto a nós, você acha que eles possam encarregar-se de nossa alimentação, quando não sabem a que porto ir?

Mal o capitão acabara de falar, o general ouviu gritos terríveis, seguidos pelos sons surdos provocados pela queda de vários corpos no mar. Voltou-se e não viu mais os quatro comerciantes. Oito artilheiros com faces selvagens mantinham ainda os braços no ar, no momento em que o militar os olhou com terror.

— Bem que eu lhe disse — notou friamente o capitão espanhol.

O marquês levantou-se de repente; o mar já voltara a ser calmo, e ele não conseguiu nem mesmo ver o lugar onde os seus infelizes companheiros acabavam de submergir: eles ainda rolavam, nesse momento, com as mãos e os pés amarrados, debaixo das vagas, se é que os peixes já não os haviam devorado. A poucos passos dele, o pérfido timoneiro e o marinheiro do *Saint-Ferdinand* que, há pouco, vangloriara o poder do capitão parisiense, fraternizavam com os piratas, apontando-lhes, com o dedo, os marinheiros do navio cargueiro que imaginavam dignos de ser incorporados à tripulação do *Otelo*; quanto aos demais, dois grumetes amarravam-lhes os pés, apesar das palavras terríveis dos prisioneiros. Ao fim dessa escolha, oito artilheiros carregaram os condenados e lançaram-nos, sem cerimônia, ao mar. Os piratas olhavam com maliciosa curiosidade as diversas formas de os homens caírem nas águas, a expressão de seus rostos, as suas últimas torturas; porém as faces dos corsários não traíam nem zombaria, nem surpresa nem piedade. Para eles, era um acontecimento muito simples, ao qual pareciam habituados. Os mais velhos preferiam contemplar, com sorriso sombrio e fixo, os tonéis cheios de moedas, colocados ao pé do grande mastro. O general e o capitão Gómez, sentados em um fardo, conversavam em silêncio, trocando olhares quase mortos. Logo perceberam que eram os únicos sobreviventes, entre as pessoas que se encontravam no navio *Saint-Ferdinand*. Os sete marinheiros escolhidos pelos dois espiões, entre todos os marinheiros espanhóis, já se tinham, alegremente, metamorfoseado em piratas peruanos.

— Que gentinha horrível! — exclamou de repente o general, em quem certa indignação leal e generosa fez calar tanto a dor quanto a prudência.

— Eles obedecem à necessidade — respondeu friamente Gómez. — Se você encontrasse um desses homens, não lhe atravessaria todo o corpo com a sua espada?

— Capitão — disse o tenente, voltando-se para o espanhol —, o parisiense já ouviu falar de você. Você é — disse ele — o único homem que conhece muito bem as passagens entre as ilhas das Antilhas, bem como a costa do Brasil. Você quer...

O capitão interrompeu o jovem tenente com uma exclamação de desprezo e respondeu: — "Eu vou morrer como marinheiro, como espanhol fiel, como cristão. Entendeu?".

— Ao mar! — gritou o jovem.

Ante essa ordem, dois artilheiros agarraram Gómez.

— Vocês são covardes! — exclamou o general, detendo os dois piratas.

— Meu velho — disse-lhe o tenente —, não fique tão entusiasmado. Se a sua fita vermelha impressiona um pouco o nosso capitão, eu não lhe dou a mínima... Logo teremos a nossa conversinha.

Nesse momento, um som surdo, com que nenhum lamento se misturou, levou o general a entender que o bravo capitão Gómez morrera como marinheiro.

— A minha fortuna ou a morte! — exclamou ele, num terrível rompante de fúria.

— Ah! Você é razoável — disse-lhe o pirata, rindo. — Agora, você tem certeza de que vai conseguir alguma coisa de nós...

Então, a um sinal do tenente, dois marinheiros apressaram-se a amarrar os pés do francês; mas este, lutando com audácia imprevista, arrebatou, com um gesto inesperado, a espada embainhada ao lado do tenente e começou a brandi-la velozmente, como velho general de cavalaria que conhece o seu ofício.

— Ah! Bandidos, vocês não vão jogar na água, como uma ostra, um velho soldado de Napoleão.

Tiros de pistola, disparados quase à queima-roupa contra o francês rebelde, atraíram a atenção do parisiense, então ocupado em vigiar o transporte dos equipamentos que mandara roubar do *Saint-Ferdinand*. Sem emoções, ele veio tomar pelas costas o valente general, carregou-o rapidamente, levou-o até à beira do navio, disposto a lançá-lo às águas, como se fosse uma verga quebrada. Nesse momento, o general avistou o olhar feroz do sequestrador de sua filha. O pai e o genro logo se reconheceram. O capitão, impondo ao seu esforço a direção contrária àquela que lhe dera de início, como se o marquês não pesasse nada, em vez de jogá-lo ao mar, colocou-o de pé, próximo ao grande mastro. Um murmúrio percorreu o convés; mas então o pirata lançou um só olhar a seu pessoal, e o mais profundo silêncio reinou, de repente.

— Este é o pai de Hélène — disse o capitão, em voz clara e firme. — Pobre daquele que não o respeitar!

Gritos de aclamações alegres ecoaram pelo convés e subiram aos céus, como se fossem rezas na igreja, como se fossem a primeira exclamação do *Te Deum*.[118] Os grumetes balançaram-se nas cordas, os marinheiros lançaram os seus bonés ao ar, os artilheiros bateram os pés, todos se agitaram, uivaram, assobiaram, xingaram. A fanática expressão dessa alegria deixou o general inquieto e sombrio. Atribuindo esses sentimentos a algum mistério terrível, o seu primeiro grito, ao retomar a palavra, foi: — "A minha filha! Onde está a minha filha?". — O pirata lançou ao general um desses olhares profundos que, sem que se pudesse saber o motivo, perturbavam até mesmo as almas mais corajosas; deixou-o mudo, para a maior satisfação dos marinheiros, felizes ao ver o poder de seu chefe agir sobre todos os seres, levou o general a uma escada, fazendo-o descer, e colocou-o diante da porta de uma cabine, que empurrou com força, dizendo: — "Ei-la".

Então, o corsário desapareceu, deixando o velho militar mergulhado em uma espécie de estupor, diante do quadro

---

[118] "A Ti, Deus", em latim. Hino atribuído a Santo Agostinho e a Santo Ambrósio, musicado por muitos, desde "nosso" imperador Pedro I até Mozart.

ofertado a seus olhos. Ao ouvir a porta da cabine se abrir bruscamente, Hélène levantou-se do sofá onde descansava; mas então ela viu o marquês e deu um grito de surpresa. A jovem tinha mudado tanto que só os olhos de um pai poderiam reconhecê-la. O sol tropical embelezara a sua branca figura com um bronzeado maravilhoso que lhe dava a expressão da poesia; e nela transpareciam ares de grandeza, uma firmeza majestosa, um sentimento profundo, capaz de levar a mais grosseira das almas a impressionar-se. Os seus cabelos compridos e fartos, caindo em grandes cachos em seu pescoço cheio de nobreza, acrescentavam mais uma imagem poderosa à altivez de sua face. Em sua aparência, em seus gestos e atitudes, Hélène deixava fulgurar a consciência de seus poderes. Uma satisfação triunfal inchava levemente as suas narinas rosa, uma felicidade tranquila desenhava-se em todas as facetas de sua beleza. Nela havia ao mesmo tempo não sei que doçura de virgem e uma espécie de orgulho característico das mulheres muito amadas. Rainha e escrava, ela desejava obedecer porque podia reinar. Vestia-se com uma magnificência cheia de encanto e elegância. A musselina das Índias vinha a ser toda a sua roupa; mas o sofá e as almofadas eram de caxemira, mas um tapete persa revestia o chão da vasta cabine, mas os seus quatro filhos brincavam perto dela, construindo estranhos castelos com colares de pérolas, joias preciosas, objetos de valor. Alguns vasos de porcelana de Sèvres, pintados pela senhora Jaquotot,[119] continham flores raras e perfumadas: jasmins do México, camélias, entre as quais voavam, domesticados, pequenos pássaros da América, como se fossem rubis, safiras ou ouro em movimento. Nessa imensa cabine havia um piano preso ao solo e, nas paredes de madeira, forradas de seda amarela, viam-se, aqui e ali, quadros de pequenas dimensões, mas assinados por grandes pintores: um pôr do sol de Gudin encontrava-se próximo a um Terburg; uma Virgem de Rafael lutava em poesia com um

[119] Marie-Victoire Jaquotot (1778–1855), personagem real, traduzia em porcelana as mais famosas pinturas.

esboço de Girodet; um Gérard Dow eclipsava um Drolling.[120] Em uma mesa de laca chinesa, havia uma travessa de ouro, cheia de frutos deliciosos. Enfim, Hélène parecia ser a rainha de um grande império, no meio da alcova onde o seu amante coroado reunira as melhores coisas do mundo. As crianças lançavam ao avô olhares penetrantes e cheios de vida; habituadas a viver em meio às batalhas, às tempestades, ao tumulto, pareciam aqueles pequenos romanos curiosos em relação a guerra e sangue, que David pintou em seu quadro sobre Brutus.[121]

— Mas como isto é possível? — exclamou Hélène, agarrando o pai, como a buscar a certeza da realidade dessa visão.

— Hélène!

— Papai!

Ambos caíram nos braços um do outro, e o abraço do velho não foi mais forte nem mais carinhoso do que o dela.

— O senhor estava naquele navio?

— Estava — respondeu ele, com ar triste, sentando-se no sofá e olhando as crianças reunidas ao redor dele, observando-o com ingênua atenção. — Eu iria morrer se...

— Se não fosse o meu marido disse ela, interrompendo-o —, eu imagino.

— Ah! — exclamou o general —, por que preciso encontrá-la nesta situação, minha querida Hélène, a você, por quem tanto chorei! Então, ainda terei de lamentar o seu destino.

— Por quê? — perguntou ela, sorrindo. Então o senhor não ficaria contente de saber que eu sou a mulher mais feliz do mundo?

— Feliz? — exclamou ele, saltando de surpresa.

---

[120] Théodore Gudin (1802–1880), pintor de cenas marinhas, premiado em 1831, pelo quadro *O salvamento dos passageiros do Colombus*, artista francês, como o romântico Anne-Louis Girodet-Trioson (1767–1824). — Marting Drolling (1752–1817), pintor alemão. — Gerard Terburg (1608–1681) e Gérard Dow (ou Gerrit Dou, 1613–1675), pintores barrocos holandeses.

[121] Jacques-Louis David (1748–1825, pintor predileto de Napoleão), *Os oficiais trazem a Brutus os corpos de seus filhos*.

— Sim, meu papai querido — disse ela, tomando as mãos dele, beijando-as, apertando-as contra o seu seio palpitante, acrescentando às palavras carinhosas expressões da face que os seus olhos brilhantes de prazer tornavam ainda mais significativas.

— Como assim? — perguntou ele, curioso para saber toda a vida da filha, esquecendo-se de tudo ante essa face brilhante.

— Ouça, papai — disse ela —, eu tenho como amante, marido, servo e senhor um homem de alma tão vasta quanto este oceano sem limites, tão fértil em carinhos quanto o céu; enfim, um deus! Por sete anos, nunca lhe escapou uma palavra, um sentimento, um gesto, que pudessem desafinar a divina harmonia de suas falas, de suas carícias, de seu amor. Ele sempre me olhou com um meigo sorriso nos lábios e com um raio de alegria nos olhos. Lá em cima, no convés, a sua voz de trovão muitas vezes domina os uivos das tempestades, o tumulto das batalhas; mas aqui a sua voz é suave e melodiosa como a música de Rossini, cujas obras vêm até mim. Tudo o que o capricho de uma mulher pode inventar vem até mim. Às vezes, os meus desejos são até mesmo ultrapassados. Enfim, eu reino no mar, e sou tão obedecida quanto uma rainha pode ser... — Oh! Feliz! — continuou ela, interrompendo a si mesma —, feliz não é bem a palavra capaz de exprimir toda a minha felicidade. Vem a mim a felicidade de todas as mulheres! Sentir um amor, uma devoção imensa, por quem se ama, e encontrar em seu coração, *nele*, um sentimento infinito, onde a alma de uma mulher se perde, para sempre! Diga-me, isto é a felicidade? Já devorei mil existências. Aqui estou sozinha, aqui eu comando. Nunca uma criatura de meu sexo colocou os pés neste nobre navio, onde Victor está sempre perto de mim. — Ele não consegue ficar mais longe de mim do que indo da popa à proa — continuou ela, com fina expressão de malícia. — Sete anos! Um amor que resiste, durante sete anos, a esta perpétua alegria, a esta prova de todos os instantes, isto é amor? Não! Oh! Não, é melhor do que tudo o que sei da vida... A linguagem humana não consegue exprimir uma felicidade celeste.

Torrentes de lágrimas escaparam de seus olhos inflamados. Então, as quatro crianças deram um grito de queixa, acorrendo a ela como pintinhos à galinha, e o mais velho golpeou o general, olhando-o com ar de ameaça.

— Abel — disse ela —, meu anjo, eu estou chorando de alegria.

Ela colocou-o nos joelhos, o pequeno acariciou-a familiarmente, passando os braços ao redor do majestoso pescoço de Hélène, como um leãozinho querendo brincar com a leoa-mãe.

— Você nunca se cansa? — exclamou o general, aturdido com a resposta exaltada da filha.

— Sim — respondeu Hélène —, na terra, quando saímos do navio; mas nunca me afasto de meu marido.

— Mas você adorava festas, bailes, música!

— A música é a voz dele; as minhas festas são os enfeites que invento para ele. Quando ele gosta de uma roupa, não é como se o mundo inteiro me admirasse? Só por isso não lanço ao mar os diamantes, os colares, as tiaras de pedras, as riquezas, as flores, as obras-primas artísticas que ele me oferenda, dizendo: — "Hélène, como você não vai ao mundo, quero que o mundo inteiro venha a você".

— Mas a bordo há homens, homens audaciosos, terríveis, cujas paixões...

— Eu o compreendo, papai — disse Hélène, sorrindo. — Fique tranquilo. Nunca uma imperatriz foi tão respeitada quanto eu. Esses homens são supersticiosos, acham que eu sou o espírito guardião deste navio, de suas ações, de seus êxitos. Mas é *ele* o deus de todos! Só um dia, só uma vez, um marinheiro deixou de me respeitar... nas palavras — acrescentou ela, rindo. — Antes que Victor pudesse saber, os tripulantes lançaram-no ao mar, apesar do perdão que lhe dei. Eles me amam como se eu fosse o seu anjo bom, eu cuido deles, quando ficam doentes, e tive a felicidade de salvar alguns da morte, velando-os com uma persistência feminina. Esses pobres homens são, ao mesmo tempo, gigantes e crianças.

— E quando há batalhas?

— Estou acostumada — respondeu ela. — Só tremi à primeira batalha... Agora, a minha alma conformou-se ao perigo, e também... Eu sou a sua filha — disse ela —, eu amo a ele...

— E se ele morresse?

— Eu morreria.

— E seus filhos?

— Eles são filhos do Oceano e do perigo, compartilham a vida de seus pais... A nossa existência é uma só, não se separa. Todos nós vivemos a mesma vida, todos nós estamos inscritos na mesma página, levados pelo mesmo esquife, nós o sabemos.

— Então você o ama a ponto de preferi-lo a todas as coisas?

— A todas as coisas — repetiu ela. — Mas não nos abismemos neste mistério. Olhe! Esta querida criança, ah! Bem, também é *ele*!

Então, apertando Abel com força extraordinária, ela deu-lhe beijos devoradores nas bochechas, nos cabelos...

— Mas — exclamou o general — eu não poderia esquecer: ele acaba de mandar lançar nove pessoas ao mar.

— Sem dúvida, era preciso — respondeu ela —, pois ele é humano e generoso. Ele derrama o mínimo de sangue possível pela conservação e pelos interesses do pequeno universo que ele protege e da causa sagrada que ele defende. Diga-lhe o que acha errado, e o senhor vai ver que ele saberá fazê-lo mudar de ideia.

— E o crime dele? — disse o general, como se falasse a si mesmo.

— Mas — respondeu ela, com fria dignidade — e se o crime fosse virtude? E se a justiça dos homens não tivesse conseguido vingá-lo?

— Vingar-se com as próprias mãos! — exclamou o general.

— E o que é o inferno — perguntou ela — senão uma eterna vingança por algumas faltas cometidas em certo dia?

— Ah! Você está perdida. Ele a enfeitiçou; perverteu-a. Você perdeu a razão.

— Fique aqui um dia, papai, e, se quiser ouvi-lo, olhá-lo, o senhor vai amá-lo.

— Hélène — disse seriamente o general —, estamos a poucas léguas da França...

Ela estremeceu, olhou pela janela da cabine, mostrou o mar a desenrolar as suas imensas savanas de água verde.

— Eis o meu país — respondeu ela, batendo o tapete com a ponta do pé.

— Mas você não vai ver a sua mãe, a sua irmã, os seus irmãos?

— Oh! Vou — disse ela, com lágrimas na voz —, se ele quiser e puder acompanhar-me.

— Então você não tem mais nada, Hélène? — continuou severamente o militar. — Nem pátria nem família?

— Eu sou a mulher dele — respondeu ela, com ar altivo, em tom cheio de nobreza. — Eis, em sete anos, a primeira felicidade que não me vem dele — acrescentou, tomando a mão do pai e beijando-a —, eis também a primeira censura que ouvi.

— E a sua consciência?

— A minha consciência! A minha consciência é ele. — Nesse momento, ela estremeceu fortemente. — Ei-lo — disse ela. — Mesmo em uma batalha naval, entre todos os passos, eu reconheço os passos dele, no convés.

E de repente um enrubescimento tornou as suas maçãs púrpura, levando os seus traços a resplandecerem, os seus olhos a brilharem, a sua tez a tornar-se branca e fosca... Havia felicidade e amor em seus músculos, em suas veias azuis, nos tremores involuntários de todo o seu ser. Esse movimento sensitivo comoveu o general. Realmente, um instante depois o pirata entrou, sentou-se em uma poltrona, agarrou o seu filho mais velho e começou a brincar com ele. Durante um momento, reinou o silêncio; pois, durante esse momento, o general, mergulhado em devaneios comparáveis às sensações nebulosas de um sonho, contemplou a cabine luxuosa, semelhante a um ninho de pássaros alcíones, onde essa família vagava através do oceano havia sete anos, entre os céus e as vagas, acreditando em um homem, levada através dos perigos das guerras e tempestades, como uma família guiada em sua vida por um chefe, em meio às desgraças sociais... Ele olhava a filha com admiração, como se olha a imagem fantástica de uma deusa marinha, suave em beleza, rica em felicidade, empalidecendo todos os tesouros a cercá-la com os tesouros de sua alma, com o brilho de seus olhos, com a inefável poesia a exprimir-se em sua pessoa e ao redor dela. Essa situação provocava um estranhamento que o surpreendia, uma sublimidade de paixões e razões que confundia as ideias habituais. As frias e estreitas combinações da sociedade eclipsavam-se, diante desse quadro. O velho militar logo sentiu tudo isso, compreendendo também que a sua filha jamais abandonaria uma vida tão plena, tão fecunda em contrastes, cheia de amor tão verdadeiro; e, se uma vez ela degustara o perigo, sem se aterrar, não poderia mais voltar às pequenas cenas de um mundo mesquinho e limitado.

— Eu estou incomodando? — perguntou o pirata, rompendo o silêncio e olhando a sua mulher.

— Não — respondeu-lhe o general. — Hélène me disse tudo. Vejo que ela está perdida para nós...

— Não... — replicou logo o corsário. — Mais alguns anos e a anistia me permitirá voltar à França. Quando a consciência está limpa, quando, ferindo as suas leis sociais, um homem obedeceu...

Calou-se, sem se importar em justificar-se.

— E como você pode — disse o general, interrompendo-o — não sentir remorsos pelos recentes assassinatos que foram cometidos diante dos meus olhos?

— Nós não temos alimentos — respondeu tranquilamente o corsário.

— Mas se você desembarcasse esses homens no litoral...

— Eles fariam os navios nos caçarem, jamais chegaríamos ao Chile.

— Antes que, na França — disse o general, interrompendo-o —, eles avisassem os almirantes da Espanha...

— Mas a França pode não gostar que um homem, ainda sujeito às barras dos tribunais, se aposse de um navio fretado pelo pessoal de Bordeaux. Aliás, o senhor nunca atirou, em campo de batalha, algumas balas de canhão a mais?

O general, intimidado pelo olhar do pirata, calou-se; e a sua filha olhou-o com ar a exprimir tanto triunfo quanto melancolia...

— General — disse o pirata, em voz profunda —, eu sigo a minha lei: nunca me esquecer dos saques. Mas, sem dúvida, a minha parte será maior do que a sua fortuna. Permita-me devolver a sua fortuna em outra moeda...

Pegou na gaveta do piano montes de cédulas bancárias, não contou os pacotes, mostrou um milhão ao marquês.

— O senhor compreende — continuou o corsário —, que não posso divertir-me olhando os passantes na estrada de Bordeaux... Assim, a não ser que o senhor seja seduzido pelos perigos de nossa vida boêmia, pelas cenas da América do Sul, pelas noites tropicais, pelas nossas batalhas e pelo prazer de levar ao triunfo a bandeira de uma nova nação, ou o nome de Simón Bolivar,[122] precisamos separar-nos... Um barco e homens dedicados o esperam. Esperemos um terceiro encontro mais plenamente feliz...

— Victor, gostaria de ver meu pai por mais alguns momentos — disse Hélène, em tom lamentoso.

— Dez minutos a mais ou a menos podem colocar-nos diante de uma fragata inimiga. Que seja! Vamos divertir-nos um pouco. Nosso pessoal está cansado.

— Oh! Vá, papai — exclamou a mulher do marinheiro. — E leve à minha irmã, a meus irmãos, à... minha mãe — acrescentou ela —, estas minhas lembranças.

Tomou um punhado de pedras preciosas, colares, joias, envolveu-os em um xale de cachemira e passou-o timidamente ao pai.

— E o que lhes direi de você? — perguntou o pai, parecendo impressionado pela hesitação de sua filha antes de pronunciar a palavra *mãe*.

— Oh! Acaso o senhor poderia duvidar de minha alma? Todos os dias faço votos pela felicidade de todos.

---

[122] Simón Bolívar (24/7/1783 Caracas–17/12/1830 Santa Marta), "O Libertador" da Colômbia (que também incluía a Venezuela e o Equador), Peru e Bolívia, inspirador de Ernesto Guevara e Hugo Chávez, sonhava com a união de toda a América Latina. O pirata Victor seria também um bolivariano em guerra contra os espanhóis e os colonialismos.

— Hélène — retomou o velho, olhando-a atentamente —, não vou mais revê-la? Então, nunca saberei que motivo a levou a fugir de casa?

— Esse segredo não me pertence — disse ela, em tom sério. — Mesmo se eu tivesse o direito de contá-lo, talvez não lhe dissesse. Durante dez anos, sofri males inéditos...

Ela não prosseguiu, estendeu ao pai os presentes à família. O general, acostumado pelos acontecimentos das guerras a ideias muito amplas sobre os saques e as pilhagens, aceitou os presentes oferecidos pela filha, feliz ao pensar que, inspirado por uma alma tão pura, tão elevada quanto a de Hélène, o capitão parisiense continuava a ser um homem honesto, em sua guerra contra os espanhóis. A sua paixão pelos bravos embalou-o. Pensando que seria ridículo bancar o puritano, apertou fortemente a mão do pirata, beijou a sua Hélène, a sua única filha,[123] com o entusiasmo singular dos soldados, e deixou cair uma lágrima nessa face, cuja altivez e máscula expressão já lhe haviam sorrido mais de uma vez. O marinheiro, muito comovido, pediu-lhe que abençoasse os netos. Enfim, todos se disseram, pela última vez, adeus, com longos olhares não despojados de enternecimento.

— Sejam sempre felizes! — exclamou o avô, desaparecendo no convés.

No mar, um espetáculo singular aguardava o general. O *Saint-Ferdinand*, em chamas, brilhava como imenso fogo de palha. Os marinheiros, ocupados a afundar o navio espanhol, perceberam que a bordo havia um carregamento de rum, bebida abundante no *Otelo*, e acharam engraçado esquentar uma imensa tigela de ponche em pleno mar. Era uma diversão bastante perdoável às pessoas que, em meio à aparente monotonia marítima, aproveitavam todas as oportunidades para alegrar a vida. Descendo do navio à lancha do *Saint-Ferdinand*, ocupada por seis fortes marinheiros, o general partilhava involuntariamente a sua atenção entre o incêndio do *Saint-Ferdinand* e a sua filha apoiada no pirata, ambos em pé, na traseira do navio. Na presença de tantas lembranças,

---

[123] Essa frase se esclarece no próximo capítulo.

vendo o branco vestido de Hélène a flutuar, leve como uma vela a mais; vendo, bem acima do oceano, essa bela e grande figura, tão imponente que tudo dominava, até mesmo o mar, ele se esquecia, com o descuido de um militar, que navegava bem acima da sepultura do bravo Gómez. Bem acima dele, imensa coluna de fumaça pairava no ar, como uma nuvem marrom, e os raios de sol, atravessando-a aqui e ali, lançavam luzes poéticas nela. Era um segundo céu, uma abóbada sombria, acima de certas espécies de luzes a brilhar, abaixo do inalterável azul do firmamento, que parecia mil vezes mais belo graças a esses contrastes efêmeros. As estranhas cores dessa fumaça — às vezes amarela, loira, vermelha ou negra — unidas em vapores cobriam o navio a arder, estalar e gritar. A chama silvava mordendo as cordas, correndo pela nave, como uma revolta popular voa através das ruas de uma cidade.[124] O rum provocava chamas azuis que se requebravam, como se o gênio dos mares agitasse esse licor furioso, como se uma mão de estudante fizesse dançar o alegre *fogo* de um ponche, em meio a alguma orgia. Mas o Sol, mais cheio de luz, com ciúmes desse clarão insolente, mal deixava ver, em seus raios, as cores desse incêndio. As chamas eram como uma malha, como uma echarpe a revolver-se em meio à torrente desses raios. O *Otelo* agarrava, para fugir, os mínimos ventos que poderiam levá-lo a nova direção, inclinando-se a ambos os lados, como uma pipa a balançar-se nos ares. A bela nave corria léguas sobre léguas, rumo ao sul; às vezes, furtava-se aos olhos do general, desaparecendo atrás da coluna reta cuja sombra se projetava, de forma fantástica, nas águas; outras vezes, mostrava-se relevando toda a sua graça e fugia. Sempre que seu pai reaparecia ao longe, Hélène acenava com o lenço, saudando-o de novo e novamente. Logo o *Saint-Ferdinand* afundou, provocando um fervor de borbulhas em breve supresso pelo oceano. De toda a cena do

---

[124] Sobre a maior dessas revoltas, a tomada da Bastilha, em 14/7/1789, desencadeando a Revolução Francesa, o melhor texto talvez seja o de Jean-Paul Sartre, em sua *Crítica da razão dialética* (1960).

naufrágio, nada restou, salvo uma nuvem a oscilar ante a brisa. O *Otelo* já estava longe; a lancha aproximava-se da terra; uma nuvem separou a frágil embarcação do navio. A última vez que o general viu a filha foi através de fendas naquela fumaça ondulante. Visão profética! Só o lenço branco e o vestido destacavam-se no fundo azul-marinho. Entre a água verde e o céu azul, o navio era invisível. Hélène era apenas um ponto imperceptível, uma linha solta no ar, uma graça, um anjo celeste, uma ideia, uma lembrança.

Depois de recuperar a sua fortuna, o marquês morreu, esgotado de fadiga.[125] Meses depois da morte dele, em 1833, a marquesa viu-se obrigada a levar Moïna às estações de águas, nos Pirineus. A criança caprichosa quis ver as belezas daquelas montanhas. Voltou às Águas e, ao retornar, aconteceu a horrível cena a seguir.

3. O ENSINO[126]

— Meu Deus — disse Moïna —, fizemos muito mal, mamãe, ao não ficarmos mais alguns dias nas montanhas! Lá, estávamos bem melhor que aqui. A senhora ouviu os gemidos contínuos dessa maldita criança e as ladainhas dessa infeliz mulher que sem dúvida fala em dialeto? Não entendo uma palavra do que ela fala. Que espécie de gente nos é dada como vizinhas! Esta noite foi uma das noites mais terríveis que passei em minha vida.

— Não ouvi nada — respondeu a marquesa; — mas, minha filha querida, vou ver a hospedeira, vou pedir-lhe o outro quarto, ficaremos sozinhas no apartamento e não teremos mais barulho. Como você está esta manhã? Está cansada?

---

[125] O general marquês Victor d'Aiglemont (c. 1783–1833), que neste romance acompanhamos como *o homem de trinta anos*, no desfile de Napoleão, em 1813, até à curva dos cinquenta anos, reaparece em *A casa Nucingen* e em diversos outros títulos d'*A comédia humana*.

[126] Divisão e título abolidos na edição definitiva, em 1842.

As dizer as últimas palavras, a marquesa levantara-se para aproximar-se da cama de Moïna.

— Vejamos — disse a marquesa, buscando a mão da filha.

— Oh! Deixe-me em paz, mamãe — disse Moïna —, a senhora está fria.

A essas palavras, a moça virou-se a seu travesseiro, com um movimento de enfado, mas de forma tão graciosa que era difícil para uma mãe ficar ofendida com isso. Nesse momento, um lamento suave e prolongado, capaz de rasgar o coração de uma mulher, ecoou no quarto ao lado.

— Mas se você ouviu isso a noite inteira, por que não me acordou? Nós teríamos... — Um gemido bem mais forte do que todos os demais interrompeu a marquesa, que exclamou: — Alguém está morrendo! — E ela saiu velozmente.

— Mande-me Pauline! — gritou Moïna —, vou vestir-me.

A marquesa logo desceu e encontrou a hospedeira no pátio, entre pessoas que pareciam escutá-la atentamente.

— A senhora colocou perto de nós alguém que parece sofrer muito...

— Ah! Não me diga! — exclamou a dona da pousada —, acabo de mandar chamar o prefeito. Imagine só que é uma mulher, uma pobre infeliz, que chegou ontem à noite, a pé; ela vem da Espanha, não tem passaporte nem dinheiro. Carregava nas costas uma pequena criança, que está morrendo. Não pude deixar de recebê-la aqui. Hoje de manhã fui vê-la pessoalmente, pois ontem, quando ela chegou aqui, me fez sentir uma pena terrível. Pobre mulherzinha! Ela estava deitada com a sua criança, e ambas lutavam contra a morte.

— "Senhora", ela me disse, tirando um anel de ouro do dedo, "eu não tenho mais do que isto, pegue-o como pagamento; isto é o bastante, eu não vou ficar muito tempo aqui. Pobre pequeno! Nós vamos morrer juntos", ela disse, olhando a sua criança. Eu peguei o anel, perguntei quem ela era; mas ela nunca quis dizer o seu nome... Acabo de mandar chamar o médico e o senhor prefeito.

— Mas — exclamou a marquesa — dê-lhe toda a ajuda possível. Meu Deus! Talvez ainda haja tempo de salvá-la! Eu lhe pagarei tudo o que ela gastar...

— Ah! Senhora, ela parece ser muito orgulhosa, não sei se vai aceitar, não.

— Eu vou vê-la...

E logo a marquesa subiu ao quarto da desconhecida, sem pensar no mal que vê-la poderia provocar nessa mulher, porquanto diziam que ela estava moribunda, e a marquesa ainda estava de luto. A marquesa empalideceu, ao ver a moribunda. Apesar dos terríveis sofrimentos que haviam alterado a bela fisionomia de Hélène, a marquesa reconheceu a sua filha mais velha. Ao ver uma mulher vestida de negro, Hélène sentou-se, deu um grito de horror e recaiu lentamente na cama, quando, nessa mulher, reconheceu a sua mãe.

— Minha filha, — disse a senhora d'Aiglemont —, do que você precisa?... Pauline! Moïna!

— Não preciso de mais nada — respondeu Hélène, em voz frágil. — Eu esperava rever meu pai; mas o seu luto me diz...

Ela não terminou de falar; apertou o filho contra o coração, como a aquecê-lo, beijou-lhe a testa e lançou à sua mãe um olhar onde ainda se lia reprovação, embora temperada pelo perdão. A marquesa não quis reparar nessa reprovação; esqueceu que Hélène havia sido uma criança concebida, em outros tempos, entre as lágrimas e o desespero, havia sido a filha do dever, uma criança que tinha provocado as suas maiores infelicidades; aproximou-se suavemente de sua filha primogênita, lembrando apenas que Hélène lhe dera os primeiros prazeres da maternidade. Os olhos da mãe estavam cheios de lágrimas; beijando a filha, ela exclamou: — "Hélène! Minha filha...".

Hélène ficou em silêncio. Acabava de aspirar o último suspiro de seu último filho.

Neste momento, Moïna, Pauline — a sua camareira —, a hospedeira e um médico entraram no quarto. A marquesa segurava a mão gelada da filha entre as suas mãos, olhando-a com verdadeiro desespero. Exasperada com a desgraça, a viúva do marinheiro, que acabara de escapar a um naufrágio, salvando apenas, de toda a sua bela família, uma criança, disse, em voz horrível, à sua mãe: — "Tudo isto é obra sua! Se a senhora fosse comigo o que...".

— Moïna, saia! Saiam todos! — gritou a senhora d'Aiglemont, abafando a voz de Hélène com os seus gritos.

— Por favor, minha filha — continuou a marquesa —, não vamos recomeçar, neste momento, as tristes lutas...

— Eu me calarei — disse Hélène, fazendo um esforço sobrenatural. — Eu sou mãe, eu sei que Moïna não deve... Onde está o meu filho?

Moïna voltou ao quarto, movida pela curiosidade.

— Minha irmã — disse a criança mimada —, o médico...

— Tudo é inútil — disse Hélène. — Ah! Por que não morri aos dezesseis anos, quando queria matar-me! A felicidade nunca se encontra fora da lei... Moïna... Você...

Ela morreu inclinando a cabeça à de sua criança, que apertara convulsivamente.

— A sua irmã, sem dúvida, queria dizer-lhe, Moïna — continuou a senhora d'Aiglemont, ao voltar a seu quarto, onde explodiu em lágrimas —, que a felicidade nunca se encontra, para uma filha, em uma vida de romance, fora das ideias ensinadas, e, sobretudo, longe de sua mãe.

VI

A IDADE DE UMA MÃE EM FALTA

Num dos primeiros dias do mês de junho de 1844, uma senhora, com cerca de cinquenta anos, mas parecendo ser mais velha do que a idade que tinha, passeava ao sol, por volta do meio-dia, ao longo de uma alameda, no jardim de uma grande mansão situada na rua Plumet, em Paris.[127] Depois de percorrer duas ou três vezes esse caminho um tanto sinuoso, que ela não deixava para não perder de vista as janelas de um apartamento que parecia atrair todas as suas atenções, foi sentar-se em um desses bancos meio campestres, fabricados com ramos de árvores jovens, ainda cheios de cascas. Do lugar onde se encontrava o banco encantador, a senhora podia ver, através das grades das cercas, os bulevares interiores, encimados pela admirável cúpula dos Inválidos,[128] a elevar o seu dorso de ouro entre milhares de olmos, uma maravilha da paisagem, bem como o aspecto menos grandioso do jardim a

---

[127] Esse último capítulo, escrito em maio de 1832, inicia-se de forma semelhante à do primeiro capítulo, em forma de "finício" (como James Joyce em *Finnegans Wake*), de identidade entre fim e início, exprimindo o eterno retorno da sucessão de gerações. —Aqui, Balzac inspira-se na peça *La mère coupable* (1792), de Beaumarchais (24/1/1732 Paris–18/5/1799 *idem*), o "comediógrafo" dezenas de vezes citado n'*A comédia humana*, autor das revolucionárias obras-primas *O barbeiro de Sevilha* (1775, inspira a ópera de Rossini, em 1816) e *As bodas de Fígaro* (estreia em 1784, depois de seis anos proibida pela censura, inspira a "subversiva" ópera de Mozart, em 1786). — A rua Plumet (atual *rue Oudinot*) é importante cenário no romance *Os miseráveis* (1862, parte 4, livro 3), de Victor Hugo (26/2/1802 Besançon–22/5/1885 Paris).

[128] Palácio dos Inválidos, construído em 1670–1676 para abrigar os soldados feridos (*Hôtel des Invalides*).

dar para a fachada cinza de uma das mais belas mansões do bairro de Saint-Germain. Lá, tudo era silêncio — os jardins vizinhos, os bulevares, os Inválidos —, pois, nesse bairro nobre, o dia começa ao meio-dia. Salvo algum capricho, salvo se uma jovem senhora quiser montar um cavalo, ou se algum velho diplomata tiver de sair para cumprir algum protocolo, nessa hora, sejam senhores, sejam servos, todos dormem, ou todos despertam.

A velha senhora, tão madrugadora, era a marquesa d'Aiglemont, mãe da senhora de Saint-Héreen, a quem a bela mansão pertencia. A marquesa privara-se de tudo pela filha, a quem dera toda a sua fortuna, reservando-se apenas uma pensão vitalícia. A condessa Moïna de Saint-Héreen era a última filha da senhora d'Aiglemont. Para levá-la a casar-se com o herdeiro de uma das mais ilustres famílias da França, a marquesa tudo sacrificara. Nada mais natural: ela perdera sucessivamente dois filhos; um, Gustave, marquês d'Aiglemont, morrera de cólera; outro, Abel, tinha sido morto na Argélia, diante de Constantine. Gustave deixou filhos e viúva. Mas o afeto muito fraco que a senhora d'Aiglemont dedicara aos dois filhos tornou-se ainda mais frágil, ao passar para os netos. Ela comportava-se educadamente perante a jovem senhora d'Aiglemont, mas mantinha-se dentro dos sentimentos superficiais que as boas maneiras e as conveniências nos obrigam a demonstrar aos nossos próximos. Como a fortuna de seus filhos mortos tinha sido transmitida aos herdeiros, ela reservara para a sua querida Moïna as suas próprias economias e bens. Moïna, bela e encantadora desde a infância, sempre havia sido para a senhora d'Aiglemont o objeto de uma daquelas preferências inatas ou involuntárias, entre as mães de família; simpatias fatais, que parecem inexplicáveis, ou que os observadores sabem explicar muito bem. A encantadora figura de Moïna, o tom de voz dessa filha querida, as suas maneiras, o seu andar, a sua face, os seus gestos, tudo nela despertava na marquesa as mais profundas emoções que podem animar, perturbar ou encantar o coração materno. O princípio de sua vida presente, passada e por vir encontrava-se no coração dessa jovem, em que ela lançara todos os seus tesouros. Felizmente, Moïna sobrevivera a seus quatro irmãos. De fato, a senhora d'Aiglemont perdera, da forma mais dramática, diziam as pessoas de sociedade, uma filha encantadora, de destino quase desconhecido, e um menino de cinco anos, levado por uma catástrofe terrível. Sem sombra de dúvida, a marquesa vira um sinal dos céus no respeito que o destino parecia ter pela filha de seu coração; tinha apenas frágeis lembranças dos filhos já levados pelos caprichos da morte, que se encontravam bem no fundo de sua alma, como túmulos erguidos em um campo de batalha, mas já quase escondidos pelas flores silvestres. A sociedade poderia pedir contas severas à marquesa, por suas indiferenças e predileções; mas as mais altas rodas de Paris são levadas por tal torrente de eventos, modas, ideias novas, que nelas toda a vida da senhora d'Aiglemont deveria ficar, de certa forma, esquecida. Ninguém imaginava ser um crime a sua frieza, o seu esquecimento que não interessava a ninguém, enquanto a sua imensa ternura por Moïna interessava muita gente, revestindo-se de toda a aura sagrada de um preconceito. Aliás, a marquesa pouco frequentava as altas rodas; e, para a maioria das famílias que a conheciam, ela parecia boa, gentil, piedosa e indulgente. Ora, não é preciso ter interesses muito fortes, para ir além dessas aparências que contentam a sociedade? E o que é que não se perdoa aos velhos, quando eles desaparecem como sombras, já não desejando ser mais do que uma lembrança? Enfim, a senhora d'Aiglemont era um modelo amavelmente citado pelos filhos aos pais, pelos genros às sogras. Antes do tempo, ela tinha dado todos os seus bens a Moïna, alegrando-se com a felicidade da jovem condessa, e só vivia por ela e para ela.[129] Se velhos prudentes, tristes tios, condenavam essa atitude, dizendo: — "Talvez um dia a senhora d'Aiglemont venha a arrepender-se de ter aberto mão de sua fortuna, em favor de sua filha; pois, se ela conhece bem o coração da senhora de Saint-Héreen, pode ter a mesma certeza sobre a moralidade de seu genro?" —,

[129] Tema retomado na obra-prima *O pai Goriot*, n'*A comédia humana*.

contra esses profetas erguia-se um *tolle*[130] geral; e, de todos os lados, choviam elogios a Moïna.

— Justiça seja feita à senhora de Saint-Héreen — dizia uma jovem —, a mãe dela não viu nenhuma mudança ao redor de si. A senhora d'Aiglemont encontra-se muito bem alojada, tem uma carruagem às suas ordens, pode ir a qualquer lugar do mundo, como antes...

— Salvo aos Italianos[131] — respondeu em voz baixa um velho parasita, uma daquelas pessoas que se imaginam no direito de encher os amigos com ironias, para demonstrar a própria independência. — A viúva só gosta de música, algo que a sua filha mimada desconhece. Ela era tão boa cantora, em seus tempos! Mas como o camarote da condessa está sempre cheio de jovens mariposos, para não incomodar a pequena borboleta, já famosa como uma grande coquete, a pobre mãe nunca vai aos Italianos...

— A senhora de Saint-Héreen — dizia uma jovem querendo casar — faz para a sua mãe noites deliciosas, um salão onde brilha toda Paris.

— Um salão onde ninguém presta atenção na marquesa — respondia o parasita.

— Fato é que a senhora d'Aiglemont nunca está só — dizia um fogo-fátuo, tomando o partido das jovens damas.

— De manhã — respondia o velho observador, em voz baixa —, de manhã, a querida Moïna dorme. Às quatro da tarde, a querida Moïna está no bosque. À noite, a querida Moïna vai ao baile, ou à ópera bufa... Mas é verdade que a senhora d'Aiglemont pode ver a sua querida filha enquanto a jovem se veste, ou durante o jantar, quando a querida Moïna por acaso janta com a sua querida mãe. — Não faz uma semana, senhor — continuou o parasita, tomando pelo braço um tímido preceptor, recém-chegado à casa onde se encontrava —, vi essa pobre mãe triste e sozinha, bem no canto da lareira. 'O que a senhora tem?' — perguntei-lhe. A marquesa olhou-me sorrindo, mas, com certeza, tinha chorado. 'Eu estava

---

[130] Clamor, em latim.

[131] Teatro de comédia e de ópera.

pensando' — ela me disse — 'que é muito estranho estar sozinha, depois de ter tido cinco filhos;[132] mas eis o nosso destino! E, afinal, fico feliz ao saber que Moïna se diverte! Ela poderia abrir-se comigo, pois, antigamente, conheci o marido dela. Era um pobre homem, mas ficou muito feliz por casar-se com ela; certamente, deve a ela ter vindo a ser par do rei, bem como o seu cargo na corte de Carlos X.'[133]

Mas tantos erros ecoam nas conversas em sociedade, tantos males profundos são feitos com a maior facilidade, que o historiador dos costumes se vê obrigado a pesar, sabiamente, as afirmações levianamente feitas por tantos levianos. Enfim, talvez nunca devamos julgar, entre um filho e uma mãe, quem está certo, quem está errado. Entre esses dois corações, só há um juiz possível. Esse juiz é Deus! Deus que, muitas vezes, lança a sua vingança no seio das famílias, servindo-se eternamente dos filhos contra as mães; dos pais contra os filhos; dos povos contra os reis; dos príncipes contra as nações; de todos contra todos; substituindo, no mundo moral, uns sentimentos por outros, como as folhas jovens substituem as velhas, na primavera; agindo em vista de uma ordem imutável, de um fim que só Ele conhece. Sem dúvida, todas as coisas vão para o Seu seio, ou melhor, a Ele retornam.

Esses pensamentos religiosos, tão naturais no coração dos velhos, flutuavam fragmentariamente na alma da senhora d'Aiglemont; ali se encontravam meio iluminados, às vezes indistintos, às vezes totalmente desdobrados, como flores atormentadas na superfície das águas, durante a tempestade. Ela estava sentada, cansada, fragilizada por longa meditação, por um daqueles devaneios através dos quais toda a vida se apresenta novamente, novamente se desenrola, aos olhos dos que pressentem a morte.

Essa mulher, velha antes do tempo, poderia vir a ser, para algum poeta a passar pelo bulevar, um quadro curioso. Ao vê-la sentada à frágil sombra de uma acácia, à sombra de

---

[132] Os cinco filhos de Julie foram Hélène, Charles, Gustave, Moïna e Abel d'Aiglemont.

[133] Rei da França de 1824 até à revolução de 1830.

uma acácia ao meio-dia, todos poderiam ler algumas das mil reflexões escritas em sua face pálida e fria, mesmo em meio aos ardentes raios de sol. A face cheia de expressão mostrava algo ainda mais grave do que uma vida em seu declínio, mais profundo do que uma alma esgotada pela experiência. Ela era uma daquelas pessoas que, entre mil fisionomias desdenhadas por não refletirem um caráter singular, levam a deter-nos por um segundo, levam-nos a pensar; assim como, entre milhares de quadros de um museu, sentimo-nos muito impressionados pela face sublime onde Murillo soube pintar a dor materna, ou pela face de Beatriz Cenci, onde Guido soube pintar a mais tocante inocência bem no fundo do crime mais terrível, ou pela sombria face de Filipe II, onde Velázquez imprimiu para sempre o majestoso terror que a realeza deve inspirar.[134] Algumas figuras humanas são imagens despóticas que nos falam, interrogam-nos, respondem aos nossos mais secretos pensamentos, criando até mesmo poemas completos. A face gelada da senhora d'Aiglemont era um desses poemas terríveis, era uma dessas faces que se encontram aos milhares n'*A divina comédia*, de Dante Alighieri.[135]

Durante a breve estação em que a mulher se encontra em flor, os aspectos de sua beleza servem admiravelmente à dissimulação, à qual a sua fragilidade natural e as nossas leis sociais a condenam. Nas cores ricas de sua face jovem, nas chamas de seus olhos, no gracioso conjunto de seus tra-

---

[134] Murillo (batizado em 1/1/1618 Sevilha–3/4/1682 *idem*), o mais popular pintor barroco espanhol, *Mater dolorosa* (*Mãe de luto*, em latim). — Guido Reni (4/11/1575 Bolonha–18/8/1642 *idem*), precursor do barroco italiano, *Beatriz Cenci*. — Velázquez (batizado em 6/6/1599 Sevilha–6/8/1660 Madri), o maior pintor espanhol de seu século, *Filipe II*.

[135] Os três livros d'*A Divina comédia* humana de Dante* — *Inferno*, *Purgatório*, *Paraíso* — tornaram-se a grande inspiração que levou Balzac à criação de sua divina *Comédia humana*, que o coloca ao lado de clássicos como Homero, Dante, Shakespeare e Goethe. (*Dante Alighieri, c. 15/6/1265 Florença–14/9/1321 Ravena, contribuiu muito para a criação da métrica e da rima poéticas, bem como da língua italiana.)

ços delicados, de tantas linhas retas ou curvas, mas sempre puras e perfeitamente desenhadas, todas as suas emoções podem ser mantidas em segredo: então, o rubor nada revela, colorindo ainda mais as suas cores já tão vivas; todas as chamas interiores então se mesclam tão bem, à luz desses olhos flamejantes de vida, que a chama passageira de algum sofrimento só aparece como mais um encanto. Assim, nada é mais discreto do que uma face jovem, pois nada é mais imóvel. Na face de uma jovem mulher, encontramos a calma, o brilho, o frescor da superfície de um lago. A fisionomia das mulheres só começa a formar-se aos trinta anos. Antes dessa idade, o pintor só encontra, nas faces femininas, os tons brancos e rosa, os sorrisos, as expressões a repetir ao infinito os mesmos pensamentos, os pensamentos sobre a juventude e o amor, pensamentos uniformes e rasos, sem profundidade alguma; porém, na velhice, tudo na mulher já falou, as paixões ficaram impressas em sua face; ela foi amante, esposa, mãe; as mais violentas expressões de alegria e de dor acabaram colocando-lhe uma máscara, torturando os seus traços, imprimindo-lhe mil rugas, cada uma delas a falar uma linguagem; então, uma face feminina torna-se sublime de horror, bela de melancolia, magnífica de calma; se nos for permitido continuar essa estranha metáfora, então o lago seco deixa ver os traços de todas as torrentes que o provocaram; então, a face de uma velha mulher já não pertence mais nem à sociedade, que frivolamente se amedronta, ao perceber a destruição de todas as ideias de elegância habituais, nem aos artistas vulgares, que nela nada descobrem; mas pertence aos verdadeiros poetas, aos que têm o sentimento do belo, muito além de todas as convenções onde repousam tantos preconceitos sobre a arte e sobre a beleza.

Embora a senhora d'Aiglemont usasse o imenso chapéu da moda, era fácil ver que os seus cabelos, antes negros, tinham embranquecido devido a cruéis emoções; mas a forma de ela repartir os cabelos em dois lados traía o seu bom gosto, revelava os hábitos graciosos da mulher elegante, desenhava perfeitamente a sua fronte apagada, enrugada, mas conservando formas onde ainda se encontravam certos vestígios de seu antigo esplendor. O desenho de sua figura, a regularidade de seus traços davam uma ideia — frágil, na verdade — da beleza que deveria tê-la envaidecido muito; mas esses sinais demonstravam ainda mais as dores, que deveriam ter sido imensas, para devastar de tal forma essa face, para secar as suas têmporas, cavar as maçãs do rosto, murchar as pálpebras, arrancar os cílios, que eram a graça de seu olhar. Tudo era silêncio, nessa mulher: o seu andar, os seus movimentos tinham aquela lentidão grave e reservada que inspira respeito. A sua modéstia, transformada em timidez, parecia ser o resultado do hábito que ela adquirira havia alguns anos, desejando eclipsar-se pela filha; raramente ela falava, em voz baixa, como as pessoas obrigadas a refletir, a concentrar-se, a viver interiormente, dentro de si mesmas. Essa atitude e esse retiro inspiravam um sentimento indefinível, que não era nem medo nem compaixão, mas onde se fundiam, misteriosamente, todas as ideias que despertam essas distintas emoções. Enfim, a natureza de suas rugas, a forma de seu rosto sulcar-se, a palidez de seu olhar dolorido, tudo testemunhava perfeitamente as lágrimas que, absorvidas pelo coração, nunca chegam a cair na terra. Os infelizes acostumados a contemplar os céus, para chamá-los contra os males de sua vida, logo reconheceriam, nos olhos dessa mãe, os hábitos cruéis de uma oração feita em todos os momentos do dia, bem como os leves sinais dos ferimentos secretos que acabam destruindo as flores da alma e até mesmo o sentimento de maternidade. Os pintores encontram cores para pintar esses retratos, mas as ideias e as palavras são impotentes para traduzi-los fielmente; neles se encontram, nas cores da pele, nos aspectos da fisionomia, fenômenos inexplicáveis, que a alma abarca com a vista, mas os relatos dos acontecimentos que se encontram na origem de tão terríveis transformações da fisionomia são as únicas fontes que restam ao poeta para torná-los compreensíveis. Essa face anunciava tempestades calmas e frias, batalhas secretas entre o heroísmo dos sofrimentos maternos e as fraquezas de nossos sentimentos, que são tão finitos quanto nós mesmos, onde nada se encontra de infinito. Essas dores sempre reprimidas tinham provocado, com o tempo, não sei o que de mórbido nessa mulher. Provavelmente, algumas emoções muito violentas tinham transformado fisicamente esse coração materno, e alguma enfermidade, talvez um aneurisma, lentamente ameaçava a mulher, sem que ela soubesse. As verdadeiras penas são aparentemente tão tranquilas, na cama profunda que elas se fazem, onde parecem dormir, mas continuam a corroer a alma como aquele ácido terrível a perfurar o cristal! Nesse momento, duas lágrimas sulcaram as maçãs da marquesa, e ela ergueu-se, como se uma reflexão mais pungente que as demais a ferisse muito. Com certeza, ela pensava no futuro de Moïna. Logo, prevendo os sofrimentos que esperavam a sua filha, todas as desgraças de sua própria vida revolveram--se em seu coração.

A situação da mãe pode ser compreendida se explicarmos a situação da filha.

Seu marido, o conde de Saint-Héreen, partira, havia cerca de seis meses, em uma missão política. Em sua ausência, Moïna, que a todas as vaidades de jovem convencida acrescentava as vontades caprichosas da criança mimada, divertira-se, por leviandade, ou obedecendo às mil formas das seduções femininas, talvez para medir a extensão de seus próprios poderes, brincando com as paixões de um homem inteligente, mas sem coração, que se dizia ébrio de amor, desse amor formado por todas as ambições sociais e vaidosas de um fogo-fátuo.[135] A senhora d'Aiglemont, cheia de vasta experiência que a ensinara a conhecer a vida, a julgar os homens, a temer a sociedade, assistira aos progressos dessa intriga amorosa e pressentia a perda da filha, vendo-a cair nas mãos de um homem para quem nada era sagrado. Para ela, não havia algo terrível em reconhecer *um libertino* no homem que Moïna ouvia, cheia de prazer? A sua filha querida encontrava-se à beira de um abismo. Disso, a mãe tinha uma certeza terrível, mas não ousava detê-la, pois tremia diante da filha condessa. Já sabia que Moïna não ouviria nenhuma

[135] Aqui, Balzac inspira-se em Stendhal, *Do amor* (1822), 1.1, "4º O amor de vaidade".

de suas sábias advertências; ela não tinha poder algum sobre a alma da filha, que para ela era dura como ferro, mas para os outros era muito maleável. A ternura materna a levava a abalar-se com as desgraças de uma paixão justificada pelas nobres qualidades do sedutor, mas a filha seguia os vaidosos impulsos de seduzir; a marquesa desprezava o sedutor conde Alfred de Vandenesse,[137] sabendo que ele via as suas próprias lutas com Moïna como uma partida de xadrez. Embora Alfred de Vandenesse inspirasse horror a essa mãe infeliz, ela era obrigada a enterrar, nas mais profundas dobras de seu coração, os motivos maiores de sua antipatia. Ela era intimamente ligada ao marquês Charles de Vandenesse, pai de Alfred, e essa amizade — muito respeitável aos olhos da sociedade — permitia ao jovem aparecer, familiarmente, na casa da senhora de Saint-Héreen, por quem ele fingia sentir uma paixão que vinha desde a infância. Aliás, em vão a senhora d'Aiglemont poderia decidir-se a lançar, entre a filha e Alfred de Vandenesse, a palavra-tabu que os separaria; ela tinha certeza de que não conseguiria separá-los, apesar do poder dessa palavra-tabu, que a desonraria aos olhos da própria filha. Alfred era corrupto demais, e Moïna, espirituosa demais, para acreditarem nessa revelação, e a jovem viscondessa logo a desacreditaria, chamando-a de astúcia materna. A senhora d'Aiglemont construíra a sua prisão com as próprias mãos e nela se encerrara, para nela morrer, assistindo à perda da bela vida de Moïna, dessa vida que viera a ser a sua glória, a sua felicidade e o seu consolo, dessa existência mil vezes mais querida para ela do que a própria existência. Terríveis sofrimentos, incríveis, sem linguagem que pudesse exprimi-los! Abismos infinitos!

Ansiosa, ela esperava a filha despertar, mas temia esse despertar, como o infeliz condenado à morte que deseja morrer, mas morre de frio ao pensar em seu carrasco. A marquesa

---

[137] Filho de Charles de Vandenesse, o amante de Julie d'Aiglemont, pai desses dois sedutores, Moïna e Alfred, que seriam irmãos, por parte de pai. — A história de Charles continua em *Uma filha de Eva* e em *Beatriz*, n'*A comédia humana*.

resolvera fazer um último esforço; mas talvez temesse menos fracassar nesse esforço do que receber mais uma daquelas punhaladas tão dolorosas ao coração, que já haviam consumido toda a sua coragem. O seu amor materno tinha chegado a esse ponto: amar a filha, temer a filha, levar uma punhalada e seguir adiante. O sentimento maternal é tão vasto, nos corações amorosos, que, em vez de chegar à indiferença, uma mãe prefere morrer, ou apoiar-se em algum poder superior, na religião ou no amor. Desde que despertara, de manhã, a memória fatal da marquesa lhe desenhara muitos desses fatos, aparentemente pequenos, mas que, na vida moral, se tornam grandes acontecimentos. De fato, às vezes, um só gesto desenvolve todo um drama, o tom de uma palavra dilacera toda uma vida, a indiferença de um olhar extermina a mais feliz das paixões. Infelizmente, a marquesa d'Aiglemont vira muitos desses gestos, ouvira muitas dessas palavras, recebera muitos desses olhares, terríveis para a alma, o que impedia as suas lembranças de poder vir a tecer algumas esperanças. Tudo lhe mostrava que Alfred a destruíra, perdera-a no coração da filha, em que ela, a mãe, continuava a existir mais como um dever do que como um prazer. Mil coisas, até mesmo insignificâncias, mostravam-lhe o detestável comportamento da jovem condessa perante ela, a ingratidão que a marquesa via, talvez, como uma punição. Ela buscava desculpar a filha pela vontade de Deus, para poder continuar a adorar a mão que a apedrejava. Durante essa manhã, ela lembrou-se de tudo, e tudo a golpeou novamente, bem no coração, com tanta força que o seu cálice, cheio de tristeza, transbordaria, se mais alguma pena pequenina viesse a feri-la. Um olhar frio seria suficiente para matar a marquesa. É difícil pintar esses acontecimentos caseiros, mas basta citar alguns para ilustrá-los todos. Por exemplo, a marquesa, ao se tornar um tanto surda, nunca conseguiu que Moïna elevasse um pouco a voz ao falar com ela; no dia em que, na ingenuidade de um ser a sofrer, pediu à filha para repetir uma frase que não ouvira, a condessa obedeceu, mas com ar de tanta má vontade que não permitiu à senhora d'Aiglemont voltar a fazer esse mínimo pedido. A partir de então, quando Moïna contava alguma história, ou falava, a marquesa buscava aproximar-se da filha; mas, muitas vezes, a jovem condessa parecia aborrecida com essa falha da mãe, reprovando-a levianamente. Esse exemplo, entre mil outros, apenas feria um coração materno. Todas essas coisas poderiam escapar a um observador, pois eram nuanças insensíveis a outros olhos, salvo aos de uma mulher. Assim, um dia, a senhora d'Aiglemont disse à sua filha que a princesa de Cadignan viera ver a jovem; entretanto, Moïna exclamou, simplesmente: — "Mas como! Ela veio ver a senhora!".[138] — O tom com que essas palavras foram ditas, as formas de falar usadas pela condessa pintavam, em leves tintas, uma surpresa, um elegante desprezo que levaria os corações muito jovens, ternos, filantrópicos, a aderir aos hábitos em virtude dos quais os selvagens matam os seus velhos que já não conseguem manter-se seguros nos ramos de uma árvore fortemente sacudida.[139] A senhora d'Aiglemont levantou-se, sorriu, foi chorar em segredo. As pessoas bem educadas, principalmente as mulheres, só traem os seus sentimentos com sinais imperceptíveis, mas que também deixam adivinhar as vibrações de seu coração aos que conseguem encontrar, na própria vida, situações semelhantes à dessa mulher ferida. Esmagada por suas lembranças, a senhora d'Aiglemont encontrou um desses fatos microscópicos, perversos e cruéis, nos quais nunca vira antes, de forma tão clara quanto nesse momento, tanto desprezo atroz a ocultar-se entre tantos sorrisos. Mas as suas lágrimas secaram quando ela ouviu abrirem-se as persianas do quarto onde a filha descansava. Correu às janelas, através da trilha que passava ao longo da grade ante a qual estivera sentada. Caminhando, notou o grande cuidado com que o jardineiro retirara a areia da passagem, pouco antes muito arenosa. Quando a senhora d'Aiglemont chegou às janelas da filha, as persianas fecharam-se de repente.

---

[138] Ver *Os segredos da princesa de Cadignan*, n'*A comédia humana*. De certa forma, este último capítulo de *A mulher de trinta anos* continua em *A comédia humana*, em geral, e, quanto ao tema da sucessão de gerações em conflito, particularmente em *O pai Goriot*.

[139] Ver Freud, *Totem e tabu* (1913).

— Moïna — disse ela.

Não houve resposta.

— A senhora condessa está no pequeno salão — disse a camareira de Moïna, quando a marquesa, voltando do jardim à casa, perguntou se a filha já se levantara.

A senhora d'Aiglemont estava com o coração cheio demais, com a cabeça preocupada demais, para refletir, nesse momento, sobre temas tão banais; logo chegou ao pequeno salão, onde encontrou a condessa de penhoar, com um chapéu negligentemente lançado sobre os cabelos despenteados, os pés em pantufas, a chave do quarto na cintura, a face marcada por pensamentos quase tempestuosos e por cores vivas. Estava sentada em um sofá, parecia refletir.

— Quem é? — disse ela, em voz áspera. — Ah! É a senhora, mamãe — continuou, distraída, interrompendo-se a si mesma.

— Sim, minha filha, é a sua mãe...

O tom com que a senhora d'Aiglemont disse essas palavras pintava um coração a transbordar, uma emoção íntima, que seria difícil exprimir sem empregar a palavra *santidade*. De fato, ela revestira-se tão bem do caráter sagrado de uma mãe que a sua filha ficou impressionada, voltando-se a ela com um movimento que exprimia, ao mesmo tempo, respeito, preocupação e remorso. A marquesa fechou a porta do salão, onde ninguém poderia entrar sem fazer muito barulho por perto. Esse isolamento as afastava de todos os ouvidos indiscretos.

— Minha filha — disse a marquesa —, é meu dever esclarecê-la sobre uma das crises mais importantes de nossa vida de mulher, na qual você se encontra, talvez sem saber, e da qual venho falar-lhe, menos como mãe do que como amiga. Casando-se, você tornou-se livre para agir como quiser: só deve prestar contas a seu marido; mas eu lhe fiz sentir tão pouco a autoridade materna (talvez, este tenha sido o meu erro) que me acredito no direito de levá-la a ouvir-me, ao menos uma vez, nesta grave situação, em que você deve estar precisando de conselhos. Lembre-se, Moïna, casei-a com um homem de grande capacidade, de quem você pode ter orgulho, que...

— Mamãe — exclamou Moïna, com ar de manha, interrompendo-a —, eu sei muito bem o que a senhora quer me dizer... A senhora vai falar sobre Alfred...

— Você não adivinharia tão bem, Moïna — continuou a marquesa seriamente, tentando conter as lágrimas —, se não sentisse que...

— O quê? — disse a filha, de forma quase arrogante. — Mas, mamãe, na verdade...

— Moïna — exclamou a senhora d'Aiglemont, fazendo esforços extraordinários —, é preciso que você ouça, com muita atenção, o que eu tenho de lhe dizer...

—Estou ouvindo — disse a jovem condessa, cruzando os braços e fingindo submissão, de forma impertinente. — Permita-me, mamãe — disse ela, com incrível sangue-frio —, chamar Pauline para dar-lhe ordens...

Ela soou a campainha.

— Minha querida filha, Pauline não pode ouvir o que eu...

— Mamãe — continuou a condessa, com uma seriedade que deveria parecer extraordinária à mãe —, eu devo... — Calou-se: a camareira tinha chegado.

— Pauline, vá, *pessoalmente*, à casa de Baudran, pergunte por que ele ainda não me mandou o meu chapéu...

Sentou-se e olhou a mãe, atentamente. A marquesa, com dor no coração, mas sem lágrimas nos olhos, sentindo então uma daquelas emoções cuja dor só pode ser compreendida pelas mães, tomou a palavra, tentando esclarecer Moïna sobre o perigo que ela corria. Contudo, talvez porque a jovem condessa se achasse ferida pelas suspeitas da mãe sobre o filho do marquês de Vandenesse, talvez por ser tomada por uma daquelas loucuras incompreensíveis, cujo segredo se encontra na inexperiência da juventude, ela aproveitou uma pausa da mãe para dizer-lhe, com riso forçado: — "Mamãe, eu pensei que a senhora só tivesse ciúmes do pai dele...".

Ante essas palavras, a senhora d'Aiglemont fechou os olhos, baixou a cabeça, deu o mais leve de todos os suspiros. Lançou o olhar ao ar, como se obedecesse ao invencível sentimento que nos leva a chamar por Deus, nas grandes crises da vida; depois, dirigiu à filha os seus olhos cheios de terrível majestade, mas também marcados por dor muito intensa.

— Minha filha — disse ela, em voz muito alterada —, você foi mais impiedosa, com a sua mãe, do que o foi o homem ofendido por ela, mais do que Deus o será, talvez.

A senhora d'Aiglemont levantou-se; mas, ao chegar à porta, voltou-se, não viu mais do que surpresa nos olhos da filha, saiu e conseguiu andar até o jardim, onde as suas forças a abandonaram. Ali, sentindo fortes dores no coração, caiu sobre um banco. Os seus olhos, a errar olhando a areia, perceberam as recentes pegadas de um homem, cujas botas tinham deixado marcas perfeitamente reconhecíveis. Sem sombra de dúvida, a sua filha estava perdida: agora, ela compreendia o motivo da ordem dada a Pauline. Essa ideia cruel foi acompanhada por uma revelação mais aterradora do que tudo. Ela supôs que o filho do marquês de Vandenesse tivesse destruído, no coração de Moïna, todo o respeito que uma filha deve à sua mãe. O seu sofrimento multiplicou-se, aos poucos ela foi perdendo os sentidos, ficou como que adormecida. A jovem condessa imaginara que a sua mãe se permitira dar-lhe *um lance de palavras* um tanto pesadas, pensou que à noite alguns carinhos, algumas atenções, pagariam todos os preços da reconciliação. Ouvindo um grito feminino no jardim, a jovem inclinou-se, negligente, quando Pauline, que ainda não tinha saído da casa para ir ao chapeleiro, gritava socorro, segurando a marquesa nos braços.

— Não assuste a minha filha — estas foram as últimas palavras pronunciadas pela mãe.

Moïna viu transportarem-na, pálida, imóvel, respirando com dificuldade, mas agitando as mãos, como se quisesse lutar, ou falar. Aterrada por esse espetáculo, Moïna seguiu-a e, em silêncio, ajudou a deitá-la na cama, a despi-la. A sua falta a atormentava. Nesse momento supremo, ela finalmente compreendeu a sua mãe, mas já não podia consertar mais nada. Quis ficar sozinha com ela; e, quando não havia mais ninguém no quarto, sentiu o frio dessa mão, para ela sempre cheia de carícias, e explodiu em lágrimas. Despertada pelos soluços da filha, a marquesa ainda conseguiu olhar a sua querida Moïna; depois, ao som desses soluços que pareciam desejar partir esse seio delicado e em desordem, contemplou a filha, sorrindo. Esse sorriso provava à jovem matricida que o coração materno é um abismo, no fundo do qual sempre se encontra um perdão. Assim que se espalhou a notícia sobre o estado da marquesa, pessoas a cavalo foram enviadas a buscar o médico, o cirurgião, os netos da senhora d'Aiglemont. Os artistas da medicina, a jovem marquesa e seus filhos chegaram ao mesmo tempo, formando uma plateia muito imponente, silenciosa, angustiada, à qual se uniram os empregados da imensa mansão. A jovem marquesa, sem ouvir ruído algum, bateu, suavemente, à porta do quarto. Ante esse som, Moïna, despertando de sua dor, abriu bruscamente a porta dupla, lançou olhares desvairados a essa reunião familiar, mostrou-se em um caos que falava mais alto do que a linguagem. Ao ver esse remorso vivo, todos permaneceram em silêncio. Era fácil entrever os rígidos pés da marquesa, estendidos convulsivamente em seu leito de morte. Moïna apoiou-se na porta, olhou os parentes e disse, em voz oca: — *"Eu perdi a minha mãe!"*.

Paris, 1828–1844.

Sobre o tradutor

Herculano Villas-Boas é graduado em Filosofia pela Universidade de São Paulo (USP), mestre em Letras e Teoria Literária pela Unicamp, onde fez doutorado na mesma área no Instituto de Estudos da Linguagem (IEL) e em Ética e Filosofia Política no Instituto de Filosofia e Ciências Humanas (IFCH). Nos últimos tempos, traduziu, entre outros livros, *O sufrágio universal e a invenção democrática*, de Pierre Bourdieu e outros autores, para a Estação Liberdade; *Nefertite*, de Jacqueline Dauxois, para a Geração Editorial; *A vida de Nosso Senhor*, de Charles Dickens, para a Martins Fontes; *César imperador*, de Max Gallo, para a Nova Fronteira, entre outros. Além de *A mulher de trinta anos,* traduziu também para a Martin Claret *Os irmãos Karamázov*, de Fiódor Dostoiévski.

Relação dos Volumes Publicados

1. Dom Casmurro
Machado de Assis
2. O Príncipe
Maquiavel
3. Mensagem
Fernando Pessoa
4. O Lobo do Mar
Jack London
5. A Arte da Prudência
Baltasar Gracián
6. Iracema / Cinco Minutos
José de Alencar
7. Inocência
Visconde de Taunay
8. A Mulher de 30 Anos
Honoré de Balzac
9. A Moreninha
Joaquim Manuel de Macedo
10. A Escrava Isaura
Bernardo Guimarães
11. As Viagens - "Il Milione"
Marco Polo
12. O Retrato de Dorian Gray
Oscar Wilde
13. A Volta ao Mundo em 80 Dias
Júlio Verne
14. A Carne
Júlio Ribeiro
15. Amor de Perdição
Camilo Castelo Branco
16. Sonetos
Luís de Camões
17. O Guarani
José de Alencar
18. Memórias Póstumas de Brás Cubas
Machado de Assis
19. Lira dos Vinte Anos
Álvares de Azevedo
20. Apologia de Sócrates / Banquete
Platão
21. A Metamorfose/Um Artista da Fome/Carta ao Pai
Franz Kafka
22. Assim Falou Zaratustra
Friedrich Nietzsche
23. Triste Fim de Policarpo Quaresma
Lima Barreto
24. A Ilustre Casa de Ramires
Eça de Queirós
25. Memórias de um Sargento de Milícias
Manuel Antônio de Almeida
26. Robinson Crusoé
Daniel Defoe
27. Espumas Flutuantes
Castro Alves
28. O Ateneu
Raul Pompeia
29. O Noviço / O Juiz de Paz da Roça / Quem Casa Quer Casa
Martins Pena
30. A Relíquia
Eça de Queirós
31. O Jogador
Dostoiévski
32. Histórias Extraordinárias
Edgar Allan Poe
33. Os Lusíadas
Luís de Camões
34. As Aventuras de Tom Sawyer
Mark Twain
35. Bola de Sebo e Outros Contos
Guy de Maupassant
36. A República
Platão
37. Elogio da Loucura
Erasmo de Rotterdam
38. Caninos Brancos
Jack London
39. Hamlet
William Shakespeare
40. A Utopia
Thomas More
41. O Processo
Franz Kafka
42. O Médico e o Monstro
Robert Louis Stevenson
43. Ecce Homo
Friedrich Nietzsche
44. O Manifesto do Partido Comunista
Marx e Engels
45. Discurso do Método / Regras para a Direção do Espírito
René Descartes
46. Do Contrato Social
Jean-Jacques Rousseau
47. A Luta pelo Direito
Rudolf von Ihering
48. Dos Delitos e das Penas
Cesare Beccaria
49. A Ética Protestante e o Espírito do Capitalismo
Max Weber
50. O Anticristo
Friedrich Nietzsche
51. Os Sofrimentos do Jovem Werther
Goethe
52. As Flores do Mal
Charles Baudelaire
53. Ética a Nicômaco
Aristóteles
54. A Arte da Guerra
Sun Tzu
55. Imitação de Cristo
Tomás de Kempis
56. Cândido ou o Otimismo
Voltaire
57. Rei Lear
William Shakespeare
58. Frankenstein
Mary Shelley
59. Quincas Borba
Machado de Assis
60. Fedro
Platão
61. Política
Aristóteles
62. A Viuvinha / Encarnação
José de Alencar
63. As Regras do Método Sociológico
Émile Durkheim
64. O Cão dos Baskervilles
Sir Arthur Conan Doyle
65. Contos Escolhidos
Machado de Assis
66. Da Morte / Metafísica do Amor / Do Sofrimento do Mundo
Arthur Schopenhauer
67. As Minas do Rei Salomão
Henry Rider Haggard
68. Manuscritos Econômico-Filosóficos
Karl Marx
69. Um Estudo em Vermelho
Sir Arthur Conan Doyle
70. Meditações
Marco Aurélio
71. A Vida das Abelhas
Maurice Materlinck
72. O Cortiço
Aluísio Azevedo
73. Senhora
José de Alencar
74. Brás, Bexiga e Barra Funda / Laranja da China
Antônio de Alcântara Machado
75. Eugênia Grandet
Honoré de Balzac
76. Contos Gauchescos
João Simões Lopes Neto
77. Esaú e Jacó
Machado de Assis
78. O Desespero Humano
Sören Kierkegaard
79. Dos Deveres
Cícero
80. Ciência e Política
Max Weber
81. Satíricon
Petrônio
82. Eu e Outras Poesias
Augusto dos Anjos
83. Farsa de Inês Pereira / Auto da Barca do Inferno / Auto da Alma
Gil Vicente
84. A Desobediência Civil e Outros Escritos
Henry David Toreau
85. Para Além do Bem e do Mal
Friedrich Nietzsche
86. A Ilha do Tesouro
R. Louis Stevenson
87. Marília de Dirceu
Tomás A. Gonzaga
88. As Aventuras de Pinóquio
Carlo Collodi
89. Segundo Tratado Sobre o Governo
John Locke
90. Amor de Salvação
Camilo Castelo Branco
91. Broquéis/Faróis/ Ultimos Sonetos
Cruz e Souza
92. I-Juca-Pirama / Os Timbiras / Outros Poemas
Gonçalves Dias
93. Romeu e Julieta
William Shakespeare
94. A Capital Federal
Arthur Azevedo
95. Diário de um Sedutor
Sören Kierkegaard
96. Carta de Pero Vaz de Caminha a El-Rei Sobre o Achamento do Brasil
97. Casa de Pensão
Aluísio Azevedo
98. Macbeth
William Shakespeare

99. Édipo Rei/Antígona
Sófocles

100. Lucíola
José de Alencar

101. As Aventuras de Sherlock Holmes
Sir Arthur Conan Doyle

102. Bom-Crioulo
Adolfo Caminha

103. Helena
Machado de Assis

104. Poemas Satíricos
Gregório de Matos

105. Escritos Políticos / A Arte da Guerra
Maquiavel

106. Ubirajara
José de Alencar

107. Diva
José de Alencar

108. Eurico, o Presbítero
Alexandre Herculano

109. Os Melhores Contos
Lima Barreto

110. A Luneta Mágica
Joaquim Manuel de Macedo

111. Fundamentação da Metafísica dos Costumes e Outros Escritos
Immanuel Kant

112. O Príncipe e o Mendigo
Mark Twain

113. O Domínio de Si Mesmo pela Auto-Sugestão Consciente
Émile Coué

114. O Mulato
Aluísio Azevedo

115. Sonetos
Florbela Espanca

116. Uma Estadia no Inferno / Poemas / Carta do Vidente
Arthur Rimbaud

117. Várias Histórias
Machado de Assis

118. Fédon
Platão

119. Poesias
Olavo Bilac

120. A Conduta para a Vida
Ralph Waldo Emerson

121. O Livro Vermelho
Mao Tsé-Tung

122. Oração aos Moços
Rui Barbosa

123. Otelo, o Mouro de Veneza
William Shakespeare

124. Ensaios
Ralph Waldo Emerson

125. De Profundis / Balada do Cárcere de Reading
Oscar Wilde

126. Crítica da Razão Prática
Immanuel Kant

127. A Arte de Amar
Ovídio Naso

128. O Tartufo ou O Impostor
Molière

129. Metamorfoses
Ovídio Naso

130. A Gaia Ciência
Friedrich Nietzsche

131. O Doente Imaginário
Molière

132. Uma Lágrima de Mulher
Aluísio Azevedo

133. O Último Adeus de Sherlock Holmes
Sir Arthur Conan Doyle

134. Canudos - Diário de uma Expedição
Euclides da Cunha

135. A Doutrina de Buda
Siddharta Gautama

136. Tao Te Ching
Lao-Tsé

137. Da Monarquia / Vida Nova
Dante Alighieri

138. A Brasileira de Prazins
Camilo Castelo Branco

139. O Velho da Horta/Quem Tem Farelos?/Auto da Índia
Gil Vicente

140. O Seminarista
Bernardo Guimarães

141. O Alienista / Casa Velha
Machado de Assis

142. Sonetos
Manuel du Bocage

143. O Mandarim
Eça de Queirós

144. Noite na Taverna / Macário
Álvares de Azevedo

145. Viagens na Minha Terra
Almeida Garrett

146. Sermões Escolhidos
Padre Antonio Vieira

147. Os Escravos
Castro Alves

148. O Demônio Familiar
José de Alencar

149. A Mandrágora / Belfagor, o Arquidiabo
Maquiavel

150. O Homem
Aluísio Azevedo

151. Arte Poética
Aristóteles

152. A Megera Domada
William Shakespeare

153. Alceste/Electra/Hipólito
Eurípedes

154. O Sermão da Montanha
Huberto Rohden

155. O Cabeleira
Franklin Távora

156. Rubáiyát
Omar Khayyám

157. Luzia-Homem
Domingos Olímpio

158. A Cidade e as Serras
Eça de Queirós

159. A Retirada da Laguna
Visconde de Taunay

160. A Viagem ao Centro da Terra
Júlio Verne

161. Caramuru
Frei Santa Rita Durão

162. Clara dos Anjos
Lima Barreto

163. Memorial de Aires
Machado de Assis

164. Bhagavad Gita
Krishna

165. O Profeta
Khalil Gibran

166. Aforismos
Hipócrates

167. Kama Sutra
Vatsyayana

168. Histórias de Mowgli
Rudyard Kipling

169. De Alma para Alma
Huberto Rohden

170. Orações
Cícero

171. Sabedoria das Parábolas
Huberto Rohden

172. Salomé
Oscar Wilde

173. Do Cidadão
Thomas Hobbes

174. Porque Sofremos
Huberto Rohden

175. Einstein: o Enigma do Universo
Huberto Rohden

176. A Mensagem Viva do Cristo
Huberto Rohden

177. Mahatma Gandhi
Huberto Rohden

178. A Cidade do Sol
Tommaso Campanella

179. Setas para o Infinito
Huberto Rohden

180. A Voz do Silêncio
Helena Blavatsky

181. Frei Luís de Sousa
Almeida Garrett

182. Fábulas
Esopo

183. Cântico de Natal/ Os Carrilhões
Charles Dickens

184. Contos
Eça de Queirós

185. O Pai Goriot
Honoré de Balzac

186. Noites Brancas e Outras Histórias
Dostoiévski

187. Minha Formação
Joaquim Nabuco

188. Pragmatismo
William James

189. Discursos Forenses
Enrico Ferri

190. Medeia
Eurípedes

191. Discursos de Acusação
Enrico Ferri

192. A Ideologia Alemã
Marx & Engels

193. Prometeu Acorrentado
Ésquilo

194. Iaiá Garcia
Machado de Assis

195. Discursos no Instituto dos Advogados Brasileiros / Discurso no Colégio Anchieta
Rui Barbosa

196. Édipo em Colono
Sófocles

197. A Arte de Curar pelo Espírito
Joel S. Goldsmith

198. Jesus, o Filho do Homem
Khalil Gibran

199. Discurso sobre a Origem e os Fundamentos da Desigualdade entre os Homens
Jean-Jacques Rousseau

200. Fábulas
La Fontaine

201. O Sonho de uma Noite de Verão
William Shakespeare

202. Maquiavel, o Poder
José Nivaldo Junior

203. Ressurreição
Machado de Assis

204. O Caminho da Felicidade
Huberto Rohden

205. A Velhice do Padre Eterno
Guerra Junqueiro

206. O Sertanejo
José de Alencar

207. Gitanjali
Rabindranath Tagore

208. Senso Comum
Thomas Paine

209. Canaã
Graça Aranha

210. O Caminho Infinito
Joel S. Goldsmith

211. Pensamentos
Epicuro

212. A Letra Escarlate
Nathaniel Hawthorne

213. Autobiografia
Benjamin Franklin

214. Memórias de Sherlock Holmes
Sir Arthur Conan Doyle

215. O Dever do Advogado / Posse de Direitos Pessoais
Rui Barbosa

216. O Tronco do Ipê
José de Alencar

217. O Amante de Lady Chatterley
D. H. Lawrence

218. Contos Amazônicos
Inglês de Souza

219. A Tempestade
William Shakespeare

220. Ondas
Euclides da Cunha

221. Educação do Homem Integral
Huberto Rohden

222. Novos Rumos para a Educação
Huberto Rohden

223. Mulherzinhas
Louise May Alcott

224. A Mão e a Luva
Machado de Assis

225. A Morte de Ivan Ilicht / Senhores e Servos
Leon Tolstói

226. Álcoois e Outros Poemas
Apollinaire

227. Pais e Filhos
Ivan Turguêniev

228. Alice no País das Maravilhas
Lewis Carroll

229. À Margem da História
Euclides da Cunha

230. Viagem ao Brasil
Hans Staden

231. O Quinto Evangelho
Tomé

232. Lorde Jim
Joseph Conrad

233. Cartas Chilenas
Tomás Antônio Gonzaga

234. Odes Modernas
Anntero de Quental

235. Do Cativeiro Babilônico da Igreja
Martinho Lutero

236. O Coração das Trevas
Joseph Conrad

237. Thais
Anatole France

238. Andrômaca / Fedra
Racine

239. As Catilinárias
Cícero

240. Recordações da Casa dos Mortos
Dostoiévski

241. O Mercador de Veneza
William Shakespeare

242. A Filha do Capitão / A Dama de Espadas
Aleksandr Púchkin

243. Orgulho e Preconceito
Jane Austen

244. A Volta do Parafuso
Henry James

245. O Gaúcho
José de Alencar

246. Tristão e Isolda
Lenda Medieval Celta de Amor

247. Poemas Completos de Alberto Caeiro
Fernando Pessoa

248. Maiakósvski
Vida e Poesia

249. Sonetos
William Shakespeare

250. Poesia de Ricardo Reis
Fernando Pessoa

251. Papéis Avulsos
Machado de Assis

252. Contos Fluminenses
Machado de Assis

253. O Bobo
Alexandre Herculano

254. A Oração da Coroa
Demóstenes

255. O Castelo
Franz Kafka

256. O Trovejar do Silêncio
Joel S. Goldsmith

257. Alice na Casa dos Espelhos
Lewis Carrol

258. Miséria da Filosofia
Karl Marx

259. Júlio César
William Shakespeare

260. Antônio e Cleópatra
William Shakespeare

261. Filosofia da Arte
Huberto Rohden

262. A Alma Encantadora das Ruas
João do Rio

263. A Normalista
Adolfo Caminha

264. Pollyanna
Eleanor H. Porter

265. As Pupilas do Senhor Reitor
Júlio Diniz

266. As Primaveras
Casimiro de Abreu

267. Fundamentos do Direito
Léon Duguit

268. Discursos de Metafísica
G. W. Leibniz

269. Sociologia e Filosofiia
Émile Durkheim

270. Cancioneiro
Fernando Pessoa

271. A Dama das Camélias
Alexandre Dumas (filho)

272. O Divórcio / As Bases da Fé / e outros textos
Rui Barbosa

273. Pollyanna Moça
Eleanor H. Porter

274. O 18 Brumário de Luís Bonaparte
Karl Marx

275. Teatro de Machado de Assis
Antologia

276. Cartas Persas
Montesquieu

277. Em Comunhão com Deus
Huberto Rohden

278. Razão e Sensibilidade
Jane Austen

279. Crônicas Selecionadas
Machado de Assis

280. Histórias da Meia-Noite
Machado de Assis

281. Cyrano de Bergerac
Edmond Rostand

282. O Maravilhoso Mágico de Oz
L. Frank Baum

283. Trocando Olhares
Florbela Espanca

284. O Pensamento Filosófico da Antiguidade
Huberto Rohden

285. Filosofia Contemporânea
Huberto Rohden

286. O Espírito da Filosofia Oriental
Huberto Rohden

287. A Pele do Lobo / O Badejo / o Dote
Artur Azevedo

288. Os Bruzundangas
Lima Barreto

289. A Pata da Gazela
José de Alencar

290. O Vale do Terror
Sir Arthur Conan Doyle

291. O Signo dos Quatro
Sir Arthur Conan Doyle

292. As Máscaras do Destino
Florbela Espanca

293. A Confissão de Lúcio
Mário de Sá-Carneiro

294. Falenas
Machado de Assis

295. O Uraguai / A Declamação Trágica
Basílio da Gama

296. Crisálidas
Machado de Assis

297. Americanas
Machado de Assis

298. A Carteira de Meu Tio
Joaquim Manuel de Macedo

299. Catecismo da Filosofia
Huberto Rohden

300. Apologia de Sócrates
Platão (Edição bilingue)

301. Rumo à Consciência Cósmica
Huberto Rohden

302. Cosmoterapia
Huberto Rohden

303. Bodas de Sangue
Federico García Lorca

304. Discurso da Servidão Voluntária
Étienne de La Boétie

305. Categorias
Aristóteles

306. Manon Lescaut
Abade Prévost

307. Teogonia / Trabalho e Dias
Hesíodo

308. As Vítimas-Algozes
Joaquim Manuel de Macedo

309. Persuasão
Jane Austen

310. Agostinho - Huberto Rohden

311. Roteiro Cósmico
Huberto Rohden

312. A Queda dum Anjo
Camilo Castelo Branco

313. O Cristo Cósmico e os Essênios - Huberto Rohden

314. Metafísica do Cristianismo
Huberto Rohden

315. Rei Édipo - Sófocles

316. Livro dos provérbios
Salomão

317. Histórias de Horror
Howard Phillips Lovecraft

318. O Ladrão de Casaca
Maurice Leblanc

319. Til
José de Alencar

Série Ouro
(Livros com mais de 400 p.)

1. Leviatã
Thomas Hobbes

2. A Cidade Antiga
Fustel de Coulanges

3. Crítica da Razão Pura
Immanuel Kant

4. Confissões
Santo Agostinho

5. Os Sertões
Euclides da Cunha

6. Dicionário Filosófico
Voltaire

7. A Divina Comédia
Dante Alighieri

8. Ética Demonstrada à Maneira dos Geômetras
Baruch de Spinoza

9. Do Espírito das Leis
Montesquieu

10. O Primo Basílio
Eça de Queirós

11. O Crime do Padre Amaro
Eça de Queirós

12. Crime e Castigo
Dostoiévski

13. Fausto
Goethe

14. O Suicídio
Émile Durkheim

15. Odisseia
Homero

16. Paraíso Perdido
John Milton

17. Drácula
Bram Stoker

18. Ilíada
Homero

19. As Aventuras de Huckleberry Finn
Mark Twain

20. Paulo – O 13º Apóstolo
Ernest Renan

21. Eneida
Virgílio

22. Pensamentos
Blaise Pascal

23. A Origem das Espécies
Charles Darwin

24. Vida de Jesus
Ernest Renan

25. Moby Dick
Herman Melville

26. Os Irmãos Karamazovi
Dostoiévski

27. O Morro dos Ventos Uivantes
Emily Brontë

28. Vinte Mil Léguas Submarinas
Júlio Verne

29. Madame Bovary
Gustave Flaubert

30. O Vermelho e o Negro
Stendhal

31. Os Trabalhadores do Mar
Victor Hugo

32. A Vida dos Doze Césares
Suetônio

33. O Moço Loiro
Joaquim Manuel de Macedo

34. O Idiota
Dostoiévski

35. Paulo de Tarso
Huberto Rohden

36. O Peregrino
John Bunyan

37. As Profecias
Nostradamus

38. Novo Testamento
Huberto Rohden

39. O Corcunda de Notre Dame
Victor Hugo

40. Arte de Furtar
Anônimo do século XVII

41. Germinal
Émile Zola

42. Folhas de Relva
Walt Whitman

43. Ben-Hur — Uma História dos Tempos de Cristo
Lew Wallace

44. Os Maias
Eça de Queirós

45. O Livro da Mitologia
Thomas Bulfinch

46. Os Três Mosqueteiros
Alexandre Dumas

47. Poesia de Álvaro de Campos
Fernando Pessoa

48. Jesus Nazareno
Huberto Rohden

49. Grandes Esperanças
Charles Dickens

50. A Educação Sentimental
Gustave Flaubert

51. O Conde de Monte Cristo (Volume I)
Alexandre Dumas

52. O Conde de Monte Cristo (Volume II)
Alexandre Dumas

53. Os Miseráveis (Volume I)
Victor Hugo

54. Os Miseráveis (Volume II)
Victor Hugo

55. Dom Quixote de La Mancha (Volume I)
Miguel de Cervantes

56. Dom Quixote de La Mancha (Volume II)
Miguel de Cervantes

57. As Confissões
Jean-Jacques Rousseau

58. Contos Escolhidos
Artur Azevedo

59. As Aventuras de Robin Hood
Howard Pyle

60. Mansfield Park
Jane Austen